U0948628

有一种力量，叫文学；
有一种美好，叫回忆；
有一种感动，叫青春；
有一种生命，在鲁院！

鲁迅文学院·百草园文集

北京鸡叫

王方晨◎著

BEIJING JIJIAO

或温润淳厚，或清新隽永，
或古灵精怪，或凌厉奇崛，
宛如自坚硬的都市空间里
蓬勃生长出来的繁盛花木。

知識出版社

图书在版编目（CIP）数据

北京鸡叫/王方晨著．--北京：知识出版社，2017.5
（鲁迅文学院百草园文集）
ISBN 978-7-5015-9492-4

Ⅰ．①北… Ⅱ．①王… Ⅲ．①小说集-中国-当代 Ⅳ．①I247

中国版本图书馆 CIP 数据核字（2017）第 094534 号

北京鸡叫　　王方晨　著

出 版 人　姜钦云
责任编辑　易晓燕
装帧设计　君阅书装
出版发行　知识出版社
地　　址　北京市西城区阜成门北大街 17 号
邮　　编　100037
电　　话　010-88390659
印　　刷　北京一鑫印务有限责任公司
开　　本　787mm×1092mm　1/16
印　　张　14
字　　数　280 千字
版　　次　2017 年 6 月第 1 版
印　　次　2020 年 2 月第 2 次印刷
书　　号　ISBN 978-7-5015-9492-4

定　　价　38.00 元

目录 Contents

小石头的天堂

印象中，世界上最招人喜欢的男孩子都叫小石头。那年八月，尚书街来了个男孩，高高大大，又结实又俊朗。邻居魏大妈上前一问，果然叫小石头。家是泗水乡下的，大学毕业刚找到工作。公司没宿舍，就到我们尚书街顾秀岐老板家租了间房子。顾老板家空房多，顾老板独居，儿女都在国外。顾老板去国外住过一个月，回来了，说住不惯。街上的人都说顾老板贱。他家院子里一年四季人来人往。我们都知道，他怕冷清。我们尚书街口那些花花绿绿的招租告示，都是他贴的。

魏大妈哪料到，自己这一问，就问出事来了。魏大妈有个女儿，我叫她小琳姐姐。

小琳姐姐很有出息的，学的是财会专业，分到了我们市最好的机关单位，市财政局。管钱的还能不好吗？这却害了她。也不知道她怎么形成的一种不良观念，找对象就找财税口的。财税口哪有那么多好小伙子？差的她又看不上。一来二去，年龄就大了，也不是特别大，二十五六。没人约她，下班后她就直接回家。常回家是好，但总这么着也不好。魏大妈就觉得不好了。不少当娘的，都在为女儿晚归而苦恼得不得了，抱怨女大不中留。魏大妈跟她们没话可说。不是没苦恼、不想抱怨，而是有苦恼却说不出来，想抱怨又不合适。

小琳姐姐傍晚下班回来，魏大妈就给她说起了小石头。如果魏大妈不提，或许小琳姐姐一辈子都不会认识小石头，也就没有后来发生的悲剧了。

魏大妈对小石头的相貌赞不绝口。魏大妈自打嫁到尚书街来，还没见过长得这么精神的小伙子。说实话，起初小琳姐姐也没太在意。天底下的男人，在魏大妈看来，个个都是潘安的貌，曹子建的才。但魏大妈说到这个刚来尚书街的小伙子叫小石头，小琳姐姐就动心了。不光是小琳姐姐，我听到了也会动心。你想啊，人家问你尊姓大名，哪个人会回答自己的小号儿？能够这么回答的人，该有多么纯净的心灵，多么的自怜自爱、温驯乖巧！

“看看去！”小琳姐姐当即叫上我。

夏季昼长，当时离天黑尚早。我们两个就随随便便地拉着手去顾老板家了。小石头挺着颀长的身子，在帮顾老板扯一根晾衣绳。他的旁边是一棵又有花又有果的石榴树。他一扭头看见了我们，小琳姐姐就不往前走了。

我还小，但我人小鬼大。我一眼看出小琳姐姐害羞了。我很得意，笑着叫了一声：“小石头！”

顾老板训斥我：“小石头是你叫的！”

我听了就怪顾老板多事。人家小石头还不在意呢，你姓顾的充哪门子亲戚？小琳姐姐神情镇定下来，不看小石头，就对顾老板说：“顾老板，我家的花猫跑来了吗？”

顾老板说：“没有。”

小琳姐姐马上说：“那我走了。”

我还想跟小石头说句话，可小琳姐姐就是不松手。她把我拉到了街上，才突然把我的手甩开，就像我是个很讨人厌的东西一样。但我心里仍很得意。我觉得什么都瞒不过我的眼睛。

果然，我从魏大妈口中得到了小琳姐姐和小石头恋爱的消息。魏大妈盼女婿盼了多少年，按理说她该高兴。她却不然。她对我妈说：“他们不般配。”

我妈说：“我看着挺好，都是人尖子。”

魏大妈短促地笑了一下，就不笑了，说：“小琳坐机关，公务员，还是财政局的。他算什么？还不就是一个打工的？干不了一年半载，说不定会让公司给辞了。家又是外地的。”

我妈劝她：“外地的有什么不好？你不是白落一个倒插门女婿么？又免了侍候公公婆婆。只要他俩能合得来，你就是最省心的。”

不管我妈怎么说，魏大妈就是解不开心里的疙瘩。魏大妈成了《西厢记》里的崔夫人，对小琳姐姐严加看管起来，进门就别想出来，还没进门她就亲自到尚书街口去迎。每天三番五次给小琳姐姐单位打电话，一会儿说自己生病了，要小琳姐姐下班后赶紧回家，一会儿说哪条街上有个女孩子让坏人抢了，叮嘱小琳姐姐下班后千万不要在外面耽搁。她还要亲自去找小石头谈，让他坚决跟小琳姐姐断绝来往。不料没碰上小石头，却被顾老板抢白了一顿。顾老板很生气，把她从院子里赶出来，说，“有你这么当妈的！是你嫁人还是你闺女嫁人！把闺女留老喽，有你发愁的！”

就因为这件事，我对顾老板刮目相看。顾家过去是我们尚书街的大户，开酱园的。顾老板没开过酱园，他倒在街道的毓堂副食品公司当过售货员，但我们都叫他顾老板。尚书街很多人烦他，也说不清到底是什么原因。对我来说，我烦他是因为他爱穿丝绸睡衣。本来他爱不爱穿丝绸睡衣，旁人不知道。我是个女孩子，更不该知道。但他把睡衣穿到了院子里。夏天的时候，我们常看到他身穿睡衣，坐在藤椅上纳凉。睡衣质地很好，很下垂，就是又白又亮、哆哆嗦嗦的那种。我在老电影上看到过，风流的阔少、万恶的资本家、十里洋场的黑老大就穿这个。那天我和小琳姐姐去他家见小石头，他就穿着睡衣。从又白又亮的丝绸睡衣里，露出红通通、肥嘟嘟的手脸，给人的感觉别提多别扭了。

顾老板让“当代崔夫人”沉默了两天半。周日小琳姐姐和小石头一同去看电影，也没听她对小琳姐姐说什么。我想，顾老板毫不留情面的话对她打击不小。

不料星期二她就缓过气来了。小琳姐姐下班回家，正在自己卧房里打扮。小石头下班要晚一些。魏大妈拿着一把扫帚扫地，突然就站在了门口。魏大妈冷着面孔说：“少在脸上抹泥子，你就在家好好给我待着！”

也不知话里的什么东西触着了小琳姐姐的拗劲儿。她忽然全身僵住不动了，又忽然把化妆品瓶子在桌子上重重蹾了一下。她机械地转过头来，盯着魏大妈慢慢地说："妈，你说该怎么办吧，我是他的人了。"

魏大妈这下愣神了，像没听明白。小琳姐姐进一步说："我跟他睡觉了。"小琳姐姐的目光向魏大妈头上高高掠去。"就在昨天，我们随便找了个地方。"

"哎哟！"魏大妈感叹了一声。说她脸上悲痛吧，她却像在笑。

接下来的事就好说了，魏大妈一路绿灯。我看到了，可把小琳姐姐给乐的！见了我又亲又抱。那小石头，更不得了。一碰到我就伸手使劲摁我的头，就像在说，"小！小！小！小！小！"我就不可抵挡地迅速小下去。小成了纯洁蒙昧的初生婴儿。

小石头和小琳姐姐风平浪静地好了三年。我看小石头还是三年前的样子，阳光得仿佛陆毅。因为有了小石头，古旧的尚书街每天都会跃动着最为明亮的音符。

生活真是美好啊！生活总会这样下去。可是魏大妈又来惹是生非了。魏大妈盘算来盘算去，小石头二十四岁了，属马的，过了阴历七月十七，就到国家允许结婚登记的年龄了。

魏大妈好心好意提出来："国庆节就把事儿给办了吧。"小琳姐姐的脸孔立马就阴了。魏大妈赶紧把后面的话给咽了下去，她是想说，"你也不小了，都二十七八了。"其实小琳姐姐二十九了，还是大生日。她比小石头大五岁。

两个人忽然就不快乐了，谁都看得出来。小石头好像工作忙了，路过小琳姐姐家也不拐进去了。小琳姐姐只要到了家里，就别想把她叫出来。她从街上走过，也尽量地不弄出声儿。很多时候，甚至让出租车开进她家院子里。我的眼神错不了，她就是不想让别人看见自己。还有小石头，假设他是才来尚书街，你问他叫什么，保准他不会再声音响亮地说自己叫小石头。

在过去的三年，我一直把小石头当哥们儿，我也常常以此作为在同学面前炫耀的资本。就为这个，我还得了个不好听的绰号——石女——因为是从小石头而来，我一点不觉得难听。

这一天，我和同学在街上玩，小石头走来了。

小石头不像小琳姐姐，离家三步路也要打出租。小石头脚步沉重，好像肩负着三山五岳。我虽故意不看他，但我早早准备好了跟他打招呼。他走近了，我就突然转头响亮地叫一声："哎，小石头！"

可他就像根本没听见。他倒是抬起眼皮对我看了一眼。那是什么样的眼神！陌生不说，还冷冷的，把人视为无物。他继续走路。

我是多么娇嫩的女孩儿啊！我哪受得了这样的漠视？我当时就换了口气，厉声叫他："石头蛋！"

我的同学都笑了，我也笑了。小石头已走了过去。他回了一下头，神情好像在说，自己不介意。这让我心里更恼了。

我还笑。但我受不了同学的笑。我打她们，一个个都让我给打跑了。然后，我昂首挺胸地向顾老板家走去。

到了顾老板家院门口，我的心突然猛烈地咚咚跳了两声。我全身的血液呼啦啦涌到头上。我暗想，这是不是要去杀人的感觉？可是接着，我只觉得身上热辣辣的，好像大火在熊熊燃烧。转瞬之间，我就一点力气也没有了。我像个纸人似的，轻飘飘地停在院门里。

顾老板朝我摆手，意思是不让我打搅小石头。我看上去顾老板像在邀请我跟他一起吃东西。在他面前的小圆桌上，摆着两碟子酱鸡爪、酱鸭头。这是他平时最爱吃的两样。

鬼使神差的，我向他走过去了。我走过去，就在小圆桌前坐下了，就像我接受他的邀请了，就像他曾邀请过我似的，他显然感到受宠若惊。他小心地把碟子往我跟前推推。我顺手抓起了一只鸡爪，放嘴里就啃。顾老板把脸也凑了过来，说了一句让我换一种场合肯定会起鸡皮疙瘩的话，"爱情怎么能讲条件呢？"但他的确是这么说的。

顾老板接着以接近耳语的声音，向我讲了小石头和小琳姐姐之间近来发生的事情。

小石头向小琳姐姐求婚了，别看他们关系那么好，但一说到结婚，小琳姐姐就原则起来，绝对的一是一，二是二。因相爱而结婚，当然是不可避免的。但结婚不能马虎。小石头必须调到机关工作。小琳姐姐做出让步，不求小石头调到财税口，就调一般单位也凑合。小琳姐姐还当甩手大爷，“你自己调吧，我就要看看你的能力，从而看看你是不是真的爱我。”小石头是一个农村长大的孩子，在城市人地两疏，就为找在公司的那份工作，都费了不少周折。要往机关单位调动，简直就是痴心妄想。但小琳姐姐不这么看，小琳姐姐认为两人就这么由相爱而直接走进婚姻，小石头可能学不会珍惜。况且，小琳姐姐不能让同事们讲自己等来等去，到头来嫁给一个在公司打工的。公司和机关，在她眼里，也没有可比性。真要比起来，一个最多也就是个公司，另一个则是高高在上的天堂。为了激发小石头的斗志，小琳姐姐还第一次把小石头带到了财政局，让他看看自己的工作环境。

财政局大院绿树成荫，花香鸟语。办公室整洁宽敞，冬暖夏凉。福利待遇更没得说，什么都发，就连围裙都发，从办公室角落堆积的那些东西就看得出来。走到这样的环境里，你什么都不用想，有多幸福你就多幸福，有多愉快你就多愉快。可能还有比财政局更好的地方，但小石头没见过。就是这样的地方，已让小石头目瞪口呆了。小石头还能说什么？他自惭形秽，要配得上财政局公务员小琳姐姐，他必须让自己真正地光辉灿烂。

小石头为工作调动奔忙，不断找人指点，也免不了遇上盲人指路。他已经在准备公务员考试。但是，你要是在我们城市生活过的人，你会信得过这种考试？反正我不信。小石头也不信。小石头从来没停止找门子托关系。找来找去，就找到了顾老板。不是小石头主动找的，是顾老板看出点苗头，聊闲话时套出来的。顾老板一拍胸脯，“我也可以帮你啊！”

“没有金刚钻，别揽瓷器活。”顾老板手里有金刚钻。顾老板出身世家，从他曾祖父那辈起，很多有头有脸的人物跟他家都有来往。门楼上的匾额，还隐隐有几个字，顾老板说是“大富之家”，但实在认不出是什么，那就出自曾升任国民党学部委员的大书法家萧叔齐之手。过了多少年，那老关系因疏于走动，也多失去联系了，但毕竟还有几家，年节还会相互登门问候，也毕竟还有几家，儿孙还算出息。

复桥头开车行的张喜顺家，有一个后代，先在市政府做秘书，后来就当了城建委的主任。想想他们顾家，算是最败落的。从他父亲那辈算下来，一门叔伯三个，就只传下他一个男丁。在他身上，也没绝后。但那一个儿子，上了大学，读了博士，拍拍屁股，走了。当初市里多少单位要留他？就是到了现在，还有人向他提起，请他说服儿子回来为家乡效力。他若能做得了儿子的主，小石头也就不会遇到这么多困难了。

当时顾老板就这么给我说的。我把他的鸡爪子全吃光了，一伸手，摸着了个滑腻腻的空碟子。

“哟，还有鸭头。”顾老板说。

我不想吃了。我只感到愤怒。我盯着顾老板，顾老板下意识地扯扯他的丝绸睡衣。那动作我也看清了。为了不让油手污了睡衣，他就得让很多手指头弯翘起来。不过，我一点也不感到恶心。我的两手也弯翘着，我也不想弄污了我的花裙子。

“我端水你洗洗吧。”顾老板见状说。

我弯翘着手跑出他家院子，就去了小琳姐姐家。魏大妈从屋里看到我冲动的样子，忙迎出来，问我：“出什么事了？”

我说：“你让小琳姐姐出来！”

“有个单位请你小琳姐姐吃饭，”魏大妈说，“你找她有事吧？”

我咽了几口唾沫，什么没说出。我就想当面告诉她，换了我就不娶你！看你怎么办！

我又转身跑了。

关于小石头和小琳姐姐的事情，我翻来覆去想了得有一千遍。我冷静多了，渐渐把缘故归结到小琳姐姐是老女人上面。老女人脾气怪，地球人都知道。老女人伤害了自己所爱的人，还会不知道呢。我想到自己，打死我我也不会让自己成为一个像小琳姐姐那样的老女人。

那天小琳姐姐到我家来了。我还以为魏大妈告诉了她我去过她家。其实她刚从车上下来。她显然喝了酒了，脸色红红的，眼珠子滴溜溜转。她挤到我床上，就想抱我，仿佛我还是当年的小女孩。我推开她，换了个地方。她没有跟过来，重重地在椅子上坐下了。

“痛快！痛快！”她挥舞着胳膊，呼着酒气说：“我有酒量，但我轻易不喝。”

我替小石头难过。两个情人夜晚不相聚，一个不管另一个心里想什么，自己只顾喝酒了。

“你还不回家？”我不客气地嚷道，“你再不回家，魏大妈又要打着灯笼四处找你了。”

“家？”小琳姐姐反问了一句，脸色好像忽然沉了下来。她央告我，“好妹妹，你给我倒杯水喝。我渴得不行。”

我给她端了杯水，是我没喝干净的。她不在乎，咕咚一口灌了下去。然后，舔了舔嘴唇，把口红都给舔花了。

“让我在你家待会儿。”她低声说，眼睛怔怔地看着手里的杯子。

我心里一动。她的样子那么孤单，又那么苍老，虽然她还是那样美。从我的角度来看，她比以前更漂亮了，整个尚书街也不会再有这么漂亮的人儿了。面孔、肩膀、胸脯、大腿、臀部、无一处不美。可是，我怎么觉得她的这种美丽，就是一种高度。它高悬在半空，阳光照得它如同马上就要消失，也好像随时都会掉下来，摔得粉碎。毫无疑问，我爱小琳姐姐。我怕她消失，怕她摔坏，所以，我连呼吸都很小心，更不用说再去责怪她了。

小琳姐姐在我房里默默坐了半天，才起身离开。我把她送到院门口。看来她镇定多了，她不前不后地对我说：“你记住，酒不是好东西。”

街上灯光不明，小琳姐姐才走几步，我就看不见她了。等我的眼睛适应了昏暗，我发现小琳姐姐家的院门口空无一人。她没去顾老板家，这个用不着证实。

我的心里突然涌起一阵酸楚，小琳姐姐，我都明白，你为什么不明白，还有什么能比自己的爱情重要？我想，我一定找机会告诉你，你和小石头两个人是天造地设的一对！这就结婚吧，生小宝宝吧，还等什么！

妈妈眼力真好。第二天午饭时，妈妈笑着说我："皇帝不急太监急，你急什么？"我一愣。妈妈就不说了。

爸爸插嘴："这些天你上网时间太长了。我说过，每天只允许你上一个半小时。眼看就要升高三了，学习再拖拖拉拉的，将来后悔也迟了。"

我说："将来不用你们管。"

"这话没道理，"妈妈说，"我的孩子我不管？我不光管你现在的学习，将来你谈对象、结婚、生孩子、你孩子上学，我都要管。不趁早把基础打好，你能找到好工作？你找不到好工作，父母看你吃苦受累能不心疼？"

"就是，"爸爸附和，"我就盼着你长大了，顺顺当当进个机关。看着你当上公务员，比我当公务员更让我心里舒服。"

我扭头紧紧看住了爸爸。我说："爸爸，将来只有当公务员一条路吗？"

"主要是当公务员……"爸爸还要解释，妈妈给他使眼色了，爸爸马上换了语气，"你能找到自己乐意的工作比什么都强。"话里的言不由衷，傻子也能听得出来。

我所尊敬的父母大人竟然也持有这种世俗观念，对我的确是种打击。再见到小石头的时候，我就觉得我们共同沦落到了同样糟糕的地步。可是，自从那天我叫他小石头他没答应后，我一看到他走过来心里就不由自主地胆怯。

他还是那个人，还是那么青春，那么可爱，我却不敢再叫他小石头了。不叫他小石头，叫他什么？我想不出。你说，可以叫他大号。但我不能叫他大号。他的大号就是可怕的咒语，一旦从我口中叫出，他的青春可爱就会随之消失。他的面目就会发出一股阴森的黑光。

在我尚未想起合适的称呼之前，我不能走近他。可是我的脑筋变得迟钝了。只要看到他——不，只要意识到他的存在，我的脑子就是一片空白，再锐利的刀锋也划不出一点痕迹。我的学习下降了。我沉默寡言，不少好友离我而去，但我毫不在乎。直到那一天，我走在街上，忽然听到一阵有节奏的整齐的呼喊："石女！石女！石女！"

我大梦方醒般地慢慢抬起头。光明照亮了我眼前的道路。小石头神采飞扬地走进尚书街口。他微笑着，迷人的唇线之间，露出两排洁白整齐的牙齿尖儿，脚底下像安了弹簧，身材如同运动着的雕塑。我的心直线上升，小石头那三个字又要脱口而出。

可是，如同有一只巨大的巴掌狠狠打了过去，小石头的面孔马上变黑了。我的心扑通落地，手脚立时冰凉。

小琳姐姐从另一个方向走来。他们就像谁也没看见谁，就那么走过去了。两人擦肩而过时的距离，最多只有五厘米。

“小石头!”我突然发疯似的大叫。

然后，我紧盯着眼前的路面。我不管他们会有什么反应，也不管我那伙混账女同学的反应，但我毫无理由地相信，从此以后，小石头这三个字，仅为我所有。

当我冷不丁推开小石头的房门时，他并不惊奇。他已经在床上躺下了，见我进来，也没着忙。他语气平淡地请我坐下。虽然我是表情严肃地闯进来的，我也没看出他有一点的局促不安。这让我感到欣慰无比。我们都坐下来。我就开门见山。

“小石头，你让我做什么我都做。请你相信我。”

“那你能做什么呢?”

“只要你能想到的。”我说着，眼神不由得狂热起来。我的声音也颤抖了。“你想到什么，我就给你做什么!”

我看出小石头一怔。他勉强笑了笑。“还以为你要给我做媒呢。”他神色郑重地说，“我得谢谢你，小妹妹。我知道你好心。”

我开始的时候只顾摇头，后来就连声说：“对对，我是给你做媒。我也给自己做媒。”

小石头睁大眼看着我，不说话了。

“小石头，我长得也不算难看吧?”我说，“关键是我很听话。我爱你，我早就爱上你了。我只要爱你就够了。我不在乎你是不是在机关上班，是不是公务员。不管你在哪里工作，我都爱你。你不嫌弃我吧？你要让我退学我就退学，我也去你的公司。我们就都是一样了，我们都是打工的。哦，我明白了，你看我年龄小，再过几年不定怎样呢？那好，小石头，小琳姐姐能给你的，我也能给你。因为我爱你，我就什么都能给你。我不附加任何条件!”

我真是昏了头了，也不知自己究竟在说什么，突然就从椅子上跳下来，高高掀开了裙子。我直直地向他走过去。

小石头简直吓怕了。他想躲，但我猛地扑到他身上，死死抓住他的一只手。

“爱我吧，别爱小琳姐姐了。忘记小琳姐姐吧。”我说，“你已经不爱她了是吧？你已经决定分手了是吧？”

我使劲把他的手往我身上拉。我要他把我紧紧抱住。我要他亲自扯掉我的内裤，那条粉红色的内裤。可是，他的手纹丝不动。我整个人都能吊在这只手上。我张大了口，我想咬它。我要把它咬得粉碎，让它的每一个颗粒都落在我的身上，与我融为一体。我终于把它咬在了口里，牙齿却无力对合。我发出呜呜的声音，渐渐从脚趾，从头发梢，向口腔积聚力气。我的牙齿突然变得坚强有力，只听咯吱一声，牙齿切入它的内部。在我的口里，它温润而有质感。它已不是哪个人身体的一部分，它就是这个人的全部。它是独立的，活生生的，又香又艳的一个动物。一种说不出的陌生的愉悦感，热热的，咸咸的，从我的牙齿上，慢慢朝全身弥漫开来。我再也忍不住自己的感情，泪如雨下。

小石头用另一只手抱着我，重新把我按在椅子上。透过蒙眬的双眼，我看他就像看另一个人了。他把我裙子的下摆从我手中夺过来，放下去。他从上到下地仔细把我衣服上的皱褶掸平了，然后把手放在我的头上，没有摇晃，也没有往下摁。我像在水中一样，感到身体一个劲儿地往上浮起。一层层清澈的水波，从我眼前荡漾过去，我也随着变得越来越软弱。不知什么时候，那只手已从我的口中滑出。我听到小石头的声音，轻得如同一丝微风。

“我爱她，她也爱我。”

我觉得自己实在不能再起一点点的妄想。我就那样像个影子似的从椅子上站起，又像个影子似的从小石头的房门走出，被无边的夜色一口吞噬。回到家里，躺到床上了，我仿佛觉得正在夜色之海缓缓漂游。

刚刚经历过的一切，就像假的，但它总是在我眼前翩然出现。这天夜里倒没什么，第二天一觉醒来，我又哭了。就是这样，我不敢承认自己在小石头的房间里做过什么，说过什么。经过了那一幕疯狂，世界依然没有改变，也可以说世界从来就没有改变。小琳姐姐依然是小石头的小琳姐姐，小石头也依然是小琳姐姐的小石头。那么，我是谁？我是谁的？

我羞愧难当。

一连几个月，我都在试图忘记那天晚上的事情。

这期间我没有得到小石头和小琳姐姐的任何消息。在街上遇见小石头，我装着不认识他。他难不难受我不管。我向他摊过牌了，我跟他没关系了。小琳姐姐也没到我家来。我怀疑小石头是不是向她透露过我不顾廉耻的表现。她怎么面对我，我怎么面对她？的确是个问题。魏大妈来我家了，只要我一看她想要谈起小琳姐姐和小石头，我就马上走开。至于其他的事，我也漠不关心。

春天了，三月了。

那天，几个要好的同学来我家给我过生日，我心里不知哪根弦又一动，就离开同学，走到自己房间里，闩上门。几乎没经过任何考虑，我就脱掉了全身的衣服。

在我身体的白光充溢房间的一刹那，我觉得全身猛地膨胀了一下。我的胸脯挺着，肌肤红润，整个人仿佛一朵壮美的硕形花，正迎风绽放。

“小石头来啦！”院子里传来妈妈的招呼声。

我马上停止抚摸。是的，小石头走进了我家的院子。

“阿姨，不是小孩子啦，”小石头矜持地说，“叫我岳强吧。”

“哟！”妈妈笑着说，“还真是大人大样呢。”

“石女，石女，”同学在门外轻轻叫我。

我穿好衣服，镇定自若地开门出去。

“祝你生日快乐。”小石头微笑着，把礼物递到我的手上。

我从容而有礼节地向他致谢。

妈妈走进来说：“快坐下，吃块蛋糕吧。”

“不了，”小石头忙摆手，“我还得赶回去。这是请假出来的。”又一副很大哥哥的样子对我的同学说，“你们好好玩啊。再见。”

我站着看他走出门去。我又突然跑去追他。

在门外，我仰头看着他的脸。是啊，他依旧青春明亮，但他已经跟过去不同了。他现在绝对只能说是个成人。

“祝你幸福。”我声音很小地说了一句，便马上低下眼睛。

“谢谢，”他说，“也祝你生活幸福。”

他走了，我久久凝视着他的背影。

我真是没想到，这是他留给我的最后的背影。从我过生日，到他出事，又有几个月的时间，可是我再也没见到他。我的学习紧，他的工作忙，还要为调动工作殚精竭虑，见不到也很正常。似乎又不正常，他又没从尚书街搬走，工作再忙也是有规律的，怎么就会见不到呢？

天气热了，教室里仿佛蒸笼。上课时偶尔走神，我会想到小琳姐姐在财政局不会受这份苦吧。后天就要期终考试了，老师抢课，课时不够用，晚自习就加了一节。刚上最后一节晚自习，我同学就接到妈妈打到她手机上的电话。妈妈让我马上回家一趟，特意叮嘱我不要骑自行车，去学校门口打个出租。

我不知出了什么事，吓得够呛。赶到家里，妈妈就抱住我，沉痛而冷静地说：“你还是来晚了。你见不到他了。他让人拉走了。”

我脸都白了，我喘不上气来。

“谁让人拉走了？”我全身哆嗦着问。

“他死了，小石头死了。”妈妈说着，猛然泣不成声。

“怎么会……”我说，“怎么会？”

“是自杀。”爸爸说，“他是先杀了顾老板又跑回房间自杀的。就用一把小刀子。时间是在昨晚。他一整天没去上班，公司跟他联系不上，就来找他。天气热，院子里都有臭味儿了。”

爸爸不说了，摘下眼镜擦着。

我呆呆的，半天没动静。

“不可能！”我突然暴跳起来，号叫一声，然后扭头就往外跑。爸爸妈妈在后面喊什么我根本没听到。站在街上，我一时不知道往哪儿走。不少人站在路边，窃窃私语。我的样子引起了他们的注意，但我不管他们，飞快地往顾老板家跑去。

到了顾老板家院门前，我的腿就软了。我一步也挪不动了。我两手扶着门框，用迷离的目光，向院子里看去。

里面所有的灯都打开了，把院子照得通明。没有一个房客。空荡荡的，突显着那棵茂盛的石榴树。

微风吹动石榴树的花朵，把一缕缕清淡的香气送到我的鼻孔。

关于小石头的自杀，尚书街流传着一种有损死者名声的猜测。顾老板家的某些房客也在毫无人性地助长这种流言的传播。他们一致认为顾老板对小石头好得过火。顾老板常把一些好吃的东西给小石头留着，有时也把小石头叫到他房里去。顾老板珍藏了不少祖传的古玩，房客谁都无缘一见，但顾老板会单独在小石头跟前炫示。据说顾老板还送过小石头一根金耳挖、一只翡翠鼻烟壶、一对玉扇坠。小石头没看出顾老板的用心，结果就误入了他的圈套，以致忍无可忍，怒而将其杀死。人们发现顾老板的尸体除了那件丝绸睡衣，里面光溜溜的，竟然什么也没穿，似乎就是对顾老板和小石头暧昧关系的一种证实。

在我看来这种流言本身就是罪恶。面对如此深重的罪恶，我无力驳斥。这个世上唯我想象得出，小石头生前所承受的绝望和羞辱。顾老板不像小石头认为的和他自己所显摆的那样神通广大。在经受了一次次的碰壁和失望之后，小石头肯定感到自己受到了耍弄，而且是一个人见人烦的糟老头子的耍弄。

就在这天晚上，小石头怀揣早就备好的利器，潜入顾老板的房中：站在床前，小石头看到了睡在蚊帐里的顾老板。

小石头会不会狠狠地朝他刺下去？小石头隐约感到不安，好像他到这里来是要给死人刺下一刀。朦胧的白纱布笼罩着的躯体，虽然只是一个薄薄的影子，但从那发着水光的丝绸睡衣里透露出来的，却是有血有肉的活人的信息。小石头暗暗告诉自己，必须杀掉他。为了避免他的受伤后的抵抗，出手必须又快又准。不能让他从梦中呼救……那样势必会打乱小石头的计划。

小石头借着从街上射来的淡淡的光亮，对着顾老板心口的位置挥起手臂。只要刺下去，顾老板就必死无疑。不，他已死。躺在床上的，不过是具腐尸。他听到轻细的蚊帐布扑哧一声撕裂了。丝绸睡衣好像被风吹动了一下，往上一鼓。刀子已经穿过丝绸，扎在了顾老板身上。小石头还在直直地伸着胳膊，似乎手中还握着刀子。他要重新刺下去。可是，像有人在背后拉住了他。他退后一步。即使顾老板临死前睁开了眼睛，也不会看到他。他从黑暗中来，又隐藏在了黑暗里。他听到了一声叹息，死亡的叹息，证明他杀掉的人曾经是活着的。这是一个很残酷的发现。小石头马上感到巨大的恐慌。他退到门旁，又挪到窗后，还没确定哪儿是他潜入的地方。床上没有一点动静，蚊帐从天花板上垂下来，也一丝不动。寂静，整个世界的寂静。窗外石榴树的黑影，蓦地摇动了一下，仿佛在朝屋内窥视，但也没有声音。

小石头回到自己房间。桌子上放着他写下的遗言。雪白的纸片浸在夜色的水里，闪着凉丝丝的光泽。

他在椅子上木然坐着，不能确定自己是不是已从那惶恐不安的氛围中逃离。他终于决定拿起另一把刀子，扎进自己的左臂：……没有一丝痛感，像有一条小虫子在皮肤上爬。他扎得更深了，还不觉疼痛。他拔出来。他没感到还有什么过程，刀子就已扎进他的心口里了。他咬着牙，轻轻说一句，真疼啊……按着刀子的手，越攥越紧，全身的肌肉拧成一团。鲜血喷涌，仿佛烈火，将刀子和小石头牢牢焊在一起。小石头只有使劲瞪大眼睛，看着黑夜由于极度惊骇而悄悄后退，好像在说，你不要走，你不要消失。

小石头跟夜色一起走了。留给世人的纸条上写着：我在天堂等你。

谁让小石头走了这一步？

依我看，谁也不能让小石头走这一步。他竟然这样走了，只能说明他犯糊涂。世上有这么多女人，他偏去爱小琳姐姐，也不管她是否依然值得自己去爱。我相信，在小石头身边，不会没有漂亮女人追的。他不光为爱小琳姐姐把性命舍弃了，而且至死不渝。还要在天堂等她！能不能上天堂还说不定呢。杀了人怎么会上天堂？天堂又大多在外国的上空。他就不想想，人家顾老板国外有人，又怎么会让刺杀自己父亲的凶手，轻易跑到天堂去赴巫山云雨之会？既然他想跑到天堂去，就不该杀人。你把人家视为腐尸，其实人家活得正欢呢。我就说嘛，要想死后等到小琳姐姐，除非小琳姐姐也去杀人。亲爱的小石头哥哥，你不是犯糊涂是什么！

暑假里，我无心学习，每天没白没黑，拼命上网。通过QQ，我注意上了冷酷男孩。聊了两个晚上，感觉特好。冷酷男孩一约我见面，我就满口答应了。去赴约的路上，我还担心他会是个半大老头子。一下车我就放心了。我看见一个帅气的男孩子，两手卡着小屁股，在快餐店门口甩着长头发，东张西望。他并不是小石头那种类型，但看上去也挺招人喜欢。

在快餐店，我们泡到下午四五点钟。他又提出带我去酒吧。我很想去，就跟他去了。在那里喝了点酒，晕晕乎乎的就发现是在他家里了。他父母都出差去了，大大的房子里只剩他一个人。开着音响，我们继续喝。那时候我觉得自己的酒量很大。

我从他的床上醒来，一种寒冷的感觉猛地撞到我的心头。显而易见，我遭到了强暴。我本来想哭的，却突然笑了。他也是很害怕的，膝盖已不由自主地朝地上弯去，见我笑他也笑了。

说实在的，我挺喜欢他。看得出来，他也喜欢我。

对于这件事我不想多说什么。爸爸妈妈也没从我身上看出异常。过去我一直是他们放心的好女儿。我只知道自己并没有受到什么伤害就够了。

坐在电脑前，摊开书本，一边默记公式定理，一边等待冷酷男孩通过虚幻而真实的网络，给我发来温馨可触的信息。

房门响动一声，小琳姐姐一头闯进来，一句话不说，就跑到我的床上，背靠墙壁，梗着脖子，两手抱膝，坐在那里。她还是那么美。她向前注视的眼神，简直勾魂摄魄。

“跟我谈谈小石头吧！”她终于开口。

我转过脸，除了怀疑地看着她，没有别的表示。

“我从没逼过他。”她说，“我只是很委婉地告诉他，‘你有许多缺点，我也不想指出来，免得影响你的自尊心。但请你相信，我仍会一直等着你，不管还要等你多少年。’换你你会怎么办？你也会这么说吧。”

可是，她似乎并不需要我的回答，眼神突然就变得捉摸不定了。

“请你作证，我要给他当一辈子处女。”她的声音小小的，仿佛颤动的轻柔的微风。“真的，我还是处女。”

月亮的舞蹈

刘伟冬去车站接表妹月亮，看她第一眼就感觉很不好。怎么说呢？就是天生一副上当受骗的样子。路上问她怎么叫“月亮”这个名字。她歪着头，一字一句地解释：

“‘月亮’，就是姐姐‘小月’和弟弟‘小亮’。”

刘伟冬纳闷，从没听说还有小亮这么个表弟啊，就板下脸警告她：

“不要胡说好不好！”

“弟弟没能生出来，弄不下证，八个月，打掉了。”

“那就叫‘小月’好了，偏什么‘月亮月亮’，不嫌俗。”

“谁叫我‘小月’我不答应。我妈说过，月亮一个人就能当两个人用。”

刘伟冬不禁去盯她欠骗的脸，愣了愣。

“看什么看，我又不是钟馗。”

刘伟冬赶忙扶正方向盘，却惹得她扑哧一笑。刘伟冬想，丫头笑点低。听她突然又说：

“那你叫什么名字呀？”

“明知故问。”

“表哥，你不说，我也知道。”她狡黠地闪起眼来。“你叫尖囟子。尖囟子！尖囟子！”

“我囟子尖吗？”刘伟冬把脸一沉。“我叫刘伟冬。”

“伟冬哥哥。”

“唉。”表哥答应并叮嘱，“以后就这么叫。”

“知道啦!”月亮拖长声音,“省得表嫂听见，有面子没里子的。哼。”

刘伟冬直接把月亮送到家里，说：“小月，你在家等着。厨房有吃的，你自己找来吃。我要出去一下。”月亮呆呆地站着，闻若未闻。刘伟冬忽然就明白了，笑说：“月亮，我是去鞭指巷岳母家。今天中午她家里人聚会。”月亮不回头：“你走吧。”刘伟冬又说：“你拿的什么呀？放下吧。”月亮说：“一只鸭，一只鸡。”刘伟冬说：“那我走了，你就把这里当自己家。”

出了门，刘伟冬想，她说自己拿来一只鸭一只鸡，用两条布袋包着，也没听到声音，该不会闷死了吧，闷死了家里会不会有臭味。再看时间已晚，刘伟冬在路上把车开得飞快。今天是他岳母的生日，每过生日七大姑八大姨，什么亲戚都来了。本来儿女们商议，找家大饭店，又气派，又省气力，岳母不让，说在家里好，家里有院子，人来了可以随便热闹，像回事儿。

见刘伟冬回来，岳母问他接着表妹没有。他说：“接着了。”岳母不满：“远道儿的亲戚，怎么不带来，让我瞧瞧儿？”他说：“累得面条儿似的，到您老面前，还得挂着。”说得在场的客人都笑了。背着人，妻子雨琇问他：“那丫头怎么样？”他回答倒干脆：“天生一张吃亏的脸！命！”雨琇“哼”一声：“能说出这话，不亲。”

本来他们夫妇常住在岳母家的，自己的房子一年住不了两个月。寿宴罢，送走客人，夫妇俩就回了自己家。

月亮亲手杀了带来的鸡鸭，拾掇干净，都挂在了厨房里的钩子上。刘伟冬惊异地问她：“都是你杀的？”她“嗯”一声。刘伟冬看看垃圾篓里，果然是些带血的鸡毛鸭毛。雨琇也吃惊，上下打量她。

“小月，你坐下歇一歇。”雨琇说。

她不动。

“不要忙了，我看都挺干净的。”雨琇体贴地说，“你胆子真大，敢杀鸡。我可不敢。你表哥也没杀过。”

她木着脸，耷拉着眼皮，谁也不看。雨琇疑惑了，以为自己哪里得罪了她。刘伟冬见状，一笑：“月亮，坐下歇歇。”

话音未落，就见她一扭头走到沙发前，扑通，坐下了。雨琇就说：“显见得是哥哥妹妹。”使眼色给刘伟冬，让他去卧室。

“丫头有什么特长啊？”雨琇问刘伟冬。

刘伟冬摸摸后脑勺。“姑妈特意说，月亮会跳舞。”刘伟冬说。

“啧！”

“她也最喜欢跳舞。”

姑妈把事情说得很急，事先也没和刘伟冬商量，就让月亮表妹第二天来省城找他。刘伟冬没见过月亮，怕跟她错过。姑妈说：“不用担心，你呀，就看她那个架势。这丫头就一个大能耐，会跳舞，也最爱跳舞，你记住了。”在车站门口，刘伟冬果然一眼就认出了她。那两只胳膊不像别人那样下垂着，而是弯翘成翅膀样，若无手上之负，可能就要飞起来。姑妈的意思是要刘伟冬给她找个活儿干几年，这是她妈所托，刘伟冬尽心而助就是了。姑妈还说，“你表姑妈就月亮这一个女儿，也不要出了什么好歹。”

刘伟冬绞尽脑汁，想不出能给月亮找个什么活儿干。他在本地的社会关系还不如鞭指巷出来的雨琇广，所以到头来还得求助雨琇。

雨琇说了几个单位，解放桥的赛博电子商城、她同学的华克木业加工厂、尚德金融中心的写字楼，都觉得不大合适。原来她的思路被月亮爱跳舞控制住了，这些地方哪里用得着个乡下丫头去蹦蹦跳跳？月亮那水平，不用问，想进专业艺术院团，那是做梦。即使她水平可以，雨琇也没送她进去的本事。

想来想去，想到了鞭指巷口的一个服装店。她从那里经过，常看到一些女孩子穿得花枝招展，站在店门口，“呱唧呱唧”拍着巴掌吸引顾客，多少跟“舞蹈”有点关系。

雨琇问月亮：“明天你去卖服装好不好？那个店的经理我认识。”

月亮一听，忙说：“好啊！我算账也可以的。”

雨琇就说：“那就这样定了。那活儿倒不累，但不知你磨不磨得开脸皮，就是要在……”她两手比画了一下。

月亮喜不自胜：“我最爱跳舞了！”

雨琇说：“也不算是跳舞，就是‘呱唧呱唧’。”

“那是跳舞的一个动作，”月亮说，“我跳给你看。”

刘伟冬不作声，一看她，她发觉了，马上老实下来。

雨琇给月亮找的这个服装店，单名“璺”。

月亮去璺上班的当天晚上，姑妈又给刘伟冬打来了电话。姑妈说，上次月亮她妈没告知实情，月亮去省城最大的目的是逃婚。她们邻村书记的儿子看上了月亮，非要娶她，说自己熬到二十八九不结亲，就是要找一个像月亮那样的老婆。按说男方家境非常好，富甲一方，多少人家都巴不得将女儿嫁过去吃香喝辣，但月亮妈不这样想。月亮妈说嫁给书记儿子，也还是嫁在了农村。月亮那么爱跳舞，一旦成了人家老婆，肯定就不能像在她妈身边一样随便跳了。她妈就希望刘伟冬能在城里给月亮物色个对象。嫁给城里人，总比嫁给死脑筋的乡下人自由一些。男方的标准，也不要太高，模样过得去，一日三餐有得吃，就算大上几岁，也是可以的。

这是在岳母家里，姑妈与刘伟冬说的话在场的人都听到了。“我说没那么简单吧。”半晌，雨琇说，“这样有才的表姑妈，下次回老家一定要见见。”

岳母说：“双忠祠街王朝然的外甥，去年死了老婆，也没孩子，我看就挺合适。”

“妈！”刘伟冬脱口道，“他都三十多岁了，还一脸大紫疙瘩，月亮还是个没开的花骨朵。”

岳母一嘟嘴：“心都让你们操去！我老了。”

雨琇飞快地瞪了刘伟冬一眼，刘伟冬已知造次，装没看见。

睡觉前，雨琇埋怨刘伟冬说话急了，刘伟冬就辩解：“别说王朝然的外甥三十多岁，就是与月亮年纪相当，我都替月亮心疼。这不明摆着癞蛤蟆想吃天鹅肉吗？”雨琇把脸一沉：“你说谁癞蛤蟆！小聂再怎么不俊，也还是老城里的人，祖上三代拨拉算盘珠儿吃饭的。我妈好心，你听着不顺耳，就只配‘你妈’了。”刘伟冬忙赔不是：

“谢‘我妈’。”雨琇“哼”一声：“看昨天那个眼神吧。在璺干不好，别来求我。哥哥妹妹的，胳膊折在袖子里。”刘伟冬把腰一弓，钻进被窝。

第二天，雨琇还没进办公室，就接到了璺老板电话传来的坏消息。原来月亮上班时拍起巴掌来特别卖力，一下子把另外几个老店员比了下去，弄得她们都很不好意思。不光拍巴掌起劲，还加上了两腿的动作，又踢又蹦的。往常有外地旅客经过，都跑到“璺”字招牌下面拍照，这回就都拍她了。结果，来往的人太多，几乎堵了店门。恰好有个退下来的舞蹈演员路过，被吸引住了，就跟她聊了两句。雨琇问她：“你怎么知道这是舞蹈演员？”他说：“看他打扮呗。头上缠着条花头巾，看样子四十多岁了，还穿着紧身裤，裤裆里鼓鼓囊囊，呼之欲出，好大一包……”雨琇忙阻止他：“橡皮五，越说越没正经！”他接着说，晚上这人打听到店员们租住的地方，又跑去找月亮。听介绍，果然是个老舞蹈演员，现在在什么地方开着一家舞蹈培训学校。这老花头，说着话还不停地绷起脚尖儿，踢腿举胳膊。月亮当时就信了他，拾掇一下就跟他走了。店员看她兴兴头头，感觉是去攀了高枝，也都不作声。这是早上来上班，才把情况说出来。

雨琇知道麻烦大了，见不能瞒着，忙转告给了刘伟冬。刘伟冬倒吸口凉气。早前预感不好，可没想到会这么快。这才过了两夜。月亮，你个小衰样儿！你命里的苦，看样子是真逃不掉的。你受骗，受欺侮，受蹂躏，可怨不得别人。怨自己就这命。你想幸福，做梦！聂大疙瘩脸都不屑要你。

这回刘伟冬没主意了，急得说：“这咋办这咋办？”

“报案啊！”雨琇说，“肯定遇上了坑蒙拐骗。”

“怎么给姑妈交代啊！”刘伟冬两眼直直地说，显然昏了头。

“快别想这个了，报案要紧。说不定还能救出来。”

他却白痴一样说：“怎么报案？”

雨琇生气了。“怎么报案都不知道？”她说，“难道要我报案吗？我连她的名字都不知道。”

“她叫月亮。”刘伟冬说。但雨琇马上把电话挂了。

刘伟冬报了案，派出所要他亲自去一趟。他顾不得跟领导请假，关上办公室的门就要走。谢天谢地，月亮打来了电话。听她的口气还在兴奋中：

“表哥，大城市还就是好唻，机会这么多。我跟夜来香剧团跳舞去了。费老师主动介绍我去的。”

刘伟冬恨不得砸了电话，吼道：

“你会跳什么舞！你个种庄稼的小妞儿，会跳什么舞！给我回来。”

月亮不吭声了。刘伟冬还在怒骂着：

“你懂什么叫跳舞！摘棉花锄地就是跳舞？你会跳舞，猪都会上树。蹦跶两下子，就是跳舞？牙都笑掉了。你会跳舞，那些真正的舞蹈演员，不都得吓死！你得抵命！”

那边悄无声息，电话早就挂了。刘伟冬气哼哼地回到办公室，还是越想越不得劲儿。月亮做出如此重大的决定，事先也不告诉他一声。亲哥哥妹妹，能这么着吗？看来，自己这个表哥是瞎操心了。估计姑妈也是瞎操心。但她最终还是打电话报了平安，又说明她心里还是有他这个表哥的。

三天后，釁老板通知雨琇，月亮又来上班了。刘伟冬傍晚开车去釁，看她脸上还有些彩妆未褪，粗粗的眉毛，明显一长一短。刘伟冬对她说：“走吧，不回宿舍了，跟我回家。”在车上，她只管低着头弄手指头，一语不发。到了家里，张嘴就对雨琇说：“表嫂，你家有什么好肥皂？不知他们在我脸上抹的啥熊东西，黏糊糊的，怎么洗也洗不掉。”雨琇一看她的样子，忍不住哈哈一笑，忙领她洗脸去了。刘伟冬暗松一口长气。嗯，没事儿。看她在车上哑默，他止不住胡思乱想，还真以为她被人糟蹋过，已成败柳残花。

吃饭时，月亮向刘伟冬说了自己三天来的经历。她进了一家名叫夜来香的草台班子，跟着去城市周边的乡镇集市上表演过两场。

“跳什么舞？其实就是表演神经病。”以看破红尘般的苍凉口气，她慢腾腾说。

雨琇撑不住，“扑哧”，喷了她一脸饭菜。她还没来得及擦，雨琇就一把拉起她来往卫生间去，说：

“快，我给你洗！”

月亮的变化之大，出乎En老板所料，就是怎么着也不出店门拍巴掌了。En老板催她去，她一脸羞涩，扭扭捏捏。别的店员也都知道了她从草台班子回来的原因，看她不愿到门口拍巴掌，就都不愿去。En老板专门把大家聚在一起，开了个小会儿，说：“知道En的特色是什么吧？就是拍巴掌！”好说歹说同意站在门口拍巴掌招揽顾客了，就是一副照本宣科的样子。En老板看在雨琇的面子上，也没再为难她。

这天上午，街对面出现了一个小伙子，久久地朝En看。终于走过来，问月亮：

“这是个什么字啊？”

月亮拍着巴掌，不理。别的店员代她说：

“这是个‘莹’！”

“什么‘莹’啊！明明是烧水壶！”月亮脱口说，“你来啦。”

小伙子“嗯”一声。

“他叫铁瓜，”月亮向同事介绍，“是夜来香剧团的歌唱演员。”

小伙子脸一红，说：

“我也不在夜来香干了。”

“谁呀谁呀？”En老板在里面听见外面说话，忙叫着跑了出来。“你是干什么的？”他警惕地问。

小伙子还没搭言，月亮却拍着巴掌抢先说：

“是我朋友。铁瓜，我上班时间，没法陪你。你去广场转转，再来找我。”

En老板看她一本正经，不禁哑了一下，疑惑地回到店内，马上给雨琇打电话汇报，说：“你那个亲戚，本事比我橡皮五还大，才来这几天，就把女婿给找下了，倒省心。”

刘伟冬获悉，不敢大意，赶忙问月亮是怎么回事，月亮却又不承认，说只不过是同一个班子里的，同台演出过两场。听着她的话，刘伟冬竟觉得耳朵出了毛病。

如此波澜不惊，张嘴“班子”，闭口“演出”，这还是月亮吗？刘伟冬再不知该问什么，忽然想起来，就说：“那唱歌儿的兄弟也是城里的吧？”月亮说：“跟你一样。”这话说得有水平，让刘伟东到一边琢磨去了。

十年前，刘伟冬也是村子里的，但刘伟冬考上了大学，又凭个人能力留在了省城，娶了城里媳妇。刘伟冬还是不是农村人？雨琇说：“你呀，喝了两天自来水，就要改苦出身。”刘伟冬说：“那我不洗脚了。”雨琇说：“不怕难受就不洗。”刘伟冬说：“哎呀，忘了叮嘱月亮，留意铁瓜爱不爱讲卫生。”雨琇说：“你小看了她。”

刘伟冬意外安心下来。看人一眼就武断认为人要倒霉，其实就是因为自己先有了不耐烦。乡下亲戚来投靠他，麻烦他了吗？他为自己潜在的想法感到羞愧。好在璺老板是雨琇小时候的玩伴，不管有什么事都能及时通告，刘伟冬虽然没能常常去璺看月亮，但也算没让月亮走出自己的视线。

月亮又像在璺头一天一样表现了，连拍巴掌带踢腿的。不同的是，在街对面不远处，多了一个固定观众。铁瓜每天都来，隔着街道看。这样过了五天，铁瓜就跨过街道，走到璺门口不肯走了。

“我要让你跳上真正的舞蹈！”小伙子说。

月亮没有停下来。“这是上班时间。”她说，“你去那边站着。不想站着你去大明湖、趵突泉、环城公园。”

“我们不在‘烧水壶’干了。”小伙子说着，一把拉住月亮的手。

月亮哀痛地叫了一声。

小伙子一愣。

“死东西！”月亮骂道，“我手肿了你不知道？我把手拍肿了你不知道！”

她的同事在旁轻描淡写地说：

“等起了硬茧子就不疼了，没啥。”

对月亮执意辞去璺的工作，刘伟冬和雨琇也不好多说什么，却都明确反对她跟铁瓜去跳舞。

刘伟冬说："你又没学过一天舞，跳舞能吃上饭吗？"月亮就说："我这舞，不用学，全是我自创。"刘伟冬说："那就更可笑了。"

"才不呢。"月亮振振有词。"铁瓜说，我这舞属于原生态。原生态的舞，本来就不用跟老师学，是从我心里出的。要说有老师，也不是费老师那样的，我的老师是清风，是明月，是白雪，是草，是庄稼。"又加一句，"是生命。"

雨琇疑惑道："这都是铁瓜说的？"

月亮郑重点头。

"铁瓜能说出这话来，倒不简单，最低也得本科毕业。"刘伟冬说，"哼，还'生命'。可他说得再好听，我和你表嫂也不支持你。你会跳舞？那好，起来起来，在客厅里给我们跳一个。"

月亮无动于衷地说："我不跳。"刘伟冬问为什么。她说："谁不知道啊，你们就是要在我身上挑刺儿的。我跳得再好，你们也会说，你跳的什么舞啊！"

刘伟冬和雨琇面面相觑。半晌，雨琇说：

"那你要跳给谁看呢？你自己去舞厅看都是什么人？反正你表哥没去过。"

"我们不去舞厅。我们去大街上跳！"

刘伟冬和雨琇哑口无言。

"姑妈没跟你们说吧，"月亮又说，"我本就是要来城里跳舞的！"

月亮走后，雨琇就跟刘伟冬感叹："我的妈，这些打工孩子连个稳定点儿的职业都没有，吃上顿没下顿，换我都要愁死了，你看她像是发愁吗？我要说她傻，你别怨我看不起你们老家人。"

那个铁瓜从旧货市场上弄了只大音箱和一个旧蓄电池，带着月亮，哪里热闹去哪里，千佛山下，超市门口，如卖艺的一般，让月亮在音乐声里翩翩起舞。有时他也会抱起吉他，自弹自唱。那月亮果真灵通，不管是录音机里放的，还是铁瓜自己弹的，耳朵一听，随时就能做出相应动作。好奇的路人，常常围得水泄不通，当然会有不少人给钱。

虽然月亮离开了쫮，쫮老板也挺放不下她，这天听说他们在泉城广场摆了摊子，忙跑去看，果然发现她正跳得投入。没惊动他们，又回来了，打电话告诉雨琇，你那亲戚该不是个舞蹈天才吧，挺震撼的。雨琇说他又没正经，他就强调，真是，我还冒了一头汗呢。

雨琇打听到晚上他们也常出来演出，不是在省体育中心，就是在燕山立交桥下面，就让刘伟冬开车带着自己去看。去了这两个地方，没见着。回来时路过省师范大学破破的大门口，发现有人聚集。仔细一看，可不，正是他们。可能刚刚开场，铁瓜一个人抓着麦克风唱歌，月亮坐在他们的行李包上，半低着头，想着什么。一个不知哪国的黑人学生噘着厚嘴唇，对她直瞅。

铁瓜唱着唱着，两个保安从大门里出来，要撵他们走开。刘伟冬和雨琇走向前去，忽然听一个穿着绅士的中年人对铁瓜说：

“我见过这姑娘跳舞，知道她跳得怎么样。你们最好去省电视台门口跳，那里气派，出出进进的都是高人，要让他们看中了，参加个什么比赛，保不准红遍全国。”

雨琇拉拉刘伟冬的衣服，两个人又悄悄回到车上。

月亮去省电视台门口跳舞的第二天就遇上了高人，这高人正是梦蕾舞蹈学校的费老师。

费老师带领一帮学生来电视台录制完节目，才要坐车离去，忽然发现有人正在门口舞蹈。他也没靠近，就那么站在中巴的车门边，远远看了一会儿，然后才走过去。问月亮：“这舞蹈是跟谁学的？”月亮略停了一下，继续跳下去。铁瓜有些讨好地代她说：“自编自创，跳一天不带重样儿。”费校长没有认出月亮，当时夸口：“想出名，跟我走。”说着，递给铁瓜一张名片。月亮不跳了，想去抢过来扔掉，这时费校长才认出她来，惊道：

“你是月亮啊！罪过罪过，不知道你会这样跳舞。你俩商量商量，然后去找我。”

从名片上看，费老师不光是校长，还兼任电视台某热播综艺节目的评委。月亮的意见：“不去。大骗子，让他骗过一次，不能让他骗第二次。”铁瓜劝道：“那是误会。就是不求出名，请他指点一下也好嘛。”月亮定定地对铁瓜看了半天，把铁瓜看得摸不着头脑。月亮小声叹了口气。

铁瓜陪同月亮去梦蕾。到了费老师办公室的楼层，月亮又想回去。铁瓜说：“你看这就到了。”月亮说：“我手凉，凉得厉害。”铁瓜要抓她的手，她不让，把手搭在背后。铁瓜愣了愣，说：“那就回去吧。”

费老师客气地接待了月亮和铁瓜。费老师当场言明：“月亮，说实话，我费宏希根本指点不了你。我若指点你，你就不是这个月亮了。但我可以包装你。在包装你之前，我想给你举办一场小型演出。不是为了考你，而是让更多人看到你，为过去的你做个见证。”

月亮好像听不懂一样，也像不认识费老师。费老师不像她过去见过的样子，跟人说着话，也还要不停地绷直了脚背踢腿，一副万年骚。费老师老老实实的，是一个令人尊敬的长者。月亮有些怀疑，他总包着头，是不是因为他是个秃子。

这天晚上，月亮没有去墅店员的宿舍住。她头一次跟铁瓜住在了一起。铁瓜问她手还凉吗，她说不凉，身上像火烧一样。铁瓜说其实自己那个时候也怕。月亮问他还怕不怕啦，他说不怕。不但不怕，还想着冲到街上大叫几声。月亮问叫什么，他说：“月亮来城里跳舞。”月亮说：

“那你这就叫。”

“月亮来城里跳舞！”

他们住在甸柳小区一间小小的储藏室，声音像道白光一闪，将那低低的屋盖顶得猛一颤。

月亮猛扑到铁瓜身上咬他。铁瓜还嘴。两人在床上绞缠，“咕咚”，铁瓜掉在了地上。不过是地上，却像掉在地窖里一般。月亮要伸手拉他，他就静静说：

“我不上去了，月亮。我在地上睡。”

铁瓜从床底拉出一张席子，铺在身下。

“地上有虫子，地上硌得慌。”月亮还要让他上去。

“不要紧。在夜来香赶场常睡地上。”铁瓜说，“这些年我还睡过猪圈羊圈，有时麦草都没得铺。”

月亮不作声了。过了很大一会儿，突然问道：

“铁瓜，你是不是城里人？”

“那你呢？”铁瓜反问。

月亮想着说：“我觉得我是。”

“你是我就是！”铁瓜肯定地说。

月亮说：“那好。”

“睡吧，月亮。这几天你要多养精神，真正打通与天地的关系。”铁瓜说着，就没了声音。月亮侧耳倾听了一阵，他竟轻轻打起鼾来。

到了与费老师约定的时间，铁瓜又要与月亮一同前往。月亮非要独自去。月亮说铁瓜你放心，我能跳好。月亮甚至连件衣服都没换，就去了。

在舞蹈学校，月亮被人领到一个大黑屋子里。地上很软，踩上去像止不住要往下陷。什么也看不见，像是到了一个世界上最黑最黑的深夜。别说城市里没有这样的黑夜，乡下也没有。那个领她来的人好像早在门口消失了。这个漆黑的世界，就只剩她一个人。空旷而充盈。过了一会儿，从黑暗深处，才闪出一小团一小团的微光，好像远远近近隐藏在无边草木间的眼睛。灯光突然朝她照下来，她反射性地抬起胳膊，挡在额前。发现果然是些眼睛，人眼，是些人乌压压坐着。月亮看不清都是些什么人。好像有些学生。也没看清费老师。

月亮跳了。没有音乐，没人发出指令，月亮觉得该跳就跳了。

月亮跳完就回去了。并没听到喝彩声，但她给铁瓜说：

“我跳得很好。”

璺老板听说月亮要参加省电视台综艺节目选拔赛，主动提出要送月亮服装，刘伟冬夫妇也要亲来证实。璺老板做东，专门在芙蓉街“鲁味皇”要了个包间。铁瓜自始至终都表现得很兴奋，倒是月亮，神情默默的，不大说话。璺老板忽然示意大家静息下来，指着月亮说：“瞧，气场出来了！”月亮这才“扑哧”一笑。

月亮用不着璺老板的服装。费老师和台里的评委主持，共同为她设计了表演路线，就是走白毛女的路子，名字都给起好了，床单仙子或包袱小妹。铁瓜解释说："服装风格戒花哨，扯块单色布往身上一搭就可以，布边儿要烂，甚至越烂越好。"璺老板说："我没戏了，可我觉得这像跳现代舞。"铁瓜不禁"哎呀"一声："真是呢，最古朴的，反而是最现代的。月亮，多少人要达到而没能达到的，你已经达到了。"

吃完饭，刘伟冬和雨琇溜达着回鞭指巷，路上伟东对雨琇说："琇，我怎么觉得不着调？"雨琇套用铁瓜的话，说："这个时代啊，你越觉得不着调的事，它就越着调。"刘伟冬望向一个很远的地方，说："要不，给姑妈打个电话，让月亮妈快把她叫回去。"雨琇不动声色地说："那你就打。"

对月亮的包装，铁瓜也参与进去，费老师和评委们商量什么事，都不避他，甚至有时还说："铁瓜，你有什么建议？"铁瓜把建议说出来，被采纳十之有二。眼看节目的编排、赛前的录像等都已完成，这天晚上费校长就在索非亚大酒店设宴庆祝。实际上这庆祝名不副实。来赴宴的人围了一大桌，足有十七八个人，个个有头有脸，席上谈笑风生，但都没对月亮提一个字，费老师也像忘了自己的目的。铁瓜和月亮坐在一起，一见这架势，本来挺局促的，渐渐就放松下来，只是悄悄跟月亮说话。看见好吃的转过来，月亮不好意思动筷子，他就在一边小声儿说："吃，吃，吃。"月亮搛起一筷子菜，不知想起什么，还没吃就偷偷笑了。

那些客人谈国际风云，国家大事。谈业界风流，也谈敏感话题。有骂有笑。粗俗与优雅混杂，光明与黑暗并存。倒好像吃饭喝酒压根儿不重要。但这与月亮有什么关系嘛。你想，卡扎菲、穆巴拉克、巴莎尔与月亮有什么关系嘛。饭吃完了，月亮都没觉得这顿饭跟自己有关系。

城里的规矩月亮和铁瓜毕竟懂得还少，晚宴结束，没等众人起身，就抢先闪人，像要赖账一样。少算两个人，也算给费老师省了。

才走不远，费老师就跑来叫住月亮。费老师不去管那些客人了，对月亮说，“你不要走了，我给你在二十五楼开了个房间。这几天你住在这里体会体会。”月亮似乎想都没想，就顺从地跟费老师往走廊深处走去。铁瓜要跟着，费老师就给他做个阻止的手势。月亮迟疑了一下，也向他做了手势。他反而急了，说一声要带月亮去哪儿呀！就冲了过来。

费老师皱了下眉，没计较，给月亮使个眼色，月亮就说，“我要住在这里体会体会。”铁瓜收了脚步，眼睁睁地看着月亮和费老师走进电梯。

半夜里，铁瓜两脚酸疼地回到甸柳小区，意外发现月亮早在床上躺着了。月亮面朝墙壁，一声不响，但没睡。

铁瓜正猜疑，月亮扑腾坐起来，抱着膝盖，垂着眼皮说：“铁瓜，我要回去，回去种棉花！”铁瓜瞪大眼睛，她又说，“我不跳舞了。你要不嫌弃我是农村的，就跟我一起走。”

“发生了什么？”铁瓜颤声问。

月亮咬了咬嘴唇。“他们不是人！”她说。

铁瓜晃着身体，无声坐在椅子上，两眼发呆。

“姓费的让我陪一个房地产老板。”月亮说，“什么体会体会？净骗人。说那老板有钱，综艺节目就是由他赞助的。我那次在舞蹈学校跳舞，他就看过了。只要我把他陪得高兴，别说省台一等奖，就是中央、世界、宇宙一等奖，超等奖，也都拿得到。”

“你没同意，就回来了？”铁瓜小声问。

月亮点点头。“我回来他还阻止我不成？”月亮说，“我还没见他，是姓费的说的。”

“回来好。”铁瓜气若游丝。

“我算都明白了，”月亮大彻大悟，“这个姓费的，就是个拉皮条的。舞蹈学校不知多少女孩子，都让他送给有钱有权的人糟蹋了。哼，偏让他遇上我！看我不揣把刀子，戳死他！”静了一会儿，又叮嘱铁瓜，“铁瓜，这些事，你可别给我表哥说。”

他们一整天闭门不出，一整天也没说几句话。

夜晚再次来临。铁瓜提议：

“月亮，换上件衣服，出去走走。”

月亮不想出去。

铁瓜又说：“出去走走。换上橡皮五送你的那件衣服。”

月亮不想换。

“换上！”铁瓜像用眼神说。

月亮就换了。两人走出去。

他们走在街道上也不说话，就像两个陌路人。铁瓜走在前，月亮走在后。铁瓜只是偶尔回头等她一等。

甸柳小区外的和平路不热闹。文化东路上热闹，因为文化东路上有些高校，从东往西数，有电影学校，有警察学院，有艺术学院，有省师范大学，再往西，还有体育学院。好像一到晚上，人都出来了，分不清学生和本地市民。来来往往的，都是人，搞不清要去干什么。月亮和铁瓜路过师范大学门口，也没停。一个黑人青年向月亮吹口哨，铁瓜瞪他一眼，就算了。他们拐到了历山路上，过了路口，又走到解放桥，过了家乐福超市，又到了青后街。不知不觉，来一条僻静的小巷子里。

“你累了吗，月亮？”

“我快走不动了，铁瓜。”

看看前后没人，铁瓜一把将月亮抱在怀里。他抱得很紧，脸贴着月亮的头发。

“你喜欢跳舞，对吧？”铁瓜说。

月亮被搂得喘不过气，一动不能动。

“我喜欢。”

“你还得跳舞。”

“我不跳了。跳舞什么也不是。”月亮说，“我明天就去卖衣服。”

“你得跳。”

“我在服装店门口跳。”

“不跳舞你活得没意义。”

“跟你在一起就很好。”

"听我的，去跳舞，跳舞是你的一切。"铁瓜抓住月亮的胳膊，紧盯着她黑暗里的眼睛。

月亮扭着脸，看巷子口幡然走动的人影。

"我跳的不是舞。"月亮幽幽说，"我是瞎蹦。我不知羞。我脸皮厚。"

"你不要糟蹋自己!"

"那就让别人来糟蹋我吧。"月亮哽咽了一下。"铁瓜，你在狠心逼我。你是不是跟姓费的串通好了？你收了人家多少钱？你也在卖人吧。"

铁瓜猛地把月亮一推，月亮踉跄着撞到墙上。

"你跳的是真正的舞蹈!"铁瓜大声说，"现在机会摆在你面前，能让你红，让你成为一个了不起的舞蹈家，想跳就跳，而我，什么也做不到!"

铁瓜转身就走。走到了巷口，才听到背后传来一个飘忽不定的声音："好吧。"

他们来到了索菲亚大酒店附近。停住了。看大酒店灯火通明的楼体。

"那我去了。"月亮对铁瓜说。

铁瓜说"嗯"。铁瓜慢慢举举手，像是永诀的手势。

月亮穿越街道，回头看他：

"你送我，铁瓜。"

一辆车子从她身边急速驶过。铁瓜走过去。

他们走进了索菲亚大酒店。月亮凭着记忆来到她曾来过的楼层。她向曾经去过的房间走去，忽又回头说：

"铁瓜，你记住，你没逼我，是我愿意，因为我要在城里跳舞。别停，你别停，送我到门口。"

铁瓜跟她到了房间门口。她敲敲门，门竟是虚掩着，里面有人。她不说话，摆手让铁瓜走开。她一脸的姹紫嫣红。铁瓜无声后退。她轻轻走进门内。突然，她闪身出来。铁瓜已经不见了。

"铁瓜。"她叫。

她向空荡荡的走廊两端张望。

“铁瓜!”声音大了些。

她跑起来。

“铁瓜!”她飞快地跑出了大酒店。

街上车水马龙。

“铁瓜!”

她不顾一切地冲向大街。只听“吱嘎”一声急刹车，她在车前像陀螺一样急速旋转起来。人们似乎听到半空中有个人飘浮着说，“我不跳了，我不跳了，铁瓜。”在她失去意识之前，她说她不跳舞了，不在城里跳了。

月亮重新站在刘伟冬跟前，是在次年春天，人们刚刚褪下寒衣。月亮像上次一样带来一只鸡一只鸭。鸡鸭装在同一只布袋里，用同一只手提着。她对刘伟冬夫妇说，去年她一个人杀鸡又杀鸭，这回却不能了。话刚说完，不禁泪水滂沱。雨琇也忍不住哭，想抱住她，抱住的却只是她唯一的胳膊。

姑妈事先打过电话了，还是要刘伟冬给月亮找个活儿干。刘伟冬问月亮希望做什么，她说，“我看橡皮五老板人不错，他要不嫌弃我，我还是去卖服装吧。”不料这句话让雨琇愧疚死了，背后对刘伟冬说，“都怨我，给她在写字楼找个清洁工的活不就没事了吗？非想着她要在城里跳舞、跳舞，你看，好好一个姑娘，成了独臂。我好没本事。”刘伟冬不知怎么安慰她，憋了半天，才让她摸不着头脑地说，“没本事的是刘尖囟子。我白混!”

月亮要去璺上班，还有一个目的，就是等到铁瓜来找她。车祸后她给铁瓜打过电话，打不通，后被告知停机。

看刘伟冬夫妇宰鸡鸭让她心情好多了。没见过他们那么笨的，杀鸡鸡不死，杀鸭鸭不亡。鸭子没头了，还能站着。那鸡扭着血脖子从厨房窜到客厅，两口子追了好一阵子才追上。最后还是请了邻居来。月亮暗暗回想，当初是因自己看那鸡鸭快闷过去了，怕死了再宰，人家不吃，才大胆下手，也是她的第一次哩。她可没向“尖囟子”

坦白。

第二天，刘伟冬夫妇一同送月亮去璺上班。月亮甩着一只空袖筒面向街道，站到门口，忘了自己独臂，一时愣在那里。刘伟冬已经走开，偶一回头看见她茫然不知所措，就果断走回去。他在月亮跟前机械地踢了一下腿。月亮立时醒过神来，也踢了一下腿。

接着，两人就都踢着腿跳起来。他们都在璺跳起来，连璺的老板。

我是你的大玩偶

1

陈兆林在一个小局里当差。天一冷，局里就计划派他烧锅炉。往年干这活儿的是一个退休老干部，上个月死了。

陈兆林对小局的工作向来是毫不含糊的，这一次却面露难色。他想事先跟妻子商量商量，可又怕她一口反对，自己无法向局里交代。

眼看就得起火了，陈兆林暗暗着急。他的妻子今天下午刚从商店买了一斤二两毛线，正站在镜子前面把毛线搭在这边肩上搭在那边肩上地比画着。陈兆林鼓鼓劲把事情给她说了，也不知她是没用心听，还是觉得真行，反正她说："行。"

陈兆林几天来的顾虑打消了，便高高兴兴钻进厨房做饭。饭做好了，吃。吃完了饭，妻子朝沙发上一躺，看电视，他就坐在旁边缠毛线。他妻子看着看着，黄金时段的电视剧就说再见了，陈兆林也刚好把毛线缠完，缠了三个大球。妻子告诉他，三天之后她就要穿哦。他赤胆忠心地表示自己有把握，随手将一个线球往空中一扔，再张手去接，眼皮凑巧一眨，那线球就落在他的指尖上，又弹到他妻子的头上。他妻子骂他一句，他心里听得蜜儿似的。都到黄金时段的电视剧说再见的时候了，妻子真骂吗？他这家伙灵着呢，拦腰抱起她来，嘿嘿笑着进卧室做爱去了。

这一天陈兆林还跟妻子做爱，谁想到她第二天就去找野男人。看看，看看，就这事儿！

陈兆林第二天值的是夜班。值完夜班早早回到家里，一看连个人影儿也没有。他明白这还不到他妻子的上班时间。他妻子叫于婷，图书馆的图书管理员。

等到了傍晚，于婷从外面回来，脸上还生着气。陈兆林可不知道她去找野男人，他为自己昨夜没能陪她而感到内疚，便千方百计地哄她高兴。她到底高兴了，可是陈兆林又该去值班了。他不去不行。于婷就说："好，好，你去吧，你去了我就再去找野男人。"

陈兆林信都不敢信，但他拿不动脚了。

于婷又说："我昨天就找过一次啦，别提多美啦。"

看看，看看，就这事儿！

陈兆林头都要晕了。

2

陈兆林有了一肚子苦恼。群众反映暖气整整一夜都没有正儿八经地暖过，陈兆林是怎么搞的？小局里的领导在小局里住。天刚亮，小局里的领导就把群众的反映告诉给了陈兆林。平时陈兆林是最负责的。他没法儿向小局里的领导解释，但到底是自己不对，他一晚上都在想于婷的话。于婷的话真不真假不假。他要信呢，想到两人以往感情那么好，那样的事她做不来。要不信呢，可她是这么说的，她说着玩儿吗？况且她也的确没在家过夜。他得问问她去干什么了。他当时就该问问她，可是他头晕了，他都不知道自己是怎么离开的家。

值白班的小卢来接替他了。他真希望自己赶到家时于婷还赖在被窝里没起来，那样就足以说明她撒了谎，她是说要再找一次哩。他心里的疑团一开，也许能够趁机伺候伺候她，把她守的两夜空房补过来。可是，他又没有看见她。他更慌了。

陈兆林魂不守舍地站在房间里，不知干什么好。他看见刚刚起头的毛线活儿还在床边的小桌上放着，那是前天晚上他跟于婷亲热后趁她熟睡悄悄起床干的。他两眼一模糊，只觉得一阵心酸，不由得把活计拿在手里端详起来。于婷这辈子没学会织毛衣，她现在穿的毛衣都是陈兆林亲手给她织的。陈兆林弟兄三个，没姐姐没妹妹，从小什么活儿他都学，织毛衣的活儿学得最好。可是于婷不光不会织毛衣，连饭也不会做。当初谈恋爱时，于婷就郑重声明自己将来不干家务活，陈兆林认为她只不过这么说说罢了，到时候该干的都得干。结婚之后才发现于婷果真说到做到，你就是要她干她也不会。有时候她看陈兆林织毛衣看得眼热了，也想动手一试，那非弄个一塌糊涂不可。陈兆林的脑子里早存有这么个想法，女人只要漂亮只要会撒娇就行。于婷生得妩媚动人，他的一颗心被她俘得牢牢的，他才不在乎她会不会织毛衣会不会做饭呢。他觉得自己就是为于婷干活的，他要把自己的全身心都献给她，只要她高兴，即使让他死呢。

陈兆林觉得自己的心被辜负了，眼泪差点儿掉下来。

于婷中午回来的时候，陈兆林正默默地坐在床上织毛衣，他似乎没有听到于婷的脚步声，所以当他发现于婷站在了跟前，就吓了一跳。他立刻装出笑模样，放下手中的活，要去碰她，可她一扭身，躲开了。他的手也像害怕了似的，往回一缩。

于婷坚持让他辞掉烧锅炉的差事，他好为难，想起小局里的领导向他透露的群众反映，脸很灰。于婷还是那句话，“你晚上再值班我还去找野男人。”

陈兆林察看她的脸色，很像是真的。他觉得自己软不拉叽的，直不起腰来。

于婷说：“你就不敢说你不想干。你怕小局里的领导吃你，你甘心当冤大头。”

陈兆林吞吞吐吐了半天才说：“局里安排的，咱不能想咋的就咋的。”他其实想说当初我征求过你的意见，你同意了。可他怕再次得罪于婷，就不敢说。女人，太容易忘事儿。陈兆林又说：“工作嘛，反正得有人干。县处级老干部肯干的事，咱就不能干？”他为自己找到了这样一条理由。

于婷推他一把，赶他去做饭。他闹不清于婷到底是什么用意。他想，天底下有这样的事情吗？她的男人给她做饭吃，给她织毛衣穿，却是为了让她又饱又暖地找另一个男人。这太窝囊了点儿吧。

3

烧锅炉可不是闹着玩的，弄不好会爆炸。小局小，一炸能炸个稀烂。可是小局虽小，也有百十口子的职工家属。关系到人命的差使，能闹着玩吗？陈兆林当然晓得玩忽职守的严重性，出了事故他担待不起，就是不能总把暖气烧得暖暖的，职工的那些反映，也会压得他喘不过气。话再说回来，烧锅炉这差使能找到他，还不是看在他平时工作勤恳负责的态度上？这叫领导信任，群众拥护。他不能轻易在烧锅炉这件事上把他在小局里一贯的好口碑给砸了。

陈兆林就这么想着，又来接替小卢的班。小卢是个单身汉，正谈恋爱，对晚上的时间很珍惜，见陈兆林来得很迟就不高兴。“你太黏老婆了，陈兆林。”他说，“领导今天都说了，你太黏老婆了。”

陈兆林想起今天早上领导专门来告诉他群众的意见，再看小卢的脸色，不是假的，心里便怦怦地跳。

小卢急于走，也不跟他多说话。他想，这一夜他一定得把锅炉烧好，以免群众再有反映。可是到了后半夜，他怎么也坐不住了。他要回家看看于婷在做什么。

站在家门前，陈兆林止不住地浑身发抖。四周静悄悄的，他觉得自己就像一个行窃的小偷。楼道里只有一盏功率很低的白炽灯泡，刚能把眼前照亮，但这对于陈兆林来说就已经太刺眼了。他对它表现出了少有的恐惧。他的心里也像支起了一面小鼓，他很怕它的声音会把整座楼房里的人惊醒。他想马上敲开房门，从这灯光下躲开，可是在这一刻他的两条胳膊软绵绵的，就像根本不是他的。

陈兆林终于从自己家门前惶惶而逃了。在他回到锅炉房旁边的值班室时，他觉得自己刚刚做了一个可怕的梦。梦的细节他全忘掉了，但他忘不掉那种可怕的冷森森的感觉。穿过墙壁和户外的黑暗，他看见有一个人在寂静的寒冷的大街上张皇逃窜，路过昏黄的街灯时，这个人的影子单薄得像一张被雨水淋过的纸，在他的脚下瑟瑟地响。

陈兆林带着一双熬红的眼疲惫不堪地回到家里。于婷在床上一动不动地坐着。他看到这个的时候心里有些轻松，但立刻就被深深的羞愧淹没了。他走到于婷身边，才发现她这样在床上坐了很久了。

于婷脸上冷冷的，一语不发。陈兆林仍旧很心疼她，就让她躺下，等他去做早饭。

还没容他走开，于婷就哇的一声哭泣起来。陈兆林狠狠地一愣，于婷搐动着肩膀向后一躺，眼睛也闭上了，泪水涌出眼眶。陈兆林慌忙俯身抚慰她，她却突然用力将他一推，不让他碰她。“隔壁的司机不是好人。”她擦眼抹泪地说。

陈兆林早就听于婷说过这样的话，他一直就是不信的。那个司机在一家公司开小车，他倒没看出什么，于婷却不这么认为，因为她发现常有年轻女人坐他的车到他家里来。现在于婷又这么说，陈兆林虽不信，那脑袋也往大里一胀。

接着，于婷就倒在他怀里告诉他那个骚司机昨天在她家门口走动了一夜。她听得出那个司机的脚步声，而且她还能断定他穿的是一双泡沫底拖鞋。

陈兆林直发呆，任凭于婷的眼泪把他前胸的衣服都打湿了。她是那么可怜，她抓住丈夫不放松，怕他再跑掉不来保护她。“你不要再去值班了，好吗？”她张开凄凄楚楚的泪眼说。

陈兆林不能够回答她。她明白了，一下子变得冲动起来，猛地松开手，跳下床去。“我再去找野男人，”她一边穿鞋一边嚷嚷着，“夜里我就把大门敞开，谁要来就来！那才美呢。”

陈兆林望着她那激动的样子，深感无可奈何。他只是轻轻摇了摇头。于婷不知怎的，穿了半天也没把鞋穿上，忽然发觉原来把鞋穿颠倒了。她有些气急败坏，抄起鞋就朝陈兆林的脸上扔去。陈兆林没提防，紧接着“哎哟”一声，用手捂住了脸。等他拿开手，他就看见于婷已经走出家门。眼前只剩下他一个人很久了，可是那层无限悲惨的紫色仍旧在门口那儿不停地晃。

4

于婷有个女友，叫朱施。在结婚之前，两人来往频繁，结婚之后就渐渐疏远了。朱施在一家大公司的公关部当经理，最能看出人的脸色。陈兆林两口子琴瑟和谐，朱施要再频繁地在他们两人的小天地里出现，算什么？况且朱施至今还是单身一人，她心里没别的念头，还怕于婷会有什么想法呢。就这样，陈兆林有一年时间没能见到她了。听于婷谈到她，知道她的口碑已经不好了，正轮流让两个合资企业的老板包着。

果然，陈兆林再见到她时就看出她已非同凡响，珠光宝气且不说，关键那股神气，显露着生活的优裕，并透着一种无忧无虑的虚空，仿佛在做一场美梦，美到在梦里都不相信那是真的，满眼萦绕着迷幻的腾腾云雾。

陈兆林哪有心思想到朱施会突然出现在眼前！他疲惫地、焦虑地离开小局的锅炉房，僵硬地骑在车子上。这条回家的路他已按部就班地走过多少年，即使他闭上眼，那车子也照样不会跑偏。

“陈兆林！”

朱施的声音把他吓了一跳，车把一晃他就下来了，回头就看见朱施袅袅娜娜地从一家专卖店门口走过来。

“模范丈夫，”朱施浑身散发着馥郁的香气，“你们两口子昨晚上干什么去了？让我在家门口等了半天。”

陈兆林掩饰着自己的苦恼。在光彩照人的朱施面前，他有些自惭形秽，还有些替于婷委屈。

“于婷在家，”他说，又马上支支吾吾起来，“于婷……”

“我可是敲了半天门哩，”朱施说，“把你家邻居都引出来了。”

“不会是……”陈兆林说。

朱施就笑了。“也真有你们的，”她说，“结婚都几年了，还像对小夫妻似的，整天关紧着门。好吧，我还有事，你转告于婷，说我很想她。有空再去看她。”

陈兆林愣愣地看着她上了一辆出租车，消失在大街上。

这一回陈兆林没有在家见到于婷。虽然他很困，但他一点也不想睡。床上整整齐齐的，还像是他昨天收拾过的样子。他坐在床边的椅子上，发着呆，一直到于婷上午下班回家。

可是于婷并没有走进卧室。她在门厅里换上拖鞋，嘴里哼着欢快的歌，根本不关心丈夫是不是也已回来了。

陈兆林料她不会很快到卧室里来的，就主动走出去，在她背后低低地叫了她一声：“婷。”

于婷吃一惊似的，回头看了看他。“你吓死我了！”她不满地说道，“我还以为是个坏人呢。”

陈兆林绝不会相信她不知道他已到家里。他想他必须跟她谈谈了。不料于婷却不再理他，虽然不再哼歌了，但仍快乐得像个小姑娘，走路一跳一跳的。

有了要跟于婷谈开的念头，陈兆林就暗暗寻找机会。他先去做了饭，端到桌上，看着于婷吃得比什么都香，欲言又止了几次，就是开不了口。

一时饭罢，陈兆林收拾着桌子，试探地说道：“我在街上碰见朱施了。”眼角悄悄观察着于婷的脸色。

可于婷并没有什么反应，勉强对他说道：“这个朱施，傍上大款也不来看我。”

陈兆林心里再次咯噔一下，盘子里的余沥也差点弄洒。于婷的所作所为对他来说是极其残酷的，但如果他戳破她，对他应该是更加残酷。陈兆林克制住了自己。

这天夜里该陈兆林在家休息。于婷跟他没大说话，他一边织着未完成的毛衣活，一边暗想于婷是不是还要出去。在电视屏幕跟前于婷很快连连打起了哈欠，伸伸懒腰，也没招呼他，就去卧室睡了。陈兆林也说不出自己是不是放了心，但他的确是没心再织了。在卫生间洗盥完毕，就上了床。

于婷面向里躺着，陈兆林身上带着干净的气味，连他自己闻着都有股冲动。他向于婷伸出了手，想要把她的身子扳过来，但他的手迟疑了一下才落到她的身上。他感觉到于婷微微地一抖，刚要继续动作，啪！就被于婷重重地在手上打了一下。于婷一挪地方，使两人之间隔开了能放下一个小孩的距离。

陈兆林绝望地躺平了身子，心里直冒凉气。

5

在白天陈兆林受到的煎熬并不亚于晚间。人们看见他的眼圈都塌了，眼睛也像大了许多。小局的暖气被烧得忽冷忽热，使很多人都来锅炉房看个究竟。不看不知道，一看都吃惊了，陈兆林这么个人蜷缩在锅炉房里，怎么就像是一位被皇帝打入冷宫的皇后呢？看他的样子，大概还被砍了四肢装入酒坛了吧。

陈兆林就被小局的局长叫去了。局长和善地对他说："你得树立为人民服务的思想。烧锅炉也是工作需要，局里是看你平常工作勤恳才这么安排的嘛。"

陈兆林更是诚恐诚惶。这不，局长都找他谈话了！从局长室里出来，陈兆林直抖，他可抵挡不住从各个办公室投来的那些审慎的目光。

到了锅炉房，他才后悔起来。他想自己何不顺着局长的话茬提出自己难负党和人民的重托，恳求局长考虑换人呢？他觉得自己失去了一个大好的机会。可要让他再转回去，那是万万做不到的。

陈兆林真切地感到自己是那样的孤立无助。他变得脆弱起来，像根细长的冰溜子，又是那样可怜，甚至比装在酒坛里的皇后还可怜。

此时此刻陈兆林不想到于婷还能想到谁呢？他已不敢奢望企求于婷太多的支持，于婷只要说一句她还在爱他就足够了。

小卢来了，陈兆林急切地离开锅炉房。但是这一天于婷很晚才从外面回来。陈兆林一眼就看见她穿着一件以前他从没见过的蜜色羊绒大衣。于婷穿着这件衣服也并不是不好看，但陈兆林却觉得更适合朱施。

接着陈兆林又闻到诱人的香水味。陈兆林对香水一窍不通，但不知怎么，他一下子就想到这是一种很昂贵的香水，一滴能抵他一个月的薪金。在这香水味里还掺杂着一点酒味，陈兆林也是不喝酒的，他也想不出会是哪种酒，只相信这酒绝对不是经常在广告中看到的随便来自哪个小县的酒品。

这样的于婷让陈兆林萎缩，也让陈兆林越看越觉得她离自己很远。他伸手也够不到她，喊声也不能使她听到。

所以，当于婷对他说话时他着实地吃了一惊。

“陈兆林，”于婷叫他全名，“你不想问问我去什么地方了吗？”

陈兆林下意识地摇摇头。

“我去了新世纪！”

陈兆林更是吓了一跳。你想啊，新世纪是什么地方？新世纪是我们市最豪华的一座宾馆，开销大得令每个工薪族谈起来都咬牙切齿地骂娘，且惆怅满怀地发挥最大限度的想象力，暗暗地心向往之。别说是陈兆林，就连小局的局长也未必踏进过新世纪的门。

“我跳了舞，唱了卡拉 OK，”于婷喜形于色地说，摇着手腕，“投了保龄球。”夸张地打了个饱嗝，“连夜宵也吃过了。”

陈兆林依旧无话，只是发呆。

“我说陈兆林，你真是白活了。”于婷还不罢休，“你知道不知道，你让我也白活了。我今天才算见了世面。陈兆林，你就不问问我是跟谁出去的？”

陈兆林发出了一声哽咽。于婷还以为他要哭了，但他一伸手，拿过毛衣活儿，低头织了起来。

于婷愣愣地看着他。突然，她的眼睛乱转了，小小的耳坠也在乱晃。她看见了沙发背上的鸡毛掸子，便一把抄过来，狠狠地朝陈兆林抽过去。啪！啪！连抽了好几下，但陈兆林岿然不动，双手照织不误。

“陈兆林，你记着，从今以后，我要穿名牌！你给我买两千块钱一件的羊毛衫去！”于婷吼着，将鸡毛掸子一丢，跑进了卧室。

第二天于婷醒来，第一眼就看到枕旁放着一件簇新的手织毛衣。可是陈兆林并不在屋里。她抓住毛衣，搂在怀里。

6

小卢的个子很大，睡在锅炉房的床上满满的。陈兆林来早了，他还没起床，但他已醒了。陈兆林让他下班，他却不想走，他要在局里的人都来上班的时候走，陈兆林知道那样是为了让人们看见他。

锅炉房里没有坐的地方，陈兆林就去察看了一下锅炉。时间仍旧很早，小卢在床上往里挪挪，腾出地方让他坐。

“嫂子是不是把你关在门外了？”小卢问，“我看你像是一夜没睡的样子。要不我起来，你眯一会儿。”

陈兆林忙说：“是我看错表了。”

小卢正要表示不相信，却听他又说：“小卢，我是老实问你，你告诉，像你这样的，高大威武，头脑也灵活，在哪里混不到一口饭吃，非要待在一个小局里？一个月不过几百块，抖抖索索的，还生怕谁不满意。”

小卢本不想说真心话，但陈兆林流露出的真诚使他不忍心骗他，就说：“老陈，我来打个比方，”他略想一想，“就说社会上有些女孩子，很能挣大钱，却又让人瞧不起，但活得最光鲜也是她们。另有一些女孩子，她们守住了贞洁，但也只能过那种暗淡的穷日子。难道她们就不想也活得光鲜？不是不想，是不能够，脑筋不能够，本性也不能，就只好这样了。我就像这后一种女人，没有挣那种大钱的本事，能守住现有的一点就不错了。所以，我最怕丢饭碗。你听说有哪个有本事的人怕下岗的？轮不到下岗他们就辞职了。这个饭碗对我来说就是一个好女人的贞洁，我要好好守住它哩。”

陈兆林不晓得小卢怎么就想起来拿女人打比方，仿佛他是有所指的。陈兆林很不安，不想再谈，幸好上班的人陆续到了，小卢也便起床离去。

陈兆林魂不守舍地待在锅炉房里。午后起风了，刮得昏天暗地。到小卢来接替他上夜班时风还没止息。

“老陈，”小卢用舌头清理着灌进嘴里的尘土，说，“你猜我在路上碰到谁了？我碰到了嫂子。”

陈兆林一激灵。

“我从图书馆门口路过，看见嫂子上了一辆凯迪拉克。好家伙，这么长！”小卢比画着，就说这么多。

7

在寒风里，陈兆林骑着自行车踽踽独行，街上只偶尔飞驰过一两辆空载的货车。陈兆林觉得整个城市的大街就好像是他一个人的，陈兆林还觉得寒风也像是专为他吹，专为他呜咽，不管他朝哪个方向骑，风总是对着他的脸吹来。一个为爱情伤心的人这时候还需要什么呢？有这空荡荡的大街，有这通灵的寒风，来配合他的忧伤，也算够了吧。陈兆林不过是在一个小局当差，如此规格还怕是他消受不了的。这也难怪陈兆林好像有些对谁怀着歉意似的，总是紧傍着街边走。

陈兆林的眼睛不停地搜寻着街道两旁的酒店宾馆歌厅，并时不时回头看看后车座，夹在上面的提兜里有他为妻子新织好的毛衣。他在家里发现它还放在床上。于婷没有穿它外出。

此时的陈兆林是在冒着寒风为妻子送毛衣。昔有孟姜女，今有陈兆林。陈兆林虽不能比那哭倒长城的孟姜女，但心里的那段千回百转的柔肠也算是极为可嘉的了。像小卢那样魁伟的人都肯自比女人，陈兆林也不免在寒风里越来越觉得玲珑、轻柔，随时都有可能乘风而起。

与街上的冷冷清清形成鲜明对照的是，那些鳞次栉比的宾馆酒店歌厅却如盛极的交际花，在醉梦中也不忘展示自己的风骚。陈兆林的眼睛在搜寻，确切一点说，是在搜寻一辆车。那种车叫凯迪拉克，车身如同一枚导弹。陈兆林深信这样的车在这样的时间里是不会深锁在车库里的。陈兆林一路走去，数过上百家宾馆酒店歌厅了，在有可能停放那种车的地方，他就停下来，多留点神。

凯迪拉克在这个城市里也许只有三四辆，但宾馆酒店歌厅夜总会却是数不胜数的，它们轮番出现在陈兆林的眼前，陈兆林不知道它们是不是很像每天出现在于婷面前的浩如烟海的书籍。于婷是图书管理员，但于婷很少想到，要读一读那些宝贵的书，她站在书架下，其实是跟一个卖零酒的还不会喝酒的小伙计站在酒桶旁边一样的。酒是卖给旁人喝的，经她修修补补的书籍也是给别人看的。陈兆林就想到了于婷在图书馆里的情景，想到那众多的宾馆酒店歌厅在自己面前就如同于婷面前的书，他要一本一本地抚摸它们，用目光。

陈兆林经过了金海岸大酒店。

陈兆林经过了新世纪宾馆。

陈兆林在柏拉蒙歌厅下了自行车……

陈兆林在大名大厦前终于看到了一辆车身修长的凯迪拉克，他的心都要跳出来了。但是他被人拦在了门外。陈兆林把车子推到墙角，等待着他妻子的出现。寒风也吹进墙角里。陈兆林就想万一于婷不在大名大厦，他岂不在这里白等了？陈兆林记住了大名大厦，又要到别处试试。

事实证明陈兆林的决定是对的。陈兆林在海河路上的心悦歌厅前再次看见了那种车。陈兆林本来没想到那种车会停在心悦歌厅前，因为心悦歌厅看上去一点也不起眼，而正因为这样，陈兆林的胆子才比在大名大厦前大了些。他把自行车停在一边，从车座上取下毛衣，向歌厅门口走去。

一团歌浪向他扑来。他止不住收下步子。歌浪是出人意料地猛烈，在歌浪里还伴随着一股股的热浪。陈兆林畏缩了。陈兆林开始从歌厅门口耀眼的灯光中退去，可是，里面走出了两位小姐。

“进来玩吧。”她们很平常地说。

陈兆林想逃，她们已经在两边拉住了他的胳膊，拉得不紧，而他却脱不开。

“进来玩吧。”她们又说，没有过分的热情。

陈兆林想到了自己怀中的毛衣，心一横，大步走在了她们前面。

在歌厅里面绝对不会使人想到这会是从外面看到的心悦歌厅。脚下像踩着温润的玉石，平滑中恰到好处地带着点涩。灯光半明半暗，白色的装饰物在墙壁上像是涂着层厚厚的银粉，发出奇怪的荧光。舞池里的男女在激光灯的照耀下忽隐忽现，幢幢人影造成了错觉，仿佛这个大厅里容纳了不止上千人。

两个小姐从陈兆林跟前走开了，陈兆林眼花缭乱地站在那里。热浪在增强，他忽然意识到自己怀里紧紧抱着的是什么。于是，僵硬从他身体的外围袭击过来，很快到达了他的内心。

8

在蹁跹的舞者中，也有一个僵硬的身体，那就是图书管理员于婷。她的女友刚才小声告诉她：“别往后看，你的那位来了。”

“我受不住了，朱施。”她说。

“再忍着点儿！”朱施说。

舞曲简直没完没了。

“朱施，我真的受不住了。”于婷有了要哭的意思。

“不要紧的。”朱施说，“来，靠边一点儿，让他看见你。”

“朱施，”于婷哽咽了一声，“这玩笑开得太大了。”

“你怕什么？不就这一晚了吗？明天你就不用再难为他了。一个冬天的时间还不好过吗？天气一暖和，一切就又跟以前一样了。”

“可我这就想跟他回去。”于婷的步子乱起来。

“你呀！”朱施无可奈何。

舞曲完了。人们纷纷入座，可是陈兆林已不在歌厅里了。于婷急切地用目光搜寻着。

"你俩真是天造地设的一对!"朱施叹了口气，又说，"我都有些羡慕你们了。"

在重新响起的舞曲声中，朱施面向大厅边上的 KTV 包房里招呼一个男人。

"彼得!"

从里面应声走出一个人影。

"把于小姐送回去。"朱施说。

"于小姐不玩啦?"彼得问。

"少管闲事!"朱施说。

彼得就嘿嘿一笑，转头向着于婷:"那我们走吧。"

朱施又拉他一把，放低声音说:"我警告你，趁早别打于小姐的主意。她不是我这样的人。"

彼得就摸摸朱施的脸。"说得可怜见的。我看于小姐要是再开开窍，肯定有人争着出大身价，你不帮帮她吗?"

"让你去你就去!"朱施不耐烦了，"还在这里讨人厌。"

出了歌厅，彼特开出凯迪拉克，从里面打开车门，于婷就上去了。车子慢慢开到路边，彼特正要提速上路，忽然听到一种撞击声。

于婷本来心不在焉，车子上路了才意识到可能发生了什么事，从窗里回头一看，便马上叫道:"停车!"

"不过是擦了一下，"彼特淡淡地说，"管他干什么?"

"停车!"于婷又叫，并向前探出身去，使彼得的手在方向盘上一抖，车就左右打起拐来。"我要下去!"

彼得把车停下了。"小姐，风很大，对皮肤不好。"他说。可是于婷已经推开车门下去了。

寒风吹得于婷一个趔趄。她站住了，又马上向被撞倒的人跑去。

那人已从自行车底下爬出来，于婷本想上前扶他，但风把她顶住了。

"毛衣!"陈兆林指着掉在地上的包，说，"别让风吹跑了。"

于婷站不住了，一弯腰，蹲下去。

"我给你送毛衣来了。"陈兆林说，"你坐车走吧。这事不怨那位先生，责任在我。”

9

冬天还没有结束，陈兆林白天在家的时候图书管理员却可能在班上。

有一天，陈兆林值夜班回来发现枕头底下压着一本有关毛衣编织法的书，一看就知道是于婷从图书馆拿来的。陈兆林随手一翻，越看越觉得有趣。

正巧于婷今天没穿他织的那件毛衣，他的手一痒痒，也不去睡了，从柜子里拿出一卷线头，配好色，精心地在毛衣上织了一个图案。

那是一个玩偶。陈兆林左看右看，说不出的满意。

什锦靓汤

1

聂保纯从金银岛回来，已是后半夜了。周丽敏正沉沉地睡着，打着诱人的轻鼾，他犹豫了几次，也没有叫醒她。

窗外下着小雨，淅淅沥沥，像浇在聂保纯心上一样，潮湿，茫然。聂保纯见到了市长，倒没觉得有啥稀奇，实际上他见到的也才是个副市长，但周丽敏听了，准会情绪亢奋，这后半夜就别想再睡了。周丽敏不像他，只要能在第二天十一点之前踏进金银岛大门就行，可以一气儿睡到十点半。周丽敏在市百货大楼收款，养不足精神，万一出错，就无小错。聂保纯强迫自己闭上眼睛，可还像是在大白天，什么东西都能清楚看到。他不敢翻身，也是怕惊动了周丽敏。

2

我们市的老百姓都知道，在金银岛大饭店吃饭，是身份地位的象征。有些想走门子的人，甚至会跑去贿赂金银岛的服务员，希望他们能替自己穿针引线，或转达礼品。往常，聂保纯回到家里，周丽敏总要问，见没见到市里的大人物啊。好像他在金银岛当厨子，见不到大人物是很不对的。聂保纯确实有机会见到那些左右着普通人命运的大人物，而在此之前，聂保纯一次也没见到过。

聂保纯是厨师，不像那些端盘子送碗的姑娘、小伙儿，能够经常在前面走动。聂保纯见不到大人物，似乎也在情理之中，实际情况却有很大出入。

可以说，聂保纯是金银岛的金字招牌，这块金字招牌是金银岛倾力打造出来的。市电视台举办烹饪擂台赛，临上场，聂保纯的师傅——金银岛代表队的领队老门突发不适，坚决保举当时还默默无名的聂保纯主勺，结果五场比赛，聂保纯场场擂主。

聂保纯名声大震，还因此当上了市烹饪协会的副秘书长。接着，就有不少酒店出高价要挖聂保纯，但聂保纯一口回绝。

这擂主难道是说当上就能当上的吗？聂保纯没问过金银岛到底花了多少钱打发那些评委及场内的观众，场内场外的花费算起来，肯定不是小数。聂保纯那段时间在电视上频频亮相，周丽敏就有了得意的举止，聂保纯警告她，不要见人就说。这也是他为人本分，但他的确已不仅是那个普普通通的小厨子了。说起来，这个世上让聂保纯感激的人，一个是师傅老门，一个就是金银岛的老板。没有他们，就没有聂保纯的今天。

金银岛的老板金文生，如今已是腰缠万贯，老门却早早退了下来，步入了人生的晚境。

在聂保纯眼里，老门过去一直都是又白又胖的人，没想到他老得那样快，离开金银岛不到一年，就成了一个干巴巴的小老头儿，脸色蜡黄，像是患了黄疸病。更可恨的是他的师娘，都快六十的人了，反而嫌起年老的丈夫来。每日穿红戴绿，涂脂抹粉儿，打扮得妖里妖气，就知道出去找老小伙儿，还会不断往家里领。

聂保纯去看师傅，就碰上过一次。那老小伙儿看上去也就三十来岁，两人打情骂俏，根本没把他和老门放在眼里。聂保纯谨慎地请老门去自己家住几天，老门哪里同意！

聂保纯从老门家回来，总要带上一肚子的感伤。问周丽敏，“将来我不中用了，你也会学这门大娘吧。”

周丽敏横眉竖眼骂他，“要死了你！几个人像门师傅，当了大半辈子的厨师，却查出肝炎来。我劝你也少去他家，传染上病，你也就完了。”

聂保纯闷闷地说：“你还是没回答我的问题。”

周丽敏扑上去，抱住他，叭唧，亲一口，“傻瓜蛋儿，你还要怎样呢？”

聂保纯到底有些怅然。暗想，一日为师，终身为父。如果师娘再不悬崖勒马，他一定把门师傅接来，与自己同住。像门师傅这样每日独自对墙枯坐，没病也坐出病来了。周丽敏要有意见，也由不得她了。

聂保纯不光自己去看老门，还组织金银岛的同事去看。在金银岛，聂保纯也算得上是个举足轻重的人物了。他的另一个优点就是，遇事从不张扬。老板金文生也非常看重他这一点。来金银岛吃饭的人，餍足了口腹之欲，常会提出见他的要求，他从没答应过。一般的客人，随便什么人去告诉一声，聂师傅正忙着呢。重要的客人，就得金文生亲自去说了。金文生有时也想，去见一下，也误不了多少事。但聂师傅的态度是坚决的。金文生知道，那些人其实见不上他也就见不上了，并没有真的非要见他不可。在他们眼里，聂保纯也只不过是个能烧一手好菜的厨子而已。推而广之，自己也不过是个开饭店的。如果聂保纯一听外面有人要见，就受宠若惊，忙不迭地跑出去，那倒要叫他小看了。金文生由此更加欣赏聂保纯。

但是，金文生从没觉察到聂保纯另有一个阴暗心理。在聂保纯看来，踏进金银岛吃饭的人没有一个好东西。金银岛普通的一桌菜就起价六百，再加酒水，花不上千儿八百，就出不了金银岛大门儿，老百姓可吃得起？金银岛生意兴隆，实际上靠的就是所谓规格。说到底，厨艺算什么？谁的厨艺好，也不见得就一定比别人高出一大截子。聂保纯，行内人。聂保纯从不把自己看得多高。想骗人的才把自己吹得神乎其神。那年擂台赛，他做过春夏秋冬四季套餐，以前在饭店里也做，别人也没说吃出了好来。他夺了冠，四季套餐突然就成了天堂美味。即使厨艺有那么神，也得有同样神的舌头配它。那样的舌头哪儿找去？谁长了这么神的舌头，那才叫倒霉呢。不信试试！当然，厨艺拿不出门的也有，那就另当别论了。周丽敏做饭就不中吃，你还让她开饭店？能经营下去一个烧饼炉子就万幸啦。

周丽敏每次问聂保纯见没见大人物，聂保纯都要心疼。周丽敏既不动怒，也不惋惜，脸上除了艳羡的表情，什么也没有。聂保纯听过的，连去金银岛吃饭的人自己都说，“这顿到金银岛腐一把。”聂保纯算过一笔账的，他用原料的五分之一做道菜送上去，客人能把一道菜的五分之一吃掉就不错了，你看他们一个个大腹便便，啤酒桶一般，真正有饭量的却没几个，这就好比一只好端端的茄子只吃点小小的茄子心儿，二十五分之二十四被白白浪费掉了，而且哪天都有那么多美味可口的饭菜被原封不动地倒进泔水桶里。这还不算，吃了喝了，还要变着法儿地玩。可他们哪个是自掏腰包？周丽敏同志啊，你不愤恨倒罢了，但你绝不该像在说一件很平常稀松的事。话却说回来，你愤恨又起什么作用呢？聂保纯你有囊气吧，你怎么不看谁不是好东西，就不给谁做？而你不但做了，做得还很好，保证让人家吃了满意。

聂保纯为人规矩，有口皆碑，但聂保纯也只是在该规矩的地方规矩。聂保纯自有办法整治那些浑蛋。那一年有一著名艺人来我们市演出，市里领导专门在金银岛设宴招待，周丽敏早早得到消息，恶狠狠地对聂保纯说，别忘了往他菜里吐一口！聂保纯知道这人惹着周丽敏了，他在小品里损害过厨师的形象。聂保纯听了周丽敏的话，脸上蓦然一红。周丽敏无意中说到了聂保纯心里。聂保纯在他做出的每道菜里都会淋上自己的口水。聂保纯这样做了很多年了，身边的人谁也没有发觉。事情就这么简单。聂保纯从这件事里感到了无比的快意，特别是在周丽敏问他见没见到大人物时，他的眼里总要闪出狡黠的目光，意味深长地反问一句，“大人物就那么稀罕吗？”

3

聂保纯今天竟意外地见到了市长。

市长也是金银岛的常客了，尝到聂保纯的厨艺，就照例让人传过话来，要聂保纯过去。聂保纯心里暗骂，日你娘的！顺便在刚出勺的四宝上汤里淋上自己特制的口水作料，忽听身后有人吃吃地笑，不由得惊了一身冷汗。

回过头来，见是服务员红烛，手拿一只粉红色的苍蝇拍，在朝他望呢。他断定红烛什么也没看见，就放了心。

红烛这姑娘才来两个月，跟聂保纯像前世认识似的，一见面就熟悉起来。聂保纯也觉得这姑娘很不错，清清爽爽的，玻璃一样透明。但这姑娘身世凄惨，是从孤儿院里出来的，连自己的姓氏都没有，只叫红烛，暗含赞美孤儿院妈妈的意思。红烛动不动就找聂保纯说话，看他做活，而他一点也不嫌烦。红烛不在眼前，还在心里盼她。他隐隐感到两人之间必定会有一些不同寻常的事情发生，他也并没有想到要遏止这种关系的发展。一辈子跟锅碗瓢盆打交道，人生也够灰暗的了，是需要些明亮多彩的点缀。至于能发展到哪一步，相信不会伤害到周丽敏。

这时，红烛摇着苍蝇拍，轻声笑着说："聂师傅，是市长叫呢，还不快去！"聂保纯就说："讨厌得很，他们吃了鸡蛋，是不是还要亲眼看到下蛋的母鸡？"

正说着，门口走进一个人。不用问他是谁，只看他背后站着的金文生就知道了。这人脸色红通通的，连声说着"谢谢，谢谢"就伸出手，向聂保纯走过来。

金文生责怪聂保纯，"还愣着干吗？这是我们的许市长。"

聂保纯的确像是傻了一样，两手耷拉在身体两侧。金文生误以为他怕自己手脏，不敢跟许市长握手，但他始终没有反应。许市长只好用手在他的一只手背上轻轻碰触了一下，然后腆起肚子，声若洪钟地说，“聂师傅手艺非凡，堪称我们东营市的烹饪大师，值得我们向你学习。”

话音未落，红烛在一旁“扑哧”笑一声。

许市长就转向她，问，“红烛，你怎么在这里？”

连金文生听了，都显得很惊异。许市长何时知道了红烛的名字呢？金文生严肃地对红烛说：“还不干活去！”

红烛向聂保纯挤挤眼睛，小旋风似的，跑出去了。

许市长重又转向聂保纯，高高地拱着手，正儿八经地说：“聂师傅，我代表今天在金银岛就餐的所有顾客，向你表示感谢！”

见聂保纯不说话，金文生就对许市长说，“聂师傅不善言辞。”

许市长朗声笑道：“这不奇怪，世上有绝活儿的人都这样的。”

许市长走后，聂保纯一直沉默着。许市长不光是他在金银岛见到的第一个大人物，还是第一个肯跑到厨房来见他的人。这许市长，大名许日友，年纪四十岁上下，在我们市可谓妇孺皆知。虽是个副市长，风头却直逼市委书记、市长。最主要的是，人家年轻有为嘛，市委书记、市长都是眼看就要退居二线的了，该收敛的也都收敛了。许日友还总上电视，特别是他在发表电视讲话时那股意气风发的劲头，不知迷倒了我们市多少年轻的女公民。聂保纯过去也从电视上看到过，确实感到自愧弗如。周丽敏则是，一看到电视上的许日友，眼就直了。她还半真半假地说过——嗨，这样的男人，能让他弄一下，一辈子也值了。聂保纯听了，心里很不是滋味，但也不会想到不好的方面去。周丽敏在家里，常常胡说的。

许日友不在眼前，聂保纯却还像能听到他那爽朗的大笑。他说的每句话聂保纯也都记住了。他又是对聂保纯谢谢，又是向他学习，举手投足，潇洒自然。不说别的，就凭许日友不怕厨房里的油污，放下架子，主动跑来见他，也足以让他感动。可是，自己却对许日友做了什么呢？聂保纯感到了一种深深的绝望，因为自己的所作所为，已绝对不可更改。

聂保纯艰难地熬到天明，也没睡着。周丽敏醒来了，伸手抱住他，又突然在他身上嗅了嗅，就松开了。聂保纯装着睡得很熟。这正是往日他们行房的时间。没办法嘛，工作决定了生活习惯。周丽敏在床上躺得很不安稳，索性下了床。聂保纯眼睛睁开一条缝，看着她穿衣、梳洗、打扮。他断定是自己身上的油烟味儿让周丽敏兴趣索然，昨夜他没有洗澡，就回来了。

4

周丽敏去上班了，聂保纯方才睡着。从七点到十点半，连梦也没做一个。他真是困了，但生物钟还是准时叫醒了他。来到金银岛，聂保纯如厕，更衣，捏着鼻子使劲擤，接着又把手冲了一遍又一遍。聂保纯在厨房有自己专用的操作台，炊具虽混用，但首先要保证不影响他的临灶操作。这就使得不管他在不在厨房，就像他一直在那儿，就像工作从没中断过。

但今天却不同，聂保纯竟像来到了一个新的岗位，他挨个儿地查看那些炊具，忽然指着一把手勺说，“这上面是什么？”

他的徒弟小吕瞪大眼看看，说，“没什么啊？”

他就训他，“再洗洗！”

小吕不大情愿，他明显地感到火气在往上涌，正巧红烛过来了，远远地叫：“向你学习！”引得厨房里的大师傅们哄堂大笑。

聂保纯绷着脸说：“瞧你这丫头！”

红烛又说了句：“谢谢。”

聂保纯撑不住，也笑了，说：“记这个你倒记得准，在学校里怎么不多记几条公式定理？”

红烛立刻愁眉苦脸起来，说：“哎呀，聂师傅你别难为我，一提公式定理我就头疼。要不，我也考上大学了。”

聂保纯气匀下来，就要动手干活。红烛却又问他：“聂师傅，许市长也太有意思了，你说他要向你学习什么呢？”

聂保纯不好回答，想了想，才郑重地说：“不过是一种态度。”说着，喉咙里不由得发起痒来，忙攥了拳头，对着嘴，咳嗽了一下。

他洗着手，想，“红烛这鬼丫头今天怎么这么烦呐，好像人家许市长惹了她似的。”就不想理她了。

按说聂保纯在金银岛，可以不上灶台了。厨房里的大师傅、徒弟也不少，他只要指点指点就够了，但他不这样做。这就有些像医院里的医生，当上了院长，还要亲自拿手术刀。院长能当一辈子吗？就算你熬到60岁退休，技术这玩意儿，一日不练手生，到时没有说得过去的两下子，那就狗屁不是。当然了，在当院长期间捞够了，一生吃用不尽，用得着上手术台担惊受罪？只要是丢了业务的院长，你去查吧。没跑儿，一查一个腐败分子。聂保纯很懂这个道理，不过，聂保纯没法跟院长比，聂保纯想腐也腐不了。在厨房，除了吃喝方便，连个钱影子也见不到。聂保纯怕的是万一手生，这也是聂保纯坚持掌勺的主要原因。

聂保纯在工作时，看上去跟别的厨师也没什么不同，一样的白色工作服，一样沉稳准确的动作，有一下，是一下。如果不是聂保纯总固定在自己的操作台上，你拍任何一个人的肩膀，转过来的脸孔都有可能是聂保纯。厨房里已经繁忙起来，炉火熊熊，煎、炒、烹、炸之声此起彼伏，碗、盘、碟子流水一样向外面传递，可是，聂保纯却不由得感到心慌意乱。一个优秀的厨师在临灶操作时，基本上是处在一种忘我的状态。聂保纯闹不清自己是怎么了，一会儿觉得背上爬着什么东西，一会儿又觉头皮、胳肢窝瘙痒。本来喉咙里没痰，也想咳一下。鼻子也像失去了控制，忽然就像融化了。开始时，聂保纯竭力克制着，还不至于乱了手脚。可是，他越来越感到受不住了。管不住自己一样，抬起胳膊，就用手背蹭了下鼻头，却猛地觉察到一束目光在盯着自己。他装着一无所知的样子，把手伸到水龙头下面，洗了洗。但接下来的身体反应，却不是他能够忽略过去的了。肚子里打雷一样，轰的一响，房倒屋塌似的，同时，还有了尿急的感觉。聂保纯纳闷，进厨房前，不是收拾过了么？想想自己也并没乱吃东西，就断定不是闹肚子。但肚子里的确不舒服，想忍，但也只能忍得了一时。再忍，括约肌就该报废了。

就很突然地叫，“小吕！”他觉得整个厨房里的人都在看他。他忙镇定下来，口气平静地说："我出去一下。"小吕一直在观察他的师傅，小吕从他的表情上看出来他要干什么，就赶忙接过他手中的家什。他走出去了。

在走廊里，聂保纯被清风一吹，差点瘫到地上。他知道了，自己今天太紧张了。他感到倦怠异常，是紧张过后的倦怠，身上一点力气也没有，像一团棉花糖。但这种倦怠却令人十分惬意，站在那里，飘着似的。聂保纯头一次想到，厨房外面的世界是多么美好啊！聂保纯竟不想再回到厨房里去了。聂保纯大高个儿，白净脸儿，高鼻梁，双眼皮，再过去六七年，谁不说他是个帅小伙儿？可他年年岁岁的确是在伺候着别人的吃喝。聂保纯不禁自问，"聂保纯，你也算一个仪表堂堂的男子汉，干些什么不好呀！"聂保纯的价值观念一旦遭到冲击，自然而然地感到困惑。但他毕竟不是缺少定性的毛头小子，自己的困惑，又靠自己抵抗住了，心里只剩一丝淡淡的哀伤。漫无目的地走两步，像忘了自己要去干什么。他身上已经没有那种不舒服的感觉了，但还是去卫生间蹲了一阵。

洗了手回来，步子不紧不慢，一抬头，就站在了一个服务员跟前。那服务员没防备有人走过来，吓了一跳，但他可疑的动作已被聂保纯看到了眼里。聂保纯想都没想，一巴掌打在服务员脸上。小伙子一趔趄，盘子仍牢牢地端在手里。聂保纯拉住他，气愤地说："你怎么能这么做？"小伙子自知理亏，却为自己狡辩："聂师傅，很多人都这样做的。"聂保纯更生气了，说："很多人都像你这样往客人的菜里吐唾沫吗？"小伙子说："他们都那样做，你没看见罢了。"聂保纯哼一声："你还有理了！走，找金经理去！"小伙子脸都吓黄了，腿哆嗦着，说："求您了，聂师傅，我是一时糊涂。那个王科长一句话就把我表哥分到了胶轮厂，就因为我表哥没给他送够礼。我见了他，就什么也不顾了。聂师傅，我改还不行吗？"说着，泪流了一脸。聂保纯就推他一把，嚷："快滚回去，换一盘来！"那盘子在他手上，像是粘住了。两人推推搡搡，竟一滴菜汁也没洒出来。小伙子勾着头向厨房走去，到了门口，盘子却突然掉在了地上。里面的人看见身后铁青着脸的聂保纯，就感到两人之间可能发生了什么事。

小吕忙陪着小心跑来问聂保纯："聂师傅，你好些没有？"聂保纯心想，"你倒是机灵，我可告诉过你我不好了？"气鼓鼓地说："重做一个。"小吕瞥一眼地上的污渍，看出是一道叫五彩芙蓉珠的菜，就要去做。那闯祸的小伙子也要走进去，聂保纯就训他："也不看看，这也是你能进来的吗？"小伙子知趣地走到出菜的窗口旁，规规矩矩地等着了。聂保纯气还不平，嘴里一劲儿地说："怎么能这样呢？怎么能这样呢？"别人也不敢问他究竟，只拿怀疑的目光看他。他们从没见他这样冲动过。他走到小吕身后，小吕犹犹豫豫的，拿不定主意是否告诉他这份五彩芙蓉珠不是自己做的，但他又走到水池旁，冲起手来。冲得那么细，像手上沾了狗屎，却又显得心不在焉。人人都觉出了他的奇怪。一时间，厨房里的气氛就有些压抑了。

到午后一点半，忙活劲儿就过去了，人们也便松懈下来。有时能隔墙听到客人唱卡拉 OK 的噪声，往常师傅们听到了，还会不由自主地撇嘴一笑。那叫什么歌唱呀，纯粹是鬼哭狼嚎。小吕说得更好，"听，又在哭爹叫娘了！"但是今天，师傅们都不笑，都闲立在那儿，看几个小伙计在灶上拾掇。又过了一会儿，那几个有些地位的师傅，就自主地离开厨房，去休息了。聂保纯却没走，小吕也不敢走。小吕相信自己的眼睛，师傅是有些不同寻常。小吕很怕聂保纯注意到自己，却又得时刻准备着他叫自己时，马上发出应答。他盼着红烛来，这个疯疯癫癫的漂亮丫头，聂保纯也拿她没办法。金文生也护着她三分呢，不然，能随她乱跑？她来了，聂保纯想生气，也生不起来。可小吕有好大一会儿没见她了，不知她又去了哪里。

等聂保纯也决定离开时，小吕手拿一棵碧绿的芹菜，坐在椅子上，已困得磕头打盹。他稍作迟疑，没惊动他，就走了出去。

来到休息室门口，听里面有人说，"聂师傅家里准是出事了。"聂保纯收住脚步，听另一个人说，"你就会瞎猜！"第一个人说，"怎么是瞎猜？这很有可能发生的。大半夜才回家，谁能保证不被人钻空子。看他洗手的样子，是要把那奸夫杀了，好蒸着吃哩。小吕来了，让小吕问问他。"别人就说，"小吕可没那胆子。"第一个人说，"那就叫红烛去问。"别人说，"红烛是个姑娘，好意思问人家两口子的事？”第一个人说，“你这就错了，世上的事，没有红烛说不出口的。”休息室顿时腾起一片笑声。聂保纯暗骂一句，“可恨的李兴无，一肚子坏水！”想了想，决定去找老门。他有一个月没见老门了，前两天还对周丽敏念叨，不知门师傅精神好些了没有。一旦动了去见老门的心思，就感到了迫切。是啊，自己有了烦恼，不对师傅说，还能对谁说呢？见了门师傅，即使什么也不说，在一起坐一坐，也有可能让自己心安一些。聂保纯直奔金银岛大饭店内部的自行车棚。

推出车子，才要骑上去，就看见一群女服务员扶着红烛从饭店大楼的后门走出来。红烛手舞足蹈，嘴里嘻嘻哈哈、胡言乱语，聂保纯就知道她这是陪客人喝酒喝醉了。红烛在过去的两个多月里喝醉过多次，聂保纯劝过她，陪客人喝酒千万不要实心实意，敷衍一下罢了。可这姑娘就像八辈子没见酒似的，客人一让就喝，还对聂保纯说，“要在喝酒和吃菜两件事上选，我就选喝酒。”聂保纯看她喝醉酒的样子，感到心痛，但除了悄悄叹息，也没什么好的办法。

5

聂保纯在路上还在盘算以后怎样让红烛知道喝酒的危害，而且不由得想到，红烛要是他的妹妹就好了，那样，他说什么就是什么，事情也就简单得多了。

老门的家在曹公巷，聂保纯在巷口买了些东西。他每次到老门家来，都没空过手，不为别的，就为让门师娘高兴。可是在他把东西接到手里时，心里却祷告，但愿门师娘不在家。

曹公巷曲曲弯弯，聂保纯远远看见梧桐树掩映着的那个二十六号小院，就有了些莫名其妙的担心。好在到了门前，一点动静也没听见。他暗暗松口气，猜想门师娘十有八九不在家里。推门进去，叫一声：“门师傅，我来了。”

老门正在梧桐树下坐着，见他进来，就起身往屋里走。

外人看来好像老门对人冷淡，其实聂保纯明白的，两人的关系早就有些像父子了。聂保纯每逢看到老门默默走向屋里去的背影，就会受到感动。叉好车子，随老门进去，聂保纯果真没看到门师娘。他把买来的东西放在桌子上，问门师傅："最近好些没有?"老门慢慢应道："有什么好不好的，就那样吧。"聂保纯在他旁边坐下来，诚恳地劝他："门师傅，我说句实在话，人老了什么都要想得开，才能保证健康。你也参加些对身体有益的活动，师娘还能不许你?"老门暗暗给他丢了个眼色，他也没留意，继续说："你只要再强一些，掌勺还不成问题。不去金银岛，别的地方也会欢迎你。上个月世纪春饭店的刘经理还请我给他物色个好厨师，我差一点就说了你。到那时候，咱还怕啥呀?"聂保纯最后一句话是话里有话，老门听出来了，但他已说出口，也不可能给堵回去，就随了他。他自己原本是有心思的，说了这一番话也就自动停住了。

两人沉默着，跟往常一样，并没有多少话可说，与一对真正的父子无二，相对坐坐就够了。下午的时光也开始变得舒缓漫长，在聂保纯眼里，老门时远时近，远时他得极目眺望，近时就像投到了他的怀抱中。聂保纯心头一热，眼角扑嗒滚下一颗泪来。他吃了一惊，但他显然已顾不了许多。嘴唇翕动着，眼望老门，只觉胸膛内翻江倒海，汹涌澎湃，喉咙里堵着无数的话语。"门师傅，"他颤声叫。老门却一直像一截枯树桩，好像什么也没看到。"门师傅，"他又叫。他迫不及待，但又似乎找不到表达的方式。半天也还只是叫，"门师傅。"老门慢慢向他转过脸来，的确满是惊异。聂保纯心底的勇气受到了极大的考验。他可以装作自己什么也没说，讪讪一笑，就能把尴尬遮掩过去，但他忽然又想到自己来的目的。他不说出来，就不会得到安宁。

于是，他带着孤注一掷的劲头，咬咬牙，接着说："我……我对不住你。"但老门的目光穿透了他的身体，他下意识地停住了，顺目光看去。门师娘正站在里间的门口，双手叉腰，粉白的脸上看不到一丝表情。

聂保纯慌忙站起来，门师娘却脖子一扭，不理他。从她身后的门洞里，聂保纯看到一个身材壮硕的老小伙子，穿着不伦不类的港衫，坐在里面的床沿上，勾着腰，耷拉着腿，在朝他笑呢。他下意识地看看老门，见他的脸竟鲜艳得像一颗五月里熟透的黄杏，眼看就要被里面的杏肉挣破了。聂保纯心里一紧，他实在不知该怎么应付这种局面。真的要开罪门师娘，他还是没有心理准备的。在他进门后所说的话中，明显带有对门师娘的埋怨。汗水哗地从头上冒下来，聂保纯此时恨不能出现奇迹，让他突然在世上消失，他也情愿。这时，门师娘顺手拿起一根鸡毛掸子，开始敲敲打打起来。灰尘扬起，屋子里奔跑着一支军队似的。

聂保纯没料想老门会腰板一挺，高声叫道："老牛，出来！"聂保纯吓了一跳，想不起他要干什么。那门师娘也住了手，万分戒备地看着他。里面的老小伙子慢吞吞地走到门口，掩饰着自己的胆怯，笑着说："老门，你这是……"老门眼皮抬也不抬地打断他："坐下！"老小伙子先看看门师娘，门师娘已经镇定下来，神情无所畏惧，他的心里就有底了，但毕竟有聂保纯在这里，也不好放肆，迟疑一下，也就抓过来一只马扎儿，坐下了。聂保纯本想让他坐自己的座位的，但老门早拉住了他。老门又对门师娘说："你也坐。"门师娘赌气说："坐就坐，还能怎么？"故意跟老小伙子坐在了一起，扭着头，瞅着老小伙子的脸，虽然有些漫不经心，倒把老小伙子瞅僵了，一动也不敢动。

老门长叹一声，开口道："你们都在这儿，我就说出来吧。"看着门师娘，叫："蒋碧珍，你不是总说我一脸的旧社会吗？可你哪知道我心里的苦楚啊！我原想着把这苦楚带到火葬场去，可我还想走得轻快一些。"又对老小伙子说："老牛，你比我小一岁，咱是从小在一起穿开裆裤长大的，你听我说了，就知道一个人清白一世，那才叫活得踏实。"最后转向聂保纯："小聂，我门建库不配做你的师傅啊。"

聂保纯忙道："门师傅，这是怎么说的？没有你哪有我聂保纯的今天？"

老门脸色沉痛起来，说："可我做了连鬼神都不饶恕的事情！我当大师傅，却向客人的饭菜里吐了一辈子口水。我解手，擤鼻涕，抠痒痒，扣眼屎，从没认真洗过手，别人看不见，我连洗都不洗。打我跟我师傅学厨起，我就这么做了。算起来，也有四五十年了。小聂，你觉得这样的人，还能配当你师傅吗？离了金银岛，我就整天闷头想这事，等我死了，也没脸去见祖师爷。我这辈子没好报，是我没积德啊。”说着，埋头痛哭起来。

聂保纯也不禁哭了，起身搂住老门的肩膀，说：“这不是真的。”

老门哽咽地说：“怎么不是真的？我总想说出来，可就说不出口。现在我说出来了，你们都过来吐我骂我，我都觉得自己活该。”

聂保纯双膝一软，就跪在了老门的前面，老门把他拉在怀里，师徒二人放声号啕。门师娘、老小伙子也不禁为之动容。

老门又哭着说：“小聂，我连改正的机会都没有了，只剩下让人可怜。”聂保纯仰起脸来，说：“门师傅，可我……”老门说：“你没什么不对的，你能可怜我，就不错了。”说着，猛地推他一把，说：“你走，下午的上班时间到了。”聂保纯擦着眼泪，迟疑着，老门就像是命令了，“你走！”

门师娘眼圈红红地叫：“老门。”

老门站了起来，把聂保纯推到屋门口。“你走吧，”老门说。

门师娘抱怨：“老门，你这是……”

老门又说：“小聂，记住了，再来家里，不要买东西了！”

聂保纯知道，老门这是怕他不来了。走到巷子里，他还在抽泣着。不少人疑心地看他，他都没想到掩饰一下。回到金银岛，厨房里人已到齐了。大家看出聂保纯哭过，好生不解。什么事能让一个大男人哭泣呢？谁也想不出。

6

这天夜里，周丽敏没像往常一样先睡。聂保纯欠她一次，她想睡也睡不着。聂保纯一进门，她就闻到了他身上清洁的气味，心情也跟着一荡。可是，等他上了床，却发现他身上很烫，问他：“你昨夜淋雨了吗?”他支支吾吾说:“没有。”看着他似乎很懒,周丽敏也只好作罢。

接连几天,周丽敏都发现聂保纯身上火炭似的,就吩咐他去金银岛的医务室看看,但总不见他带药回来,只得自己从药店里买了退烧药,逼他当面吃了。也不知是不是那药有奇效,反正聂保纯身上不烫了。出于保护他的心理,就随他去睡。可在醒来时,却又惊住了。聂保纯在床上辗转反侧,根本没睡着。她装着不知道,闭着眼醒到天亮。

上班时,女同事们说起自己的丈夫,周丽敏就讲了聂保纯过去几个晚上身上发烫的事。一个女同事说,“只要男人心里装了女人,身上就会发烫。”说者无心,听者有意,周丽敏留心起来。聂保纯身上发烫时不说了,身上不烫时也没有一点对自己的要求。她断然肯定,聂保纯什么地方有些变了。可巧又让她碰上了这么一件事,她在下小班的路上看见一群花里胡哨的女孩子,簇拥着一个厨师打扮的小伙子,打打闹闹,情形非常刺眼。仔细看看,就认出了那小伙子就是小吕。小吕到她家来过的。不用猜,也知道那些女孩子都是金银岛的服务员。周丽敏不想让自己去看她们,但显然,她们一个个又年轻,又漂亮。

调查丈夫的外遇,最好去突然袭击。周丽敏决定走一趟金银岛。周丽敏在前一天没向聂保纯透露一点要去金银岛的意思。她表现出了十二分的贤惠和贞静,早晨临出门还轻轻把丈夫探到床外的大脚给搬到里面去。晚上,周丽敏精心化了妆,对着镜子瞧了又瞧。她要尽量做到能跟那些年轻服务员看齐,差也不能差太多。也许正是有了准备,周丽敏走进金银岛,没感到任何局促。她径直向厨房走去,可她忽然就挪不动了。半天,她才恢复了正常的呼吸。到了厨房门口,却又猛地收了脚步。厨房里满满登登的,众目睽睽之下,能干成什么事呢?

周丽敏飞快地跑到了厨师们的休息室。她在推门的那一刻非常激动,她目光炯炯地叫了起来:“保纯,你知道我看见谁了!我看见了许市长!我敢说就是他!”

聂保纯的确正跟一个漂亮姑娘在一起，两人挨得很近。他们对她的到来并没感到多么意外。聂保纯淡淡地说："看到就看到了呗。"

周丽敏还是大惊小怪，说："许市长眼看就要走到我跟前了，可他又进电梯了。"周丽敏脸上夸张的表情正在缓慢地消失着，忽然，她像遇冷的蒸汽一样，集结成了一粒粒小小的灰暗的水珠，纷纷凄凉地滴落在休息室的地上。她以仰视的角度，用力盯住红烛，似乎这才注意到聂保纯是跟红烛在一起。没错，红烛很漂亮。红烛是金银岛最漂亮的姑娘，可聂保纯从没跟她提起过。周丽敏非常伤心，虚弱地坐在旁边的床沿上。

过了一会儿，周丽敏抬起头，一字一顿地质问聂保纯："你，你还有什么话说!"

聂保纯觉得自己是被冤枉了。天地良心，他跟红烛之间并没发生对不起周丽敏的事。过去他所期望的不同寻常的事情也不过如此，最近几天里，两人在一起的时间是比过去多了，而且还是单独在一起。每次约她，她也从不拒绝。他不否认，两人是比过去亲密了，但那也只类似于亲兄妹之间的亲密。他像找到了一个失散多年的妹妹，一眼见不到她，就想她。跟她在一起，才觉得好受一些，但他却没想到把近来折磨自己灵魂的事情告诉她。

他相信，如果不是为了让自己从门师娘跟前顺利脱身，老门也不会对任何人讲的。

那样一株毒菌似的秘密将被老门带进坟墓，可是，由于他的疏忽，竟惹得老门全都说了出来。现在还不知老门怎么样了，门师娘是不是更加小看他。

聂保纯深深自责，想去看他，却顾虑重重。他是越来越感到不安了，也知道同事们背后早就对他议论纷纷。谁也没见过他像现在一样讲究个人卫生，真像人们所说，手上沾了狗屎也不会像他那样子洗手。

但也怪了，顾客却接连反映，由他做出的菜，不像过去那样好吃了。今天金文生还特意把他叫到经理办公室，沾边不沾边地问了他很多事。金文生这是对他有意见了，不过碍于面子才没当面指责他。他心里当然很难受。想，人的胃口，也真难琢磨。有时听人们讲，大饭店生意兴隆，是得益于招牌中的金银二字。一黄二白，都让它占了。他却觉得不以为然。什么一黄二白，在中药里，说的是屎尿呢。你说这人贱不贱，为了活命，屎尿都入了药。

聂保纯从金文生办公室出来，不住地想，即使大人物也没啥例外，该贱的还得贱。这可是自己干干净净做的菜，反倒不合他们胃口了！过去他不承认舌头的刁钻古怪，是很不对的。

周丽敏悲痛欲绝，仿佛一枝正遭风雨摧打的海棠花。聂保纯极不忍心，上前说："丽敏，你想哪儿去了？这是红烛。"

可眼前哪有红烛的影子？聂保纯愣了，红烛什么时候跑了出去？只听周丽敏冷冷地说："我倒相信你们一男一女关在屋子里是清白的，那她为什么就跑了呢？"

聂保纯有口难辩，周丽敏猛一转身，说："聂保纯，我没那小妮子年轻，也没她漂亮，你今天也不要回家去了！"说着，就朝外走。

聂保纯傻了一样地站在那里，周丽敏一阵风似的走到了饭店大楼后面的花坛旁。聂保纯忽然追了出去，他的脚步声很大。周丽敏听见了，加快了步伐，却又不知不觉地慢下来，手里的小包也拖到了地上。聂保纯赶上了她，但聂保纯并没有止步。

聂保纯大步跑了过去。在周丽敏明白过来的那一刻，就像一个受尽委屈的孩子。她摇摇晃晃，马上就要站不住了，却又陡然站直了。她使劲把小包从手里扔了出去，就像把自己扔出去一样。小包无声地掉在花丛中。白天，这里姹紫嫣红，夜晚就恶紫夺朱，面目狰狞。小包像死了似的，躺在那些芳馥而恐怖的花朵中间。

7

聂保纯在饭店走廊里迎面碰上了小吕，小吕讨好地告诉他，我见师娘来了。聂保纯就像没听到，小吕迅速反应过来，他们两口子闹架了。聂保纯却像找不到方向似的，回头看着小吕，一脸的急躁不安，嘴里还在小声喃喃着。小吕留心一听，原来是在叫红烛。

“红烛，红烛，红烛……”

小吕诡秘地笑了一下。“红烛在楼上，”小吕说，“8018。”小吕还做了个暧昧的手势。聂保纯扭头跑向电梯。小吕又忙叫道，“聂师傅，你还是别去了！”小吕又咧嘴一笑，“是金经理把她叫过去的。”聂保纯停在了电梯门前，突然回过头来，大声骂道：

“王八蛋！”

聂保纯像头凶恶的野狼一样，闯进了金银岛大饭店的8018房间。灯光打得很暗，但聂保纯还是一眼就看到了那只插在红烛胸口里的手。红烛坐在一个男人腿上，搂着他的脖子。他们一起惊异地朝他看着。他冲上去，不由分说，把红烛拉起来。红烛连声叫着：“你干什么？你干什么？”他厉声说：“走！”红烛还是叫：“你干什么？你干什么？”像是说不出别的话来。他死死地抓住她的手腕，她知道自己挣脱不掉的，就用另一只手一个劲儿地指着房门，让他看房门上的门牌号。他只不过瞥了一眼，8018几个阿拉伯数字仿佛一簇漂浮在幽暗里的花瓣，闪着微弱的金光。他不理解红烛让他看那数字的意图。他已经把红烛拉到了门口。

那个男人追过来，神情严肃地问他：“你是什么人！”

聂保纯就冷笑道：“你肯定不记得我，但我认得你，你是我们市的大人物。你叫许日友。”聂保纯的愤怒像潮水一样涌到心头，他张大了嘴，“许日友，你日你自己的小亲妈！”走廊尽头传来巨大的回声。

聂保纯把红烛拉回了厨师们的休息室。两人推推搡搡，红烛又喊又叫。这时，回不了家的厨师们都站在了门口，想都没想到要上前阻止。最后红烛就没力气了。聂保纯一下子把她按在床上，开始脱她衣服，厨师们这才感到不妙了。红烛身子光光地被塞进被子里，聂保纯坐在床沿上，喘息定了，就对厨师们说：“你们都进来吧。”厨师们迟疑着，聂保纯就恼了，嚷：“让你们进来就进来！”

厨师们站在灯光下面，聂保纯不说什么，他们也不敢坐下。红烛一动不动地躺在这些男人中间，不知为什么，她竟感到出奇的坦然。

在许日友房间里她是喝了酒的，此时又经过一番折腾，脑子里昏昏沉沉的，眼皮上下一碰，就睡了过去。第二天她醒过来，发现这些厨师都睡得东倒西歪，聂保纯的身子压在她的腿上。她想起晚上的事，幽幽地叹了口气，因为她感到了很深的遗憾。聂保纯当时怎么就不明白，8018 是她初夜权的开价，金文生亲自跟许日友讲好了的。红烛想到这个，忍不住狠狠地在聂保纯身上掐了一把，但他一点反应都没有。她好不容易把腿抽出来，穿好衣服，离开了这些老实规矩地守护了她一夜的男人。

8

聂保纯一觉睡到了上午十点半。只有几个人还在睡着，小吕就是其中之一。聂保纯叫醒他们，小吕发现自己迟了，马上惊慌起来，但聂保纯只是对他微微一笑。聂保纯神情满足惬意。他们一同走进厨房。

一天里的繁忙又开始了。聂保纯亲手制作鹿茸三珍，稍作迟疑，就淋上了自己的特色作料，两腮却突地弹跳了一下。金文生正站在他的身后，可是，他从来没有像现在这样感到心灵宁静，他故意不让自己转过头去。这时，外面有人在叫金文生，金文生什么也没说，就走开了。

整个中午饭时，前面不断传过话来，请聂保纯过去。聂保纯理都不理。徒弟小吕已得到了反馈信息，顾客对金银岛的饭菜大加赞赏，并特别提到了聂师傅煲的一道什锦靓汤。

高老头和水仙花

1

焦大川回轱辘把胡同，通常是安步当车。老街坊碰见了，就说他，“爷们儿放心，咱不跟你借钱。”其实焦大川是没车的，但焦大川不缺车开。二环路上有他的一家汽车修配店，据说日进斗金，他要买车，三辆四辆都买得起，他却不买，花五十八万在城东的福来小区买了幢二层小楼。出故障的汽车到了他的店里，三弄两弄又能开了，在顾客开走之前，为确保万无一失，要试车的。他都当自已的车。若是好车，试上半月也不舍得让顾客开走。既然有车开，何苦再自己买车？这就已经让他家里的兄弟们眼热得不行了。老街坊们听说，就为他二弟要进他的修配店，还跟他父母闹得很不开心。他把严了修配店进人的关口，坚决不搞家族管理那一套。只要手上有绝活，不管你是天南地北的人，修配店大门畅通无阻。没城市暂住户口的，他还亲自跑腿去办。他二弟倒不对他多说什么，只掇弄父母说话，但他也有对付二弟的杀手锏，要进修配店，可以，但你必须脚踏实地跟胡同口的高老头学习两年修理自行车。

类似的事也是有先例的，世界上许多百万富翁都会要求自己儿子从最基层做起，不单是要磨砺儿子的意志，还为了压压那股高昂狂傲的心气。他虽不是百万富翁，但这店弄到今天也是不容易的，岂能儿戏？他的二弟一撇嘴，说："让我跟高老头学修自行车，亏你想得出来！当初咱爸爸不是也要你跟高老头学，你听了吗？"

二弟的话硬硬地戳到了他的痛处，他的眼圈一红，差点掉下泪来。他暗暗忍了，说："二弟，牛皮不是吹的，泰山不是垒的，你不想跟高老头学修车，那自己也弄一店让人看看？"

二弟知道自己弄不出，就嬉皮笑脸起来："哥，我不进你的店，行了吧，那你得……"

焦大川更正他："不是我不让你进，是你不想跟高老头学修车。"

二弟就连连点头："是我不想跟高老头学修车，是我不想跟高老头学修车，哥，那你得管我啤酒喝。"

焦大川爽快地说："中，你一个人喝的啤酒我还管得起，只要你不怕有朝一日让啤酒淹死。"

他的父母却不高兴了："有当大哥的这么说话的吗？"一边给他二弟使眼色，他二弟方醒悟过来，张口说："大哥，你在福来小区的房子我们都见过了，二百多个平方，十口人也住不了，可你看我，你小华侄儿也长大了，还跟我和胡翠芬挤在一起。"

他听了，就只冷笑。

原来他父母有五间房子，弟兄三个结婚后各住了一间，二弟一直想把他那一间要过去，他都没同意。每个星期，他都要带全家来住一夜，也是亲近父母的意思。可是父母偏听偏信，由着二弟烦他。二弟又提起这件事，他也不想再听，说一句："哪个是无父无母的？"索性站起来，走了。

回去后情绪连着低落两天，可父母那个爬满葡萄架的小庭院依旧让他牵肠挂肚。对二弟，他也不是没替他着想过。下岗了这么多年，二弟全家三口的生活就靠他那点下岗费，他还顿顿无酒不成餐，喝得院子里啤酒瓶子成堆，肚子也像吹气似的，一日比一日大。在轱辘把胡同，没有比他更像局长的了。渐渐的，都不叫他名字，就叫他局长，他听了还万分得意。焦大川帮他联系过多家单位，人家一见他就笑了，说："像你这样的人，该直接当领导。"可他在人家那里干不了几天，要么嫌太脏，要么嫌太苦，再不就是嫌人家对他不是平等对待。要说急，焦大川比他还急。

2

焦大川不怕老街坊借钱，就怕二弟不争气。焦大川来轱辘把胡同，心里竟有些说不清的畏怯，好在老街坊们像是看透了他的心理一样，常常主动告诉他二弟是否在家。二弟下岗了，却并不总是闲着，县城里新事不断，这里广场或城市雕塑落成，那里酒店宾馆超市开业，二弟都要前去助兴。二弟样子好，偶尔也被当成嘉宾，将错就错，吃了喝了，还能拿份不薄的礼品、红包。在轱辘把胡同，二弟确实不算最落魄的，他还自吹自擂，“看看，下岗了下岗了又当上了局长。”

焦大川在胡同口一听到二弟不在，脸上就阴霾顿扫，对人也更显亲热，一盒中华烟走不到五步，就能散发干净，爽朗的笑声一直从胡同口传到胡同底。

算起来，抽焦大川的烟最多的就是高老头。从焦大川记事起，高老头就已在胡同口大绒花树下摆摊修理自行车了。焦大川的爸爸是县肉联厂的锅炉工，为人老实本分，不善钻营，见儿子高中毕业后找不到工作，就打起高老头的主意，先给高老头说妥了，再把焦大川叫到跟前，手托小酒壶，随时预备咂一口。焦大川知道，爸爸也只有在儿子面前摆出这样的架势来才像个爸爸，心里觉得爸爸活得太可怜。焦大川一生不好烟酒，就跟他爸爸的这个习惯有关系。当时他爸爸对着酒壶嘴子，吱儿地咂一口酒，故作沉稳地说：“儿啊，你也老大不小了，该找点活儿干干了。我看跟高老头学修自行车就不错，没管着的，没看着的，想干就干，想回家就回家，多自由。你看我，哪天不是五点钟就得起床，进了肉联厂，可睡过一回懒觉？”

焦大川问他爸爸：“爸爸，你想让我学修自行车？”

他爸爸说：“高老头答应了，一年半时间就让你出徒，到时你就能自个儿摆摊。”

焦大川颤声道：“爸爸，这，这是你的主意！”

什么也不听了，他离开家，出了城，钻到一个小杂树林里，蹲在地上，独自哭了半天。

焦大川坚决不跟高老头学修自行车，凑巧他一个参加工作的同学来瞧他，见他还是待业在家，就帮了他忙。他在那年秋天进了县运输公司，学开大卡车。最初两个月，他爸爸有空就去胡同口站站，老街坊见面就说：“老焦，你儿子比你有出息。”他爸爸就满脸舒心的笑容。他爸爸在家里还常常一遍又一遍地叮嘱他——“咱不是那种没良心的人，咱可不能忘了小侯。”小侯就是他的那个同学。

可是县运输公司也迎来了自己败落的时代。此焦大川已非彼焦大川，他果断地办了停薪留职，东拼西凑，砸锅卖铁，开了个只有一间门面的摩托车修配店。那几年也怪了，县城的大街小巷，摩托车像没头的蚂蚱一样，四处乱撞，摩托车修配店生意出奇地红火。随着财力的不断壮大，焦大川也成了县城里有些头脸的人物，摩托车修配店显然已无法满足他的胃口，他轻易地贷了一笔款，一座设备先进的汽修店就鲜明瓦亮地矗在了新开的二环路上。

帮他进运输公司的那位姓侯的同学在机关混了十几年，才混上个小股长，不知费了多大的劲从自己单位弄到了一辆双缸的破车，找到他，要他给修修。这样的车早该报废了。但他什么也没多说，派修配工给他拖来。

几天后，破车焕然一新，侯同学见了，简直不敢认了，直说，“大川你会变戏法儿吗？”

焦大川心里明白的，车壳子是这样的，内脏也都被他换了个遍。只是侯同学看不到而已。焦大川误以为侯同学自己开，没想到侯同学是要发笔小财，遮遮掩掩地让焦大川给找买主。焦大川帮他卖了五万四。把支票放在他手上时，他扑通软在了焦大川脚下。焦大川知道他没见过这么多的钱，扶他起来，他往下坠，泪流满面地说：“大川，三七开，三七开，我拿三，你拿七，三万七千八。”

焦大川正色道：“你把我看扁了。”

侯同学就说："那我给你磕个头，我给你磕个头。"

焦大川哪里愿意，说："咱还是老同学不是？"

他就说："大川，你看咱这当小辈儿的，多少年了也没去看看你爸妈了。"当即约了时间，要去探望焦大川退休在家的爸爸。

那天，侯同学雇了辆三轮车，装了一车子的奶粉罐头蜂王浆，来轱辘把胡同看望老焦。老街坊都看见了，问老焦，"这是谁呀？给你送这么大的礼。"老焦自豪之情溢于言表，说："还不是大川的同学，县畜牧局的侯股长。"老焦家这一天就像过节一样，充满了欢声笑语。

侯股长走了，老街坊们都啧啧而叹，看人家焦大川混的！老子也跟着光彩。还对高老头说，"咱轱辘把胡同只有你俩是搞修理的，可人家焦大川搞出个百万富翁，你搞了一辈子，也就比敲骨拐的（指要饭）强些。"高老头倒实在，翘着小拇指，细细地往车胎上涂着胶水，说："咱不跟人比，人比人气死人。"

大家都说："然。"

3

焦大川回轱辘把胡同，最先注意到的也是高老头。不知为什么，还在远处，就已把目光投了过去。有时候他不想承认这种现实，欺骗自己，高老头背后的大绒花树太吸引人了，特别是在夏天，树上的花开得着实的好，一簇簇红红的，在绿叶之间，像跳动着轻盈的火苗。可以说，轱辘把胡同口至今旧貌不改，跟这株大绒花树很有关系。整个县城也难找到这么粗大的树木，枝繁叶茂，遮天蔽日，垂直树冠面积达半亩左右。老年人猜测，这株树的树龄，少说也有二百余年。甚至还牵强附会地编一个故事，说是一个贞洁少妇变的。如果不是为了保护这株老树，轱辘把胡同口早就面目全非了。过去高老头常常把修车的标记做在苍老的树干上，后来有关部门就出面制止了，还围了道一米高的铁栅。没有活，高老头就背靠铁栅假寐。绒花跟小仙女似的，飘飘悠悠地落下，有时就落在他的鼻头上，别人都替他感到发痒，但他却像并不知觉。

焦大川走过来，高老头要对他说一句“局长一早出去了”，脸上立马就能多云转晴。焦大川气定神闲，也不急着往家里走，掏出烟来，让高老头抽。焦大川也算是高老头看着长大的，高老头不用对他客气。手里没活，接过来就抽了。抽一口，迷醉地品味着，说：“好烟，好烟。”有活，就不能慢待了顾客，随手将烟夹在右耳朵上。这只耳朵，不知夹过多少次焦大川让的烟了。在焦大川眼里，也似乎比另一只耳朵大了一些。

焦大川走过去，暗暗地想，如果把整包烟送给高老头，他会不会接受呢？焦大川还盘算着高老头一天能修补几条车胎，自己的一包烟钱至少抵他修二十条车胎，这么说来，高老头在街头蹲一天，真不知能否换来一包烟钱。

焦大川走不到五步，烟就散尽了。他笑模笑样，神采飞扬，心里却是痛惜的。

是为高老头痛惜，仿佛散掉的烟不是自己买来的，而是高老头一天的辛勤劳动。

夏日里，一树绒花开得正好。焦大川照例来轱辘把胡同，莫名其妙的担心像是羁绊，使他脚步涩涩的。不过，他又走了运，高老头告诉他，“局长一身新，头发狗舔了似的亮，才坐了三轮车，往东去了。”他早来一会儿，两人就碰上了。他听了，顿时眉开眼笑，但又有意掩饰着，抬头看看大绒树，那些鸟羽状的叶子像是经过梳理一样，在微风中柔顺地伸展着。

他说：“当了局长，真是忙了。”这几乎是他头一次拿二弟的绰号逗趣，说明他的心情的确很不错。

高老头这会儿没活，接了他递过来的烟，就点上了。很响地抽一口，赞道，“好烟。”刀刻般的皱纹里也像浇了蜜。一朵绒花飘下来，凑巧落在他的头上，但他好像没工夫弄掉。

焦大川看着，咧嘴一笑。这时候，不少老街坊都走来跟他说话，一包烟转眼就光了。他继续向前走去，却仿佛不放心什么似的，又回过头来，看一看高老头脑袋上的绒花。

高老头聚精会神地抽着那根烟，真恨不能把每一丝青烟都吸进肺里去，哪里舍得再顾别的。

焦大川心里咯噔一下，他知道，自己这辈子表面上风平浪静，其实却充满了风险。当初哪怕自己稍作犹疑，也有可能成为一个像高老头这样的修车师傅。他没跟高老头学过一天修理自行车，但这么多年，他实际上是把高老头当成自己的师傅的。

4

焦大川自此有了提携高老头的心思。就像他拿不定主意是否将整包好烟扔到高老头脚下一样，这个心思在他心里窝藏了好久，也还没说出来。修配店里的伙计们也发觉他们的老板每天竟有些心不在焉，和你说着话，目光却像到达了很远的地方。他们不知道，焦大川眼里一遍遍地闪现着轱辘把胡同口的那株大绒花树。整个树都像燃烧起来一样，一簇簇的绒花纷纷朝空中喷射。别人无法想象焦大川这几些天所受的煎熬。

焦大川瘦了，有目共睹。来轱辘把胡同，人家告诉他局长又去蹭吃了，神情也没什么大的改变。一包烟散着散着，有人还没轮上，他就又装在口袋里，人家不说一句，他就不会再拿出来。在他爸爸跟前，他爸爸说二百句话，他有两三句能听清就不错了。但他突然站起来，向外走去。他爸爸在背后说："大川你没意见，老二回来我就说你同意了。"他转头问一句："爸爸，什么我没意见？"他爸爸就知道自己白费了唾沫，气得直捶沙发。

焦大川去了高老头家。高老头刚刚收摊回来，正在院子里洗脸，他进去了，高老头来不及招待他。高老头把脸洗过了，搬了个小木杌子让他坐下，边擦手边说，"在街上蹲一天，一张脸就能洗出半盆泥汤，再泡个澡儿，这会儿该是我一天里最舒服的时候。"

焦大川表示歉意："看没让你泡上澡儿。"

高老头笑道："什么泡澡儿，也就是拿湿毛巾在身上搓巴搓巴，哪能比你们洗桑拿，还有小姐给按摩？"

焦大川意外地脸上一红，说："高师傅见笑了。"

高老头也坐下来，又在脖子、胸脯处擦了几下，就顺手把毛巾搭在旁边的木架上，问："大川怎么想起到我家来了？"

这时候焦大川还是犹疑的，他甚至有些后悔到高老头家里来。待要说没事，显然难以让人相信。这个小院子，他有多少年没来过了，最近一次还是在他少年时期，那时高老头的老伴还健在，那是一个沉静的女人，从没见她跟街坊邻居大声说过话。如今这女人已去世多年。

焦大川下意识地环顾了一下院子，发现几乎没有什么改变。院子里种着蔬菜，因天色已暗，看不见菜畦里到底种的什么，但他闻到了清新的小葱的气味。他隐约记得院子角上还有个鸡棚，看上去却灰蒙蒙的，像堆放着一堆柴火，自从高老头老伴去世后，就不再养鸡了。果然，焦大川也闻不到鸡粪的味道。

焦大川不过一恍惚，不该说的话就顺口说了："没什么事的。"

高老头自然不相信，但高老头不说出来，只说："你来看一眼我这孤老头子，我就很高兴了。"

焦大川忙笑着说："我是来顺便看看。"他站了起来，吞吞吐吐说一句"我还有事"，就朝外走。但高老头的叹息声让他停住了。高老头没能掩饰住自己的失落。焦大川回头看着高老头，小葱的气味仿佛一下子浓郁了。焦大川不可遏止地紧张起来。

"高师傅，"焦大川低低地叫了一声，"我，我想雇你。"

焦大川身上一软，扶住了院门。不用说，高老头愣住了。过了一会儿，就听高老头慢慢说："大川，别开我的玩笑了，你雇我干什么？"

焦大川镇静下来，说："高师傅，我一个月给你四百五。"

高老头不吭声。他很突然地笑了，说："大川，你要给我四百五？"

焦大川肯定地说："是四百五。"

高老头像是在嚷："你给我四百五干什么！你钱花不了，不如给局长。局长多少还能给你干点活儿。我除了修自行车，啥也干不了。"

焦大川说："高师傅，这个不用你管，你只要答应，我会告诉你。"

高老头转过身子，像是要马上到屋里去。"大川，你不用告诉我了，"高老头说，"在咱县里最好的企业上班的工人，一个月也拿不到四百五。看你这么为难，我能猜出来，你要我干的，绝对不是好活。"

"你说哪儿去了，高师傅？"焦大川不知怎么回事，汗都流了下来。"这个活儿真的累不着你。"他迟疑一下，看着黑暗的墙角，又重复了一句，"真的累不着你。"他咬咬牙，转向高老头。"我就说出来吧，"他说，"高师傅，你每隔三四天，就在二环路的几个路口撒一回玻璃。"他其实并没有看高老头，他觉得自己像个弱视的人，一到夜间就看不到路。他说完了，如释重负地吁了口气，没看看高老头的反应，就走了出去。

5

在接下来的时间里，焦大川一直没停。等感觉到双脚酸了，才发现竟来到了当年自己曾躲在里面哭泣的小杂树林。当然那小杂树林已经没有了，取而代之的是一家工厂的厂房。焦大川靠着厂房的墙根坐下来，眼望着城区里纷乱的灯火。

此刻，焦大川仍没能感到轻松。特别是在他又想起发生在高老头家的一幕时，他确定自己心里是怀了内疚的。

不错，高老头也是个不太安分的修车匠。轱辘把胡同附近的几个路口从来就没干净过，环卫工人打扫过后很快又会出现尖锐的玻璃碴子。当年人们传言这些玻璃碴子就是高老头的女人指使高老头去撒的，那个人前不言不语的女人却有许多鬼主意。小时候的焦大川就曾多次被人派到他家，暗察高老头在路上撒玻璃的蛛丝马迹，却每每一无所获。特别是一些刚刚参加工作的年轻人，用自己的钱买来自行车，爱不释手，一旦被扎破了车胎，愤恨之中就要找高老头算账，都因苦于找不到证据，悻悻作罢。后来高老头的女人死了，但路口照样出现玻璃碴子。可以说，这些年来，不少被玻璃碴子扎坏车带的人都想狠狠惩罚高老头一下，让他修车时也故意旁敲侧击，指桑骂槐，说这撒玻璃的人怎么可恨，怎么缺德，无奈高老头永远都像是一个事不关己的局外人。高老头在修补车带时一丝不苟，专注的样子常常使人噤口。高老头的修车技艺也是很高超的，粘补的车带从不开胶，除非又一颗玻璃碴从原处扎破，最终变成一条伤痕累累的蛇，而即使到了这时候，补好了，也仍能够使用，甚至比换条新带都强。实际上，面对高老头修车时的认真劲儿，不少人还要不由得想，谁让自己不长眼睛，偏往玻璃碴子上轧？高老头的不动声色，还会让人理解为，你爱怎么怎么，我就要把玻璃碴子撒在路口上。高老头的女人死了，再看高老头，就又多了一份凄凉。对这样一个无儿无女的孤老头子，你还要忍心怎样呢？天长日久，高老头在路口撒玻璃碴子这件事，差不多成了轱辘把胡同的人共同保守和掩盖的一桩秘密，也将随着高老头的撒手西去，一了百了。

可是，焦大川确实已经第一个把这桩秘密说破了，就像他是个不通人事的愣头青。不管他的本意如何，这对高老头来说都是很残酷的。现在焦大川感到的不仅是后悔，还有负罪感。心想，高老头在家里，还不知怎样呢。

城区的灯火又明亮了许多。这是夏季，成团的蚊子从阴湿的草丛里飞出来，在焦大川头上盘旋。焦大川挥手驱赶了一阵，也不起作用。被咬得受不住了，就站起身。到这个地方来是他从未想到的，他该开上车子，去高速路疯狂飙车才对。焦大川竟不知不觉地又把自己当成了感情脆弱的小伙子。

躲在小杂树林里悄悄哭泣，只能是小伙子所为。焦大川到底也算是有些沧桑的人了。焦大川意识到这个，就想尽快离开此地。他不用替高老头担心的。高老头活了一辈子，历经的风雨不会比他少，高老头做了什么，自己心里应该是明白的。从这方面说，轱辘把胡同的人竟替高老头遮遮掩掩和守口如瓶，实在是多此一举。焦大川怎么能确定高老头正在家里极度不安呢？高老头怎么就不能喜欢得猴子似的上蹿下跳？四百五十元的月工资，对任何一个年富力强的人，都是一个不小的诱惑，何况对一个风烛残年的老头子？焦大川这时候也还是后悔的，不过却是为自己出口就是四百五。开他一百五十块就不错了，这样也留有余地，他要讨价还价，索性加他二百，也才三百五，还会像让他捡了便宜。

焦大川沿着墙根走了两步，忽听不远处的树丛里扑嗒一声，像有什么东西掉在了地上。看时，又没了声息。他把脚步加快了些，又觉出自己确实不宜走到这么荒僻的地方来，黑灯瞎火的，万一遭人暗害，可不是耍的。他已不是当年那个一文不名的穷小子，而是腰缠万贯的大富豪。

焦大川不由得出了身冷汗，好在很快就来到了灯火通明的大路上。随手招来一辆出租车，赶回修配店里。他以为没人发现自己，可他刚在办公室坐下，紧跟着就有人走了过来。他马上在沙发里坐端正了，叫声："进来。"

房门一闪，就露出一张年轻姑娘的脸庞。姑娘带着恭恭敬敬的笑容，说："焦经理在啊。"

这姑娘在修配店专管招待，脸孔漂亮，身材也很好，焦大川暗暗在心里把她比作含苞待放的水仙花。他结识的一些大款看到她，跟他开玩笑，好个靓妞儿，早就梳拢了吧。焦大川一本正经地说："兔子不吃窝边草。"大款就说："这么着，你把她让给我，咱们交换交换。"焦大川却像老不开窍的样子，说："哎呀，朋友的侄女呢。"大款们真是不好再说什么。

焦大川不光是个男人，而且是个有钱的男人，自己身边有个美人儿，不可能一点心思都不动。焦大川也相信，只要自己稍微有所表示，这水仙花立刻就会投怀送抱。如今的女孩子，哪个不是伶伶俐俐？跟有钱人好，还能吃亏？怎么着也能弄上一笔。可是焦大川绝不放松自己。水仙花无隙可乘，也不敢在他跟前放纵。

现在，水仙花走进来，蹑手蹑脚地，全身上只有那一头黑色长发，瀑布般垂在身体一侧，活泼泼地抖，不受拘束。水仙花殷勤地说："焦经理，我给你倒杯水。"

焦大川至此未吃晚饭，原想说不用的，但确实感到渴了，就随水仙花走到矿泉壶跟前，接了杯水。焦大川客气地说："谢谢友友。"

水仙花抚摸着自己光滑柔顺的秀发，媚笑道："焦经理真客气，我不过是给你接了杯水。"

焦大川说："我坐着不动，却麻烦你把水送到我手上，我能不客气吗？"

水仙花袅袅婷婷，娇声说："你是经理嘛。"

焦大川心头一颤，但又定住了。焦大川知道水仙花正在考虑要不要坐到他身边来，他果断地说："友友，你没事吧？忙了一天了，快去休息。我略坐坐就回去了，刚才你们的嫂子打电话催我，嫌我把家忘了。"

水仙花听了，脸孔就像在慢慢收缩，眼神也有些呆滞，半天才一甩手，说："我没事！"显然是在赌气，却忽地感到不相宜，马上空洞地对焦大川一笑，想弥补过失似的。她走向房门，黑发在背后摇摇荡荡，像在掩盖自己的恼怒。

水仙花眨眼不见了，焦大川浑然不觉地露齿一笑。他感到了一种做人的得意。

不久，焦大川就回了福来小区的家里。家人已经睡了，温馨的气息静静流淌。焦大川关了房门，摸黑进了书房，还没开灯，两条女人的手臂就冷不丁地从背后伸过来，搂住了他的腰。夫妻二人什么话也没说，紧紧纠缠在一起，黑暗的空气里陡然溢满了呼呼作响的气流声。移到卧室，往床上一倒。焦大川被深厚无边的快意包围着，但他还能想到自己的女人在这件事上太贪了点儿，男人回家来，也不问一句吃了饭没有。他可是还饿着肚子呢。一转念，又想，女人是不用问的，有钱的人夜半回家，有几个会饿肚子？动作不过稍稍有些不着实，就又像电机一样，陡然加大了马力。女人已经按捺不住地呻唤起来，焦大川分明感到自己已跃至高高的云端，左冲右突，随心所欲，而这也正是他人生和事业达到顶峰的真实写照啊。

焦大川在这时候，简直就差号啕大哭了。

6

焦大川本来打算一早就去轱辘把胡同的，临出门却接到了朋友的电话，说市政协副主席的老岳母今日大殓，需要他帮着张罗。这政协副主席过去也是他的患难朋友，有了钱，不知怎的弄了个副主席，就跟原来一帮朋友走远了。焦大川早知凶信，却不晓得今日入殓，既得了消息，也只得走一趟。当地向有厚葬之风，死者女婿又为有身份的人，从入殓到出殡一直闹两三天。焦大川跟着忙完，一点精神也没有，眼看到了家门，又一转身去了福来小区附近的桑拿房，要把霉气彻底清洗掉。正巧遇上了朋友，两人几乎玩了个通宵。

次日傍晚，焦大川走回轱辘把胡同。

街上人来人往，都是些急着归家的人，小吃摊上叫卖声不绝，白色的雾霭在幽暗里缭绕。焦大川熟悉这种场景，看在眼里，倍感亲切。他走到了大绒树下，高老头正忙着往三轮车上收拾家什，旁边还站着一个卖煮花生和玉米棒子的妇女，等他离开，好占他的位置。高老头就像没有发觉他的到来，只顾收拾，看也没看他一眼。他不由得有些怅然，知道由高老头首先告诉他二弟在不在家已经在他生活中形成习惯了。再想一想，天这么晚了，二弟即使出去也早该回来了，高老头不告诉他，他也能知道。但他还是觉得高老头不该这样的。待要叫他一声，又想不出要说什么。大庭广众之下，那件事也不好提。哪怕用眼神交流一下，也会让人看着有些鬼鬼祟祟的样子。焦大川索性装着要买煮花生和玉米棒子，不再理会高老头。

提着沉甸甸的一大包食物，焦大川回到他爸爸的院子。二弟像早就候在院门内等他一样，欢欢喜喜地把东西接过来，低头往包里一瞅，笑着说："美国甜玉米，好吃得很呢，又烂，爸爸也咬得动。"接着高声叫他爸爸，"我哥来了！"

焦大川身上陡然涌起一股暖流。往日到家里来，也从来没空过手，但二弟哪回都阴阳怪气的，让他觉得自己即使带回来一座金山，也不会博得他半句好话。没想到一包不值钱的煮花生和玉米棒子，竟让二弟赞个不停。对焦大川来说，这真是意外之喜。玉米的香味儿那么好闻，他的口水都要流出来了。

晚饭是他跟爸爸、妈妈、二弟一块吃的，气氛非常融洽，爸爸没拿房子的事烦他，还问了问他修配店发展的计划，生硬地说了七八个从电视上学来的新词儿。他听着比音乐还动听。二弟也乖顺得像只小猫，笑眯眯的目光里，含着小时候才有的对哥哥的依赖，感动的浪潮一次次在他心里翻腾。他只是克制着才没伸手去搂二弟的肩膀。

一时饭罢，全家人都沉浸在惬意的乏顿之中，这么美妙的时辰也是焦大川经常渴望的。焦大川发现二弟暗暗对他使了个眼色，心里不禁咯噔一下，接着又恨自己多疑。二弟不过要跟他一个人说说体己话而已。

焦大川站起来，随他弟弟走到门外。他弟弟让他进了他的房间，弟弟进去就仰面躺在床上。不知受了什么诱惑，他也躺了上去。两人挨得很近，又是在黑暗中，鼻息微微，却清晰入耳，他就觉得很像是当年小哥俩儿相亲相爱的情景。能这样静静地躺着，就很不错了，但二弟吃吃地笑了起来，越笑越厉害。焦大川简直被他笑得浑身发毛了，他才笑岔了气似的，说：“哥呀，真有你的，我服了你了。”

焦大川问他：“你什么时候服过我？”

他还是一个劲儿地说：“我真是服你了。”

焦大川更是摸不着头脑，就想说点别的事，郑重起来，说：“二乖，大哥想问你，你也是快四十的人了，就这样混下去，让人局长局长地叫，你觉得很好吗？”

二弟不笑了，说：“哥，这是你问我，我就挑明了吧，你跟高老头的秘密我都知道了。那天我就跟在你的后面。你从高老头家出来，没头的蚂蚱似的，我还以为你这是咋的了，又跟你到了百亿五金厂，不敢惊动你，就躲在草棵子里。你看，这脸上蚊子咬的包还没下去呢。第二天我就想找你，嫂子说你去吊丧了。哥，这也不是我挖你墙脚，我替你跟高老头谈了四五次之多，可高老头死不松口，我说得多了，他还跟我恼。这个老不死，那种遭骂的缺德事，他能做出来，可别人说说就不行了！哥，你也别瞎操心了，好心也不得好报。我就想，与其让死老头子捡了这个便宜，不如……不如咱们内部消化了。我去干！我不怕别人骂。况且又有谁知道是咱干的？咱不是头一个，也不是最后一个。你不是反感我去蹭吃蹭喝么？有你这四百五，再加上我的下岗费，也抵得上一个在职职工了。只要你答应，我保证白天待在家里，门也不出。玻璃都是现成的，家里这些啤酒瓶子就够用了。不过，我也想了，撒玻璃对汽车的影响也不是太大。这几天我调查过了，在路上钉钉子效果最好。先钻个洞，钉子尖朝上插进去，只要汽车轧上去，准没跑。丰华修配店早就这么干了，今天一上午我偷偷在丰华附近拔了二十四根钉子。"

焦大川早坐起来了，他嚷了句："别说了！"

二弟听到了他气喘的声音。二弟愣了一下，却继续说："哥，我知道，我知道你是个好人，你不会去干这种事的，也不会让修配店里的人干，所以你就选中了高老头。以后什么时候想起这件事，一把推给别人，心里就安稳了。我就觉得世上绝大部分大人物都是这样做的。"

焦大川没吭声，二弟话就重了："哥，这么着吧，兄弟我心里是很明白的，自己其实活得很可怜，也没有什么脸面，你就把我当成无亲无故的人来看，我做了什么，跟你没有任何关系。"

二弟的这番话差点使焦大川掉下泪来，但他克制住了，暗想，"二弟啊，你错了，你永远都是哥哥亲爱的弟弟。"嘴上冷冷地说："二乖，你缺钱花，言语一声，那件事别提了。"

等了一会儿，焦大川就想离开，二弟突然叫道："大哥，别走！"焦大川停下来，二弟就说："你抓不到高老头的把柄，他是不会同意的。今儿晚上你听我的，咱给他来个人赃俱获。"

二弟已经兴奋起来了，焦大川也不禁受了感染，一时间又成了要搞恶作剧的小哥俩儿。他们躺在床上，静静地等待夜深。二弟的女人到窗下叫过一次，二弟在里面说："你们睡觉去，我跟大哥说说话。"

他女人就说："显见的是哥哥弟弟了。"咕咕哝哝地走了，果真没再来打搅他们。

7

焦大川迷迷糊糊睡着了，梦见遍地都是闪光的玻璃碴子，可踩上去却发现是些亮晶晶的果冻，竟馋得他直咽唾沫。脚下猛一滑，就睁开了眼，原来二弟在推他。二弟小声说："到时候了。"

夜深人静，兄弟俩悄悄走出院门，大颗的露珠不断地砸到他们脸上，凉丝丝的，使他们非常清醒。来到高老头家附近，隐藏在一个墙角里，焦大川发现高老头家院门紧闭。二弟拉他一把，让他朝前看。恍惚一个影子正朝胡同口无声地移动。轱辘把胡同连盏路灯也没有，四处漆黑一片，对面不能相识，他们所要做的只是不让自己发出声音。小心地跟了上去，出了胡同口，才看清前面那个幽灵一样的人的确就是高老头。

焦大川虽早知高老头在路上撒玻璃碴子的事，但还是感到了无比的惊异。哥俩躲在大绒花树后，看着高老头不时从胳膊底下的一只灰布袋里掏出一把玻璃碴子，撒在空无一人的街道上。他的动作显然非常熟练。焦大川心里还是纳罕不已，高老头看上去轻松自如，似乎压根儿不怕被人撞见。

高老头已经到了轱辘把胡同西侧的第三个十字路口，这里可能是他的重点区域，他撒得也很细，就像农民在自己的土地上播种似的。在尾随其后的焦大川哥俩儿听来，街上就像正下着一阵淅淅沥沥的小雨。

二弟悄悄对焦大川说："哥，咱上去吧，晚了怕他不承认。"

焦大川却一把拉住他，说："我一个人去，别把他羞坏了。"

二弟想一想，也是，就退回了暗处。

高老头靠着路灯的电线杆子，正要抽支烟，忽听到焦大川的脚步声，就抬起头来。

焦大川原本想着吓唬他一声，一看到那张浮现在昏黄灯光里的老脸，心里就充满了怜悯。装着是无意中撞上的，淡淡地招呼道："高师傅，出来转转？"

高老头既没有躲闪，也没有慌张，倒是焦大川不自在起来。焦大川一时间不知再怎么开口了。

高老头掐灭了烟卷，又夹在了自己的耳朵上，背起他的灰布袋，就低着头，默默地朝回走。不过走了三四步，就停住了，开口道，"大川，你别费心了，我不会给你做事的。"

焦大川支支吾吾："可你，可你同样是在……"

高老头就说："我这是要碗饭吃。"

焦大川感到自己的头脑像枣木疙瘩一样迟钝。过了半天，才困难地说："高师傅，你要嫌价低，就请你开个价吧。"

高老头却不理会，又说了句："我只想要碗饭吃就够了。"高老头走了，在焦大川看来，仿佛幽灵，蓦然消失在不远处的夜色里。

二弟急急地走过来，叫着："哥，你怎么放他走了？我们既然逮住了他，就由不得他了！"

焦大川皱着眉头，心里像这夜半的街巷，空空荡荡的，二弟说了什么，他一句也没听清。他忽然看住了二弟，说："今儿的事，你绝对不要说出去。"顿一顿，又补充，"对胡翠芬也不要说！"

二弟一愣："一定的。"

8

他们分了手，焦大川又不知不觉地走回了修配店。焦大川不过略作犹豫，就走到水仙花的房门前。轻轻一推，门就开了。

水仙花在床上摁亮了灯，看到进来的是焦大川，竟一点也不吃惊，仿佛这事早就在她的意料之中。她顺手把被单往下拉了拉，露出大半个粉嘟嘟的胸脯。

焦大川没有走向前去，只说："友友，收拾你的东西，跟我走。"

水仙花的第一个反应是以为焦大川要解雇她，她瞪大了眼睛，但她立刻意识到发生了误会。她像一条鱼似的，从床上扑腾跳到地上，干脆地说：“我没有东西，就我自己！”

焦大川想一想，说：“也好，明天再给你拉过去。”

焦大川从车间里选了辆奥迪，载着几乎一丝不挂的水仙花离开了修配店。焦大川眼盯着前方，他把水仙花叫出来，其实还没考虑好要在哪里留宿。显然，他的决定太仓促了。最后他猛一打方向盘，驶向了县城里最好的蓝天发展大厦。这里是他和自己的一帮朋友聚会的场所，大厦里上上下下的人，他多半熟识。可是，非常不巧，忽听车轮下接连响了两声，车胎爆了。焦大川马上断定是被钉子扎爆的。车身倾斜地停在了路边，气得他狠狠在车窗上捶了一下。然后，他无可奈何地看着水仙花。所有的暗示都是多此一举，水仙花主动靠了上来。

前前后后用了不到十分钟，事情就已经失去了挽回的余地。

水仙花柔若无骨地躺在焦大川怀里，果真是一个小鸟依人的尤物。焦大川感到冲动再次从天而降，但他竟然抵挡住了。他知道在街上耽搁所包含的危险，就一推水仙花，说：“我们下去。”

水仙花就像生怕他突然走掉一样，紧紧地搂住他的腰，两人很不方便地从同一个车门里走出来，然后走向蓝天发展大厦。

顺利地开好了房间，水仙花就在床上摊开自己，光溜溜的，的确像是一条焦渴的鱼儿。可是焦大川并没有立即扑上来，他坐在床沿上，拨通了修配店里值班室的电话，让人去蓝天发展大厦附近把车拖回去。吩咐完了，这才回过头来，眼里却是极为冷静的目光，水仙花心头不由得沉了一下。随着焦大川把手放在她身上，才使她觉得轻松一些。

焦大川却像走了神似的，只是一边慢慢抚摸着她锦缎般润泽滑腻的肌肤，一边嘴里喃喃地叫——水仙花，水仙花。

水仙花听了，止不住更正他：“焦经理，我叫许友友。”

焦大川就说：“从今以后，我就叫你水仙花。”

“焦经理，我觉得还是友友好叫。”水仙花说着，嗤一声笑了，“你总不能叫我许水仙花吧。”

水仙花疑惑不已，因为焦大川还是像走了神一样，仿佛抚摸的是一块没有生命的石头。她需要提醒他一下，就说："焦经理，天不早了。"

"别叫我焦经理，"焦大川几乎是面无表情地说，"从你跟我走出修配店，你就不是修配店的职工了，我也就不是你的焦经理了。我想好了，许水仙花，你先在这里住两天，然后我去租上一套房子。我不会亏待了你，你放心。如果你还想工作，也随你的。我会给你找到新的单位，但我绝对不可能让你再回到二环路上的修配店里来。"

焦大川的意思如此清楚，水仙花就再也无话可说。她只是略微感到这个男人——这个在以后相当长一段时间里都会包养她的男人有些不可思议。她哪里知道焦大川迟迟没有对她采取进一步的行动，一个重要的原因就是，焦大川的思绪还停留在一个修理自行车的老人身上！焦大川再次透过浓厚的夜色，看到了那棵枝繁叶茂的大绒花树。在他此刻的目光之下，并没有水仙花的位置。两人毕竟来日方长。

老子天生是好汉

先觉寺街的坏小子大发，在路上见人就瞪眼。人家躲着他，他还自以为得意。只有一个家伙拦住他说："你忘了你那个黑眼圈是我揍的。"大发心想果真又是这家伙，老子可不怕他！壮壮胆硬朝着他走，他又说："你再过来我就再赏你个黑的。"

天气热得多富裕！整个世界都像是用白花花的银子做的。前天也是这样的天气，大发路过外星人冷饮店时，从橱窗里看见这家伙正欺负一个女孩。那女孩很漂亮，大发认识她，很多人都叫她"好乖乖"。好乖乖被人家抹了一脸的冰激凌，大发就冲进去跟人家算账。这家伙今天肯定是来找碴儿的。大发朝四下瞥瞥，见无人注意他俩，便转身要溜。"你是个性错乱者！"这家伙背后说。

大发回头问他，"你说谁哪？"

这家伙还笑着呢。"我说白胶布，找碴儿吗？"

大发伸手把那片白胶布从黑眼圈上扯了下来，心想兔子急了还咬人呢，便狠狠地一头撞了过去。

这世界一下子就成了黑乎乎空荡荡的了，他那身子赛似一棵干草，向着最底层飞去，但是陡然地又从黑幕中挤出一刃光明，大发就眼见那个漂亮的好乖乖紧黏在那家伙身上，正向先觉寺街口走去呢。

这时候的大发觉得自己真是坐在一盘鲜狗屎上，他那心情便不由得逐渐灰暗。只不过这世上的好运道绝非专顾哪一个人，也不会使哪一位当真以为在鲜狗屎上打打坐而绝无生趣。大发痛着的双眼立刻被许多喜悦之光麻醉了，因为他的确发现有一钱夹躺在地上。一旦那钱夹鼓鼓地落入掌内，大发便彻底怨恨自己没有那歌唱家的喉咙了。

远处有一群人笑着走来。大发忙将钱夹藏在身上，气已颇觉得粗壮了。那伙人亲眼见到大发挨揍，不但不来相助，反倒满腔子的高兴，可见都不是个东西。他们来到大发跟前，取笑着他。

“低级动物！”大发将眼珠子鼓一鼓，大步走开了。开了一百余步，大发哑声唱了半句歌，他估计后面的低级动物们还能听到。他的心没在路上，也便极快地来到家里。但是在进门之前又忽然想起一个人来，回头朝前面一栋灰红色的旧楼一望，竟然觉得有七八分的神秘。

那栋楼里住的都是大学教授。大发时常从自家门前看到某教授在里面运动。他家跟教授楼只有一墙之隔，他小时候用弹弓打碎过他们的玻璃，那时候他还真不知道教授都该受到尊重。

大发想起来的这个人就是好乖乖，好乖乖也在教授楼里。他心里说好乖乖够迷人的！但是她没有挽着他的胳膊走过路。

他的母亲正坐在屋内用湿毛巾擦胸脯。他说：“娘，你出去。”母亲很听他的话。母亲就是不大听他爹的话。爹要说今天喝顿菜汤吧，她偏要烧一大锅黏粥，一顿喝不了下顿继续喝。母亲就是很听大发的话。她扣着纽扣向外走，大发在门口推了她一把，她就彻底跳出去了。

大发闩上门，顺梯子爬到小阁楼上，背朝外坐着。

“把眼拿开，娘！”他知道母亲正脸贴着窗子在偷看。

他从身上掏出钱夹，小心地捏一捏，挺实在的。他忽然笑了，眼里既有好乖乖的脸儿，又有一排一排的钞票躺着，甚至连硬币都有。但是那手却有些哆嗦，便低声骂了自己一句狠的，然后才去拉钱夹的口子。且慢！他暗暗叫道。他准备首先细细欣赏一下这伙钞票和硬币将送给他的美好前程。但是一时间竟觉得困难，不由得为财富发愁了。

大发知道他母亲狡黠的小眼睛又从窗子里露出来。“娘！”他高声喝道，愤怒得不得了。

“我是个做不成大事的人。”他想，“我好没出息。”低头一看，那钱夹的口子已经开了。他憋住一口气，两眼惊呆地望着里面塞满的法国梧桐树叶，忽然全身抖个不停，吃力地笑着了。“他妈的法国!”他咒一声，却是忘了自己身在阁板上，屁股一滑就向后跌了下去，慌张之间双手抓牢了梯子，正要稳定下来，脚尖已踩着了地面。

大发放开手，又要去笑，忽听门响得急。只好将门打开，一脚进来的却是好乖乖，他那脸登时就红了，好似让人打满了凶狠的耳光。那好乖乖满口吃吃地笑着，只拿一对眼溜溜地打量这房间。大发定一定心，脸上堆多了笑，偷空把地上的一片树叶踢到角落里去。他已经断定这好乖乖也是那诡计中的一员，她和那家伙共同丢下一个假钱夹来捉弄他，可见她的可恶从骨子里就有。但是这大发却没一分怒气，眼睛里挤着光彩，直想着她那颈子是用什么肥皂洗的，那么玉白如琢。

好乖乖停止了打量，看准了大发的眼。大发忙把目光从她颈上收回来，请她坐。

好乖乖并不客气，在大发放的一张干净椅子上坐了，说：

“门口那个呆子是谁?”

大发从未渴望能跟她交谈，所以愣怔了半天，才想明白，便嘿嘿地笑说：

“是我娘。”

好乖乖也不惊奇，从怀里取出一颗糖咂咂地吃着，用舌头翻来翻去。

大发看得出神，好乖乖发觉了，含着糖说：“我就是有这个爱好，到谁家去一定要吃糖的，可是我并不胖。我只是满身热。”

大发心跳个不住，不知怎么回答。好乖乖将一只脚翘起来，一下一下地点。大发不由得又去看那脚。好乖乖就说：“我这鞋是解放桥的一个老头给轧的。你看还可以?”

大发说：“再好不过。”

好乖乖向下瞄一瞄鞋尖，说：“你猜用了多少钱?”

大发说："一脚八毛。"

好乖乖笑了："不用钱！那老头子是你爸，你爸是个补鞋的。"

大发脸一红："你认识我爹？"

"我可认识你爸！我就说我是你的伙计。"

"我爹就不跟你要钱了，是吧？"

好乖乖忽然恼了，说："你赶快让那呆子走开！她总在外面瞅我，瞅得我心里发毛。"

大发说："我娘今天怎么了，我的话她不听了。"

好乖乖的眼睛又去瞧房间里的小阁板。她把糖用舌头推到口腔左岸，说："你就在上面睡？"

大发说："不错。"

"你几点睡？"

"十点。"

"你爸妈呢？"

"十一点。"

好乖乖忽然笑了，将大发弄得很不好意思呢。"那么说他们做的事你不会知道啦。"她旋着头颅向大发翻一翻眼，"你既然睡着，怎么又会知道他们是在十一点上床？你是在装睡！"

"随你说吧！你真像个侦探来着。"

"我就是喜欢当个侦探来着。一郎揍得你可不轻。你是个脓包！"

大发说："哪个日本人？"

好乖乖说："你这黑眼圈子要过一星期才好得了。我来警告你，以后不要找一郎的麻烦。一郎整你能像整小鸡一样。你不是对手。我这是看在我们是邻居的分上。"

"他那动物王八蛋！"大发心里有气。

"呸！你敢骂他！"好乖乖一张脸兴奋得发黄，"他想揍你就揍你。"

大发低头不语了，好乖乖吃完那颗糖就走了。大发坐在她坐过的那张椅子上，眼睛触到角落里的那柄树叶时，又觉得十分羞耻。全是日本人捣的鬼，不与好乖乖相干。大发暗想着那段吃完一颗糖的时光，便不舍得从椅子上站开。

过了一阵他的耳朵里听到先觉寺街上的嘈杂声，便立刻从家里跑出去，一看就乐了。许多小伙子正骑着摩托车停在道中。大发朝他们叫了一声，大家转头来看他。他说声“沾沾光”，便跨上了一辆摩托车的后座。人家又把他推下来。

“你去坐振华的。”

大发就坐上振华的车。前面的小伙子一声呼哨，摩托车就结队开动了。大发大喊大叫着，朝着街两旁使劲挥手，有人就骂他。

出了先觉寺街大家的车速就增大了，迎面的风把他们的衬衣吹得鼓了起来。“我开开行吧，我的手真痒痒。”大发对振华说。振华不理他，他一转脸看见路边的爹，便又把脸转到一边去。

振华说：“开自己的吧。”

大发说：“老子没钱买！”

“那你干嘛不当鞋匠！”

“老子死也不当补鞋匠！”大发说，“老子还没碰到机会！老子要发大财！”

两个人被前面的小伙子甩出好远，大发侧一侧身子，朝前一望，他们的摩托车已经开上了市中心的立交桥。“振华你这笨蛋！”他骂道。当他俩赶到时，连那些人的影子也见不到了。振华也不由得急了，大发却笑了起来。在立交桥顶端分明站着一个担着货挑子的人，正凭栏观赏风景哩。挑子上的稻草靶上满满地插着彩色的小面人儿。

大发正想捉弄一下那人，不料车身突然倾斜下来，直直地朝那人冲过去。他还没来得及叫唤就从车座上飞了出去，正撞在那挑子上。那个人防不胜防，也跟着跌倒了。大发赶忙爬起来再看，振华已经飞速地开下桥去，还回着头向他笑哩。他气得骂个不停，那人也已经自己站起来，只可惜挑子上的面人儿全不像样子了。

大发皱着眉说：“你不该走这条道！”

那人收拾着他的挑子。“我想看看城市。”他说，“我是乡下人。”

大发想他的年龄跟自己的爹差不多。这时候大发竟觉得自己是天下最好心肠的男人。

“我知道我那儿子怎么不回乡下了。”乡下人边说，边用手指碰碰这个扭了头的县官，又碰碰那个折了枪的元帅。他抬头望了大发一眼，“我这是第一回来大城市。我儿子来城市三年了，我有三年没见他了，家里人都想他。”

大发说：“你知道现在他在哪里吧？”

“不知道我才找的，”乡下人唉声叹气，“他是不想种庄稼，我教他捏面人儿他不干。”

大发无端感到七八分得意。他说：“老子帮你找吧。”他扭头看看一辆一辆的车在立交桥上打着转转，然后才向远处开去。“他叫什么你告诉我。”他说。

乡下人并不怀疑他的热心。“他叫面人儿，是我起的名字。”

大发笑了，乡下人担着挑子跟他一起朝桥下走。

“这些面人儿怎么办？”大发问他。

乡下人说：“轻巧！掺和掺和捏包公。”

两人分手了。

这天晚上大发的爹一到家就对大发说：“你不能要那样的女的。”

母亲也说：“那女的不行。她喊我呆子。”

爹和母亲相视了片刻。爹又说：“那女的脾气不行。你得受她的罪。”

母亲说：“她喊我呆子，我真生气。”

爹的腰伸直了许多，又看了母亲一眼。“她还有别的男的，她把臭鞋伸到我的脸上。”

大发忍不住朝他们吼了一声。“你再多嘴老子就叫警察。振华的哥就是警察，老子一喊他就到。他能把你赶出去，让你连个放屁的空儿都没有。”大发对爹说，“把你关起来老子拿钱去赎你。”

爹缩一缩身子，真的不吭声了。爹平时最怕警察。警察在马路上把他赶来赶去，他总不知怎么办好。母亲跟他的头抵了一阵。母亲说：“我给你煎了个鸡蛋。”

爹说："我正想吃个鸡蛋。"

大发又说："你们听着，这把椅子不准别人坐。"

正在说，爹跟娘便吓了一跳，一齐将目光对着门口。好乖乖急促促地在那里探着头，意思是要招大发过去。大发不知喜从何来呢，一脚飞到她跟前。"一郎要揍我爸哩。"好乖乖说。

大发不假思索，义愤使他勇武，径直伴着好乖乖从家里走出来，绕过墙，赶到教授楼前。好乖乖在前导路，大发随后跟着，在仄逼逼的楼梯道里走了不大工夫，好乖乖就朝一个小门指了指。大发一推门，不知什么东西兜顶砸来，扑了他一身的灰。他也顾不得痛，抹了抹眼，一望，果真有两个人正相持不下哩。在那年轻人的手里的，是个苍苍白发遮盖住鼻子的老教授。老教授正用绝望而怒不可遏的目光紧盯着年轻人的脸。

好乖乖说："一郎，有人揍你来了！"一边防着别人战斗到她身上。

一郎头也不回地说："他来得正好！我倒看看谁惹得起我！"便猛一松手，老教授腿一软，顺着墙滑下去，又找了个支点，弯腰站起。

一郎已将头转过来，向着大发。大发不由得一哆嗦，又强作镇静，鼓足了战斗力。于是两个人如同两匹猛虎一般大打出手。房间里纷纷杂杂的都不知是什么响声。再看那大发，竟然越战越勇，勾劈推拉，一招一式滴水不漏。一郎也不甘落后，出手利落，比他弟弟二郎神更多三分巧妙。一时间战过十七八个回合不分胜负。大发灵机频生，将那一郎攻得暗暗称奇，不免有时失手。大发犹有余力，直把自己当成那白马上的王子，心中也就欣然自得，一边迎战，一边又要设计出几个更加潇洒的动作。他那对眼止不住地朝着观战的好乖乖溜去。好乖乖兴奋得将双掌相向着乱摇，正用怪声对他喝彩呢。大发情不自禁，刚要赞颂她的美丽，脑门上却挨了重重一掌。脑瓜在陡然来的黑世界里跳上两跳，急将用功的手去推时，已如遇上了千年磐石，哪里推得动！耳朵里风嘶马鸣钹声锣声一起响来，那双眼也被那红桃绿柳遮来掩去，脚下的武步便如灌足了十七八斤的白酒，扭起秧歌来了。

两个男儿的战局急转直下。那一郎赛似蛟龙出水，步步紧逼；这大发却如千里溃堤，节节败退。大发无心恋战，暗想在门口那里筑起一道防线来。一郎是通晓战术的，一旦兵临城下，便势若摧枯拉朽，也不管哪是头儿哪是胸哪是腿，只顾雨点般地袭击过去，不过半分钟，那大发城池已破，躺在地上不得动弹了。

在这战火中，老教授将那长绺的稀疏白发护住秃了大半个的脑瓜，含笑看着。

一郎的凯歌倒是没唱，也并不持鞭击镫，只是一声呼哨，扬长而去了。

大发伏在地上听见脚步声在楼道中渐行渐低，自觉无颜，便抱着个头，弓腰曲背地随后离开了。

这之后的几天里大发也不在先觉寺街露面，整天缩在家里总结教训。但他得到的并非英雄末路的感慨，当他在一个周二的傍晚行走在街面上时，已经自觉着拥有不凡的经历了。

大发却免不了感到一点点的胆怯。走到外星人冷饮店前一看见那好乖乖正跟一郎在一起，便马上放低了头，缩着脖子，躲着去了。后来他的脚步就走不到外星人冷饮店附近了。

大发不敢想那一郎，却总在想着好乖乖。他觉得想着的好乖乖要比见着的好乖乖动人得多。于是，他就不希望在先觉寺街或别的地方碰到她。但是有一天好乖乖却是红着眼来他家找他了。

"我没想到他揍你揍得那么狠。"好乖乖说，"他要是揍我爸也揍那么狠，我爸就完了。"

好乖乖脸上的神气让大发心动。

"他揍你爹干嘛？"他说。

"我爸骂了他，他才揍我爸的。"好乖乖说，"他想把我爸的头发掀开。我爸恼了。我劝不开他们。"

大发郑重地说："你该来找我。"

"一郎说过他揍你揍顺手了。"

"动物王八蛋！"

"我让他看见你，他就不揍我爸了。"好乖乖说着，取出一颗糖来吃。花色糖纸粘在她嘴上，她吐出气流把它喷掉。

大发脸色稍微一变，觉得心也凉了若干度。

"他不该揍你这么狠。"好乖乖看着他的眼说。

大发低低地说："你的爹真老。"

"我爸五十岁才结婚。"好乖乖说。"我妈见他老就走了。谁也别想把我爸的头发掀开！"

大发鼻中淡淡地嗅出了从好乖乖口里飘出来的薄荷甜味。他没有说话，内心觉得平静极了。好乖乖嘎嘣一声把糖块咬碎了，快嚼了一阵，解决了它。她又要说话了。

"一郎不让我见他了。"她说着，陡然间那对红眼睛里便泪光烁烁的了。

大发扭转脸，不去看她，也不作声。

"你去说我都快不能活了，能吧。"好乖乖去拉他的胳膊，她这分明是在恳求他了。

大发感觉出她的手的握力，迟疑了一阵，转过来的脸便已经赤红了许多。好乖乖随后听着他的牙齿间咬得格崩一响，自己的手已被他紧捉住了。她那两眼里忽然满是着恼，猛地一下将手抽出来，瞪着眼，说不出话。

大发暗暗恨一恨自己，才说：

"我就说你离开他活不成！"

好乖乖神情平复下来，因为感觉到了希望，脸上便有了喜色。"我还当你怕他呢。"她说。

"老子天生的好汉，怕谁！"

大发朝她狠狠地嚷了一句，就看着她走了。自己刚要品一品心底的滋味，却见振华如同当了美国副总统一般地笑着走进来。

"你跟她叽叽咕咕的净说些什么，我一来就散了。"他打趣大发道，"原来你也在勾搭少女！"

大发推开他，口里说："她真圣洁。"自己也忽然觉得有了十一二分的崇高。

很快这位好汉就开始真正为难了。不光先觉寺街的人们不熟悉一郎这个人，就连那个女孩也对他的来历一无所知。只有振华以前曾经见他去过劳务中介所。大发心想见过了好乖乖就不用再去看别的傻瓜了。他觉得自己跟好乖乖也是一路货，他实在拿不准这个。大发也到底没有品透心底的滋味。

过了一个星期，天气还照常热热的。好乖乖似乎已经把一郎淡忘了，又开始结交新的朋友。大发也就不再把她托给他办的事放在心上，那一郎便如同历来没有似的。

大发每日都是闲着的，在大街上走来走去，也总是那样瞪着人家看，还暗把自己当成多了不起的人，似乎这城市一缺他就真会完蛋，同时他也很喜欢朝陌生的人群里钻，那样做他就觉得生活很实在。他心里一直都在等待一种他说不清的机会。

机会总要来的。

一郎就是乘着那种机会出现在他跟前的。他马上想到了好乖乖。他对一郎说："你再不见她她就会死了。"

但是当他清楚地看到一郎的神气时他就慌了一下子。一郎脸上嘲弄人的笑容让他不安。一郎说："她爹是疯子。"他又说，"你也是疯子。你再多管闲事老子还揍你。"

大发身上一哆嗦，不敢说话了。

"老子揍你三次啦。"一郎说，"你把老子的树叶当成钱啦。老子不想揍你第四次啦!"

他笑着，走开了，剩下大发在那里呆呆地站着。忽然大发想起一件事，他喊了一声：

"面人儿!"

一郎立刻停住了，僵僵地回头望着他。

大发又说：

"你爹也在城市里。"

说着，大发的眼睛里却跳进来自己爹的影子，心头就像被什么狠咬了一下。

我是如何成长为一名蠢货的

本人大号李广！

我们车间十三名钳工都是傻瓜，我就占第十三名。我在技校时却是班上最优秀的学生之一。那时候我还不到十八岁，在我的上衣兜里总要揣上两三张女同学写给我的纸条。我经常把纸条上的话念给我同宿舍的人听，只有一张我没念过。

写那纸条的是一个名叫于亚的女孩子。女孩子课上课下似乎总读“咔嚓吃鸡”的书，里面一句关于工件的事也不提。我知道后很恼火，纸条上的那句话肯定是她从“咔嚓吃鸡”的书上摘下来的。我因为恶心“咔嚓吃鸡”们，就始终不写一张纸条回她。

毕业后于亚分在我们厂对门的一家小厂。每天都有许多车辆把整块的方木拉进那厂门里去，又把削圆的成品拉出来。像我们工厂一样，这家小工厂也还没破产。

我进厂晚，工人宿舍没多余的，厂领导就安排我跟我们车间的第十二名傻瓜同床睡。

第十二名傻瓜绰号婊子。我怕影响自己的声誉，大为不肯。但是我家在城市西部，离这东郊工厂足有两小时的路程，我又想争模范，犟到最后也就肯了，人家也没小看我。

我心里仍旧觉得别扭，婊子安慰我说：“不用愁，咱厂里年年要盖工人宿舍，到时候我们争取分一间。”

到了年底，我果然评了先进，厂子里的业余摄影师给拍了一张大彩照，贴在工厂门内的光荣榜上。我偷偷看过，先进中间还数我照得好，跟个新姑爷似的。

一段时间过去，我心情舒畅，薪水也加了，工休时间不是去看电影就是参加朋友聚会。

有一次，我从光荣榜前经过，无意中一瞥，发现那些还没被人换掉的照片早已褪了色，每位先进工人都长着一张浅黄色的脸。我没料到照片色彩褪得这么快，自己还以为是昨天才进厂，却已经过去许多许多天了。我再将自己的照片跟别人的比一比，实际上除了自己的还算将就着入眼，其他的都如同疯人院里进行电疗的病人，让人看着惨得可以。

我蔫蔫地走开后，便有一种不快的情绪占满了我的胸腔。

晚上，我睡不着，就把身旁发着轻鼾的婊子捅醒，问他："去年为什么评我先进？比我工作好的有的是，我每天至少出一次废品。"

婊子见是往事了，便直接告诉我："那是为了鼓励你。先进先进什么，又不发奖金！"

我头脑猛一醒，像看到了漆黑处的光，半晌也不讲话。

婊子又说："在你之前先进总是我当，现在换届了。"

我听了便不安心。

两天过后，婊子慌慌张张地告诉我一件事情。这天上午，婊子发现对门小工厂的一位漂亮女工走到我们厂里来。那是一位漂亮得能使观者咧嘴发傻的姑娘，所以引起了婊子的注意。婊子今年二十三岁了，每天比往常看女人多了七八眼，睡觉之前的话也不大好听了。

我听着的时候，脊梁上出了汗。我想到了于亚。于亚很有可能看过我在光荣榜上的照片。

这一夜我辗转难眠。第二天一早，我就提笔向厂领导写申请。我不愿再跟一个男人睡在一起。

婊子惊讶得要死。虽然我知道去年开工的工人宿舍楼已在上个月完工，但是我绝没企望在那崭新的楼房上还有一扇属于我的窗口。在分房的名单上，我的名字是写在背面的，需要一位工作效率颇高的领导，拿放大镜，在心境特好的前提下，用上一整天的时间，才能看到我那绿毛小鬼的怪模样。

但是我不去理他，上午抽空就去了厂长办公室。我们厂共有五位厂长，有次全厂职工大会上婊子指给我，“这是赵厂长，这是钱厂长，这是孙厂长，那个像睡觉似的是李厂长”，我却只能认出来两个，但是今天凑巧这两个也进车间了，另外三个根本没来上班。

我把自己的要求向一位秘书迫切地谈了谈，秘书说：“这事你最好向工会提。厂长们都忙得很，顾不上许多。前天王厂长不小心撞在电线杆上，掉了两颗门牙。”

我听信了，又转到工会。

工会里的人正在聊天。我在门口一张望，就有人走过来问我有什么事。我把在厂长办公室对秘书说的话重述了一遍。那人说：“好吧，你回去写份申请。”

我暗喜，以为大功告成，立刻把早上写的申请从身上掏出来，展平了呈给他。这眼睛一瞥，竟见纸角上有一大块油污，便暗自遗憾了一下。

我过了几天得意的日子，自以为在生活中想要什么就可以得到什么。婊子却没问我这事，我猜想他大概也被什么好事占去了心情，而且又恐怕引起婊子来跟我竞争，也就绝口不提。

大约过了半个月，我起初还有耐心等待回音，但是渐渐地就怀疑起来，以为人家忘了我的事情。我自己琢磨了琢磨，忽然明白过来，自己的事自己不主动，难道还要别人来求不成？鼓鼓勇气又去工会叩门，却见不到上次见到的那个人。

这回接见我的是一位非常肥胖的男人，看人用的是勉强撑开的眼皮里淌出来的几条光线。我立刻缩小了许多，似乎自己十几年前就没有出生的资格，能站在这里还是沾了这男人的光。我自己说不出话，只有听人家的，听了人家两三句又忽然觉得人家的心肠还是好的。

好心肠的人问我进厂几年了，我答出去之后才开始真正意识到自己对于分房的要求颇有些不该了。但是我在窘迫中又有了一阵感觉，那好心肠的男人似乎在猥亵我，正如婊子夜间在床上挤压我的小腹。

我怕这种程度还要加强，极力地抵抗，猛然想起自己曾是厂里的先进，便脱口说出来：

“先进的待遇应该好一些吧？”

那男人先一怔，果真将态度放庄重了一些，连眼也睁大了，像孕妇的肚子。半晌他才说：“是的是的，这是个问题。”不知又要说些什么，把头扭向旁边的人。

我看见这样子，勇气又足了，在这里矗立着有点像伟人。我多了自信，就把刚才一直僵着的身体活动了活动。那男人听了我骨节的动静，忽然说：

“好吧，年轻人，你去写篇文章，反映反映这类问题，放在厂宣传部的厂报上发，厂领导看了就会重视。我先跟廖总编打个招呼。”

我真怕自己没有听懂，这倒不是因为我的理解力有限，实在是因为我的内心做梦也没有写文章让人看的大志。但是人家信得过我，我也不愿意承认自己无能，便立刻答应了。

带着已经放大的身体离开了工会，我再想到自己将要做的事，才开始真正激动起来。能够把自己的字有模有样地印在厂报上，这是很了不起的。能成为许多工人的代言人也将是非凡的，我意志踌躇，埋头了大半夜，竟然绣满了八张信纸，约有长文四百。我自己审阅一番，顾不得人困体乏，又工整地抄在另外的纸上。我把文章压在自己抽屉里，才去睡。

第二天我醒得很迟。如果不是婊子扰乱我，我会睡尽整个上午。婊子问我：“你昨天要干什么，半夜才睡？”

我马上怀疑婊子偷看了自己的大作，就逼问他：“你看了没有？”

婊子含着笑：“我没看。”

我也不穿衣裳，爬起来去拉抽屉，发现那叠稿纸还压得好好的，但是仍不放心，又对婊子说：“你看了！”

婊子回答：“字大得撑破眼，谁稀罕你。”

我有点悲哀，想到一些革命者的故事，很怪婊子之类的人不觉醒。但是一直到我把写好的文章交给宣传部的那位廖总编我都没有一点犹豫。我走出宣传部的房门还在赞美生活中众多的好人。

我这时候所看到的天地跟以往任何时候都不一样了。我觉得自己的眼光已经犀利了许多，能够深入到各种物体的内部，跟哲学家差不多了，最起码也算半个小知识分子。

我心里很充实，走进车间里傻瓜们正在神侃，我心想他们顶多只算一张纸人，愚蠢浅薄得可以。

我接连三天时不时瞧不起我的工人兄弟。三天过后我应事先的约定又去了宣传部一趟。

宣传部里的同志对我的态度不错，我很高兴。我想这一定是我的文章带来的。廖总编十有八九坐在桌子后面专门等我。我很感激生活不会淹没任何一位天才，即使一个人只有苍蝇那么大的一丁点儿才华，生活也会像蝇拍一样突然捕捉到它。

我跟廖总编说话已经不必是站着的了。我顺着廖总编指示的手坐下来。

廖总编这几天睡眠充足，眼睛明亮。他说："小李，你写得不错，有亲身体会，有真实感情。"

我集中精力盯着他的脸色，很怕他说出以下的话。

廖总编把手下的稿子拿起来，接着说："不过，缺点还是有的。比如说，还不能有意识地克制，应该再客观一些。"

我的心忽然塌了，我觉得宣传部里所有的人都像驴子一样地探长耳朵听我们说话，我有气无力地喘着气。

"那怎么办？"我这样问道。

廖总编把稿子推到桌子这边，说："你拿回去改一改，改定了我看。你写的还是很好的。"

人们在慌乱中很容易忘记礼貌，我抄起稿子就往外走。

我对自己的要求是高的，廖总编的话就像对我的文章打了七八十分，所以我有心再用一天工夫换取必要的二三十分。但是我受到了难为，这退回来的稿子是万万不可当着别人的面修改的。我躲到了一个不常有人去的值班室内，像在里面清理账本似的又重抄了一遍。我觉得自己就像一架性能灵敏的电子仪器，只要有信号输入，就会有准确的反应。我按照自己对廖总编意见的理解，去一点一点地检阅作品，竟然断定它是十二分完美的。

这一次我去宣传部，口气中的自信反而比上一次更浓厚了些。

我把稿子往廖总编手里一递，说道："看看行吧。"但是说了并不走，廖总编立刻理解我的意思是要当场听他的意见。

廖总编的心肠总是好的，便低头去看了，看了就颔首不语。我以为他已陶醉了，就拍着桌面说：

"廖总编，这回客观了一些吧？"

但是廖总编忽然全身不动了，口中发出声音："好是好，不过，这么说吧，味儿不足。"

我立刻变了脸色，那样子好像智力很平常。

"我不懂你的话，廖总编。"

我愣了半天，说得无力。

廖总编把文章推过来，和颜悦色地：

"这个，十分的必要。你会明白。"

我急忙将稿子团在手里，脑袋已沉重得抬不起来了。

"就差那么一点味儿。"廖总编还说。

我断定他给打的是九十九分。

如果因为这一分就放弃了才真是傻瓜！

第二天，我又去宣传部。有一个人告诉我廖总编出去了。我听了要走，忽然觉得这里面有谎。我也闹不清为了什么，又转回身，气鼓鼓地朝墙下沙发上一坐，说：

"我等他！"

房子里的人见状也便大张了口全不作声，似乎连呼吸也没有了，成了几具蜡像。

这样的静默反而使我头脑清醒了。我知道自己留下来是做了一件蠢事，就连我煞费苦心写这狗屁文章也是件极蠢的事。本来我是跟宣传部没有关联的，以前即使我跟宣传部的人在路上碰了面也绝对不用知道他们是谁，就像婊子指着那个脑袋足有三百斤重的人说"这是孙厂长"，而我根本不用记住一样。现在我是自找苦吃，又有些欲罢不能了。

可是刚才他们真的骗了我吗？也未必如此。我不但没有相信，还在这里使上了牛劲，真是可笑。

我这时候不得不认为之所以宣传部的那些同志气息微微，全是因为自己不能平静，呼吸的激烈垄断了周围的生存空间，而使他们尊口所吸取的空气贫乏了。

我的脑子只觉得要爆，眼睛也不能判断事物，也真说不准这脑瓜子已跟一个足能容纳八九十人的房间一样硕大了。时间在静默中一刻一刻地逝去，我难堪得几乎要哭。

我胡乱地想到自己专等廖总编回来，不过是因为我认为他对我的文章重视，并真诚地想亲耳听一听人家的意见。如果廖总编能对我说一句“味道足够了”，我会是怎样地高兴连我自己也想不出。我没有单把文章留下来，正是这个原因啊。我相信自己费了大半夜工夫修改的文章棒得要命，能够令人击掌的。

我要告辞显然不好开口。我心一横，决定等下去。

宣传部的办公室有一间半，我的位置正处在那半间的门旁。

现在约有半个小时过去了，沉默的人们好像再也忍受不住，就开始偷偷地递眼色。我看在眼里，只装没看见。

忽然有一个声音从那里面的半间房子里传出来：

“怎么回事呢？这么静。”

这种声音无疑使众人的耳膜受到凶猛的一击，便一起朝着门口看。

廖总编刚从里面探出头。他笑着又说：“他走了多长时间了？”但是一眼就发现眼皮底下伺机待捕的我，便登时傻了。

我站起来，很气愤地对他大声说：“他们这些东西，告诉我你不在！”

廖总编恢复了常态。

“哎呀呀，别这么说，小李，我在里面用心抄稿子，他们也不知道。”

旁边的人也走过来一位。“这么年轻，骂人可不好。”

我这两天被写文章的事情搞得糊涂了，猛一扭头，瞪着他：

“怎么！高看了你呢！一群混蛋！不就是整天翻翻报纸吗？”

那人刚要反击，廖总编怕事情闹大了不好，就把我拉到里面去，客气地请我坐下。

我浑身充满了气，坐不得，只说："真是恶劣，撒谎！还像个人似的。"

廖总编笑一笑，拍拍我的肩膀，劝道："生气什么，他们也的确不知道。我也忙得昏了头，让你久等。"

我很不相信，但是证据没有，鼻子里只哼一声。

廖总编一手抓过我的稿子，在桌子上展开，用一本书压住。

"过两天你再来一趟，我要好好读一读，请你放心。"他说。

我却说："你这就看！我写出来就是杰作，响当当的，你们写不出！"

廖总很为难，望着我，我自顾在一旁坐了。廖总编又笑了，把稿子从书本下面抽出来，果真很细心地看。通共不过四五百字的短文，三张大纸，片刻就看完了。但是廖总编却在足有五个片刻之后才讲话。

"小李，真是……"他说，"了不起的呢。你能讲得头头是道，便很不错。"

我懒懒地抬起眼朝着他，看他说出什么话。

"工厂是关心工人生活的，"廖总编又说，"厂报是工人的喉舌，我们应该为工人说话，所以我们最需要这样的文章。写光明不能盲目，写黑暗一定要温和，不然过不去的。人家会说呀，生活并不是阳光普照的嘛，工作中的失误本来不少嘛，又说这也不是一塌糊涂的嘛。我们也为难，你该体谅嘛。应该从各种角度，比如说文化的、历史的、政治的、文学的，许多的吧，来观照，高层次的而不是低层次的，所以，小李，你的文章如果评分儿，很不错的，九十分！你想想……"

我头脑发昏。我下了那么大功夫，原来竟又减了九个大分，这真在意料以外。我已经无力说话了，掉头就走。

廖总编喊我，我也听不见。

我慢慢来到车间，工友们又吃瓜子，见我这个样子就大笑起来。

我不说话，抿抿嘴唇向旁边走开。

一个工友对我喊：“李广，快过来！婊子写情书难为死了，你帮他一下。”

我不理他，掉了一滴眼泪。

“你怎么了。李广？”婊子问道，“这两天你真跟便秘一样。”

我转过头，哽咽着说道：“什么东西，迷了眼。傻瓜们，我要是你们早死了。”

晚上，我比婊子先睡下来。同室的人借着灯光打扑克。我眼睛合了一阵，又睁开。我脑子里光光的，像道林纸，连点褶痕都没有。

我想把最近的事情忘掉，可是又闹不清到底发生了什么事，我内心只剩下一团无名的悲哀，这种悲哀不再长大也不再缩小，好像永远只有八九克拉的光景。如果悲哀再加深一些我则能够进行一场痛哭，而再减轻半克拉我就可以将它摆脱。

后来，打扑克的人散了。婊子走过来，我立刻装睡熟了。婊子低头看着我的脸，小声说：

“你这小子也排泄通畅了。”

我猛地睁开眼，用力打了他一下正伸过来的手。我警告婊子说：“婊子！夜里睡觉再抱我我就用钳子夹你。”

婊子睡下之后，我被他身上的一种臭味搞得不能合眼，翻过几个身干脆下了床。我坐在自己的小桌前，把桌洞里的旧书拿出来。我想明天把它们处理掉。这都是些毫无用处的东西，生活什么都会教给你。参加了工作才知道学习真是从这时才开始的。

我翻出一个笔记本，那是我在技校时的奖品。我心中涌起一股怀念的温情，便慢慢翻着看。我的目光忽然落在夹在纸页间的一张纸上。

我的心一震：

我们将一同走在一条充满荆棘和鲜花的生活道路上，永不分开。

我的眼睛里出现了往日的于亚。

我的心震过之后又猛然一痛。我匆忙将书本又放回桌洞。

我记起那个课上课下总读“咔嚓吃鸡”的书的女孩子。我无条件地相信在我的同代人中间终究还存在一个优秀的人。

我再次见到的于亚却还是当初的样子。她几乎一点没变。我第一次在她面前自惭形秽。于亚对于我的来访并不感到惊讶。当我提出我的要求时，她便很理解地答应了。

我坐在一旁，于亚一挥而就。她把写好的文章交给我看。

我忽然觉得在她的目光下面什么事也不能干。我的眼睛在稿纸上扫了几个来回，微微喘息着，表示看完了。

于亚望着我郑重地把纸折起来放进衣兜里，问我：“不知道行不行?”

我觉得十分需要加一句赞语，却只清晰地说出来一句：“好的，味道足。”

于亚忍不住笑了。

我感到那张布满于亚娟秀笔迹的肯定能换取满分的纸在烫着我的皮肤。我需要凉风吹一吹。在户外，六月的天气是很迷人的。我就要出门。

我忽然又慌慌地回过头，急促地说：

“于亚，我要提一件事，你是记得的。”

于亚点点头。

我忽然放心似的，过一阵才说：

“我也要读‘咔嚓吃鸡’。他是个诗人吧。”

于亚茫然了半天，不知道我在说什么。

我又走近于亚，似乎忘了自己刚才要走。我红着脸坐下来，把下巴放椅背上，眼睛抬不起来。

“我很苦恼，于亚。”我努力说着。“我干的不是技术工作。现在我都不知道该怎样把苍蝇打死了。”

于亚也说：“我们都一样。每天我只需把木块码起来，是这样，跟学校里大不同了。”

我抬一抬眼睛，脸色就不那么红了。“可是我还是车间里的先进，去年还戴了红花。”我说，又去看自己扒在椅背上的手指，好像它们不是自己的。

于亚忽然笑了。

我怀疑地看着她，问道：“你看到过没有？那照片可真丢死人了。”

于亚说：“我知道。刘小才告诉我的。”

我一听，猛地抬起头。“你说婊子！”我吃惊地叫道。

于亚并没听懂，只觉得我惊讶的样子实在有些滑稽。

我从于亚那里一回到工厂就把婊子拉到一边，问他：“你跟于亚什么时候开始来往的？”

婊子乜斜了眼睛看我，漫不经心地夸口道：“小半年了吧。”

我的头轰地一响，头发一根根如同被人向上提起，眼睛瞪了半晌。我掉身就走，在墙上狠碰了一下。我顺着墙根蹲下去，暗暗把衣兜里的稿子撕碎了。

我想从机器的缝隙里看一看刘小才，却只看到一个空儿。

那个空儿的形状很像一把大大的活口钳。我蹲在那里想，我只需等到下一个傻瓜。时间过得快着呢。

一度丢失的十三亿分之一

1

大卖国贼陈子方不是俗人，他在很多方面跟别人不同。全国人民都在关注雅典奥运会，他不关注，他也不看奥运。他看书，看哲学书。还看《光头小子卡尔·安德森》。看电视上的烹调节目。他给儿子起名亨利陈，说老婆时不说对象，也不说太太，说——达琳。他不抽烟，但他收集烟盒和香烟。同事们在单位群情振奋谈论奖牌，他自然插不上话。

市里统一发放冬季供暖补助，需要职工提供户口、房产证等证明。补助不是小数，平均 2500 元。一时间，单位上下仿佛过节一样热闹，唯有陈子方不动声色，就像唯有陈子方不感激人民政府。其实陈子方是爱财的，陈子方心里高兴。

陈子方第一个跑到政工科，去取自己的户口。这里有个关节：陈子方结婚快十年了，孩子都上小学三年级了，却还是集体户。过去政工科的老汤催过他，把老婆孩子的户口从西城迁过来，单独立户吧，或者把户口从单位所在地迁到西城。陈子方不迁，就像他要随时跟老婆离婚似的。陈子方需要户口了，才来找户口。

政工科干部翻来翻去，集体户上没他的名字。政工科干部很认真，把政工科翻了个底朝天，依然不见他的户口踪影，连一丁点的文字记录也没有。政工科干部回忆说，老汤移交过来时没留心有过陈子方这名字。他都结婚快十年了，怎么还会把户口落在单身汉们的集体户上呢？陈子方断定，这是让老汤给弄丢了。

陈子方无法找老汤对证了，因为老汤已英年早逝，还不到四十七。陈子方心里说，阿门！作为对死老汤的怀念。

陈子方不怕的，单位把他的户口弄丢了，但还有公安局，可以先从公安局弄份户口证明将就一下。直接去了明湖路派出所，户籍员告诉他，明湖路派出所没有你们单位的集体户。陈子方纳闷了，“政工科管户口的说过，我们单位职工的户口都在明湖派出所啊。能不能劳驾你查一查，我的户口在哪里？”户籍员说，“你的户口不在我们这里，查也查不到。”陈子方更纳闷了，“那在哪里呢？这还丢了不成？别是没从西城迁过来吧？我们原先的集体户就在西城泰博路派出所。”户籍员说，“那我就不知道了。”户籍员冷冷的，陈子方也不便再对她多说什么。

他马不停蹄去了西城，一问才知道，泰博路派出所撤销后已跟西营路派出所、东营路派出所合并。陈子方想，合并了也不是没有了，左不过是在这两家。先就近去了西营路派出所。

户籍员把他提供的身份证号码输进微机，又非常主动地联系了市区内所有的派出所，然后告知陈子方，查无此人。陈子方站在那里，哑然无语，神情好像还需要户籍员解释，户籍员就说，“先生的户口档案在微机上不慎丢失，非常对不起。”陈子方似乎还不明白，户籍员就又深入一步，“这就是说，先生成了黑户。”

陈子方终于迟疑地开口了：“你的意思，我这个人不存在了？”

户籍员温和地笑了笑：“你想这么说，也可以这么说，全中国都找不到你这个人。”

陈子方说：“可我就在这儿呀！”户籍员还在耐心解释，陈子方却一句也听不到耳朵里去了。

陈子方非常突兀地转身走了，但陈子方没感觉。

2

陈子方从西营路派出所出来，要去找一个叫马莎的女人。我们不用为陈子方避讳了，马莎是他的秘密情人。马莎不算漂亮，看上去脸上没什么毛病，仔细看又有毛病，再仔细看却也真的没什么毛病。陈子方知道很多人都是这样的。陈子方自己也是这样子。马莎如果真的漂亮，陈子方或许就跟她结婚了，陈子方也不会两个星期不见她，也并不太想她。可是，如果马莎真的很漂亮，就不一定会轮到陈子方手上。马莎如果真的很漂亮，就不会妄想跟陈子方结婚，即使他两个星期不见她，也不给她打个电话。

陈子方没去马莎的单身宿舍，而是把约会的地点定在大街上。这是我们市最为繁华的地段，左边是百货大楼、商业大厦，右边是供销商场、银座超市，往前有工商银行、建设银行，往后走有大明酒店和世界游乐园。陈子方把约会地点选在这里，似乎代表一种决心。也无怪乎马莎刚接到陈子方的电话，就风风火火地赶来了。陈子方一眼看到马莎两颊染上了两朵玫瑰红。

他们像两颗钉子，站在街头，迎风说话。

“我不是中国人了，”陈子方说，“从今以后我就不是中国人了。”

“陈子方，你说话不要这么没头没脑的好不好？”

“这个世界上没谁能管住我了，谁也没权力管我了。”

“陈子方你是不是疯了？”

“我自己就是我自己，我是我一个人的公民，是我一个人的总统。”

“陈子方你喝多了！”

他们的声音很大，吸引了不少人转头看他们。从行人的目光里可以看出来，他们没有被人当作情人。马莎首先把声音低下来。马莎说：“陈子方，我们去那边的牧羊女酒吧坐坐。你有什么话，可以慢慢给我说。我都听你的。”

陈子方的眼睛盯着马莎的眼睛。马莎不由得躲开他的视线。

“你更希望我们在外面，”陈子方说，陈子方的目光毒辣。“我们光明正大地站在外面，站在闹市区，就等于向全世界宣告，我们不怕被人看见。可是，现在谁也看不着我，我成了空气。”

马莎局促不安，她想往陈子方身边走近一些，却觉得没有勇气。过去她不是这样的，她曾试图让陈子方答应她亲自去找陈子方的达琳细谈。她自信能够说服陈子方的达琳同意跟陈子方离婚。

“我的户口丢了，我是个黑人。”陈子方终于把事情说明了。陈子方像颗钉子一样，一截一截折弯了。他顺势坐在路旁的简易长椅上。本来是个很白净的人，这时候脸色却很灰暗。

马莎了解了原委，就恢复了常态。她也在长椅上坐下，两人相距一米二十。她镇定地看着陈子方，像看一个遇到挫折的小弟。她单刀直入，“这件事让你有了生命的荒诞感，我非常理解。”她不停地点头。“不过你应该高兴，”她接着说，“其实你很高兴。我逼你闹离婚也没用了。你离不成了。你就是离成了，也没法跟我结婚了。你把我叫到大街上，就是说，你已经不怕被任何人看见了。你不是中国人了。你什么也不是了。鉴于你的处境如此糟糕，我向你表示歉意，过去我不该逼你。我也非常后悔当初为你自杀。我还真是想活下去。”

这番话连陈子方听着都动心了，马莎却管得住自己。她没让自己显得太过于凄凉。她几乎还是镇定地看着陈子方，问道：“陈子方，反正已经这样了，你就告诉我，你为什么跟我好？”

陈子方不想否认，过去自己骗过马莎好多次。要想不骗人，那不是太幼稚了吧。可是，面对此情此景，陈子方无论如何也不能再起骗人的念头。就像他根本不想骗人，也不必要骗人。他说：“全中国都这样。”他说：“对吧，全中国十三亿人，都在找情人。”

马莎没有受到一点影响。马莎说：“你太夸张了吧。”马莎说：“陈子方，你爽快承认，这件事对你的打击不小。”马莎随即咬咬牙。“换了往日，你对我说这种话，我是绝不会饶你的。”

“起来！”马莎站起来，爽朗地笑着说，“丢了怕什么，丢了再补呗。我倒是觉得，你过去并不在意自己是不是中国人。你终于不是十三亿分之一了，是不是心里舒坦了？开句玩笑。你还要不要我拉你？你真沉！不是十三亿了，肉还这么沉。”

马莎踮起了脚尖，附在陈子方的耳朵上说：“我告诉你，陈子方。我是向经理请假出来的。你别生气啊。我和我们经理说，我男朋友被汽车给撞了，两条腿都撞折了。”

3

马莎提醒了陈子方。陈子方决定品味一下不是十三亿中国人的感受到底如何。他要像马莎所言，让自己心里舒坦起来。过去他最想做的是什么？他略微想一想，睡大觉啊！他每天都想睡大觉。

跟马莎分别后，他不去单位了，直接回到家里，倒床就睡。阿门，他睡着了。睡得很熟，做的也都是好梦，一会儿梦见仙鹤，一会儿梦见大象，一会儿梦见说谎，一会儿梦见死亡，一会儿梦见坐牢，一会儿梦见挨拷打。昏昏沉沉睡到天黑，隐约想到自己的梦的确很怪，好像全部从他看过的《周公解梦》而来。又隐约听到了他的达琳的声音。他达琳说，“这个家，让你爸爸搞得，一屋子的男人味儿！”他根据《周公解梦》的解释，刚想叫，“达琳，拿烟斗！”就被一把三角尺硌了一下。同时，他儿子亨利陈的声音传过来，“爸爸回来了。”他想，“我可以生气。”但他已经醒了。

“你早回来了？”他的达琳问他，“你早回来怎么不去接亨利？幸亏我绕到学校门口看了看。”

他听出达琳口气里有抱怨，但他不生气。他要让自己心里舒坦。睡了黑甜一觉，精力充沛得像个半大牛犊子，脑子里万里无云。看都不用看，他也知道自己满面红光。他不傻，下了床把他儿子的三角尺放回书桌上，就去帮他达琳做饭。吃完饭，刷锅洗碗，勤快得不得了。不用招呼，又去辅导儿子做作业。打发儿子上床，就是自己的事了。他达琳已看出苗头，也早洗漱了。

这一夜，陈子方过得要怎么舒坦就怎么舒坦。一睁眼，却打了个莫名的冷战：他要不要起床？

除了睡大觉之外，陈子方还最渴望睡懒觉。短暂的犹豫之后，陈子方决定继续躺着。不困也要躺着。他达琳说：“子方，起来了。”他装睡，闭着眼不动。他达琳很爱他，见他不动，就不叫他了。做好早饭，帮亨利陈整理好书包，又来到床前。他好像睡得很沉的样子，他达琳真的不忍心，又怕他误了上班，只得疼惜地说：“子方，起来吃饭吧。”陈子方不理，他达琳就又忙着照顾亨利陈。吃完早饭，又得送亨利陈上学。没办法。他达琳临出门时叮嘱他：“别忘了上班啊，好歹得吃一点，你就把冰箱里的牛奶热热喝了吧。”他达琳和孩子走了，他马上把闭得酸痛的眼睛睁开。

是啊，他做到了。他不困，但他让自己躺在床上。家里三只钟表的咔嗒声清晰入耳。他什么也不想，心情怡然自得。前十五分钟不知怎么就过去了，十六分钟就迟滞了一下，十六分半钟就好像停下了。他抬头看看钟表，六点五十。再看看钟表，怎么还是六点五十？电池是新换上的，不会没电了吧。管它呢，躺着。轻轻闭上眼，什么也不看了。觉得过了好一会儿了，眼睁一道缝，屋里确实比刚才亮多了。阳光好像飞絮。再看钟表，七点十五。可他觉得现在上午十点都有了，最少也有八点半了。

在八点半，陈子方悟出了一个事实：总是睡觉也不舒坦。既然如此，起床吧。也不用急，十点之前到单位就可以。他不想让自己想到这个，却偏偏想到了：为了办理取暖补助手续，上班不可能像往常那样准时。情有可原。他为自己想到这个微微感到恼怒。不过，他所有慢悠悠的动作带给他的惬意，彻底征服了他。哇，活着就两个字，舒坦。不当十三亿，真舒坦！

刚进单位大门，财务科杨科长就迎面走过来，对他叫道：“陈子方，你还慢悠悠的呢！2500 块钱，2500 块钱哪！”

杨科长风风火火的。他要出门办事，也没跟陈子方多说。陈子方回到自己办公室，果真没人问他为什么来晚了。陈子方在椅子上坐下来，就有人向他投来怀疑的目光。还有比陈子方来得更晚的，来了打声招呼就往财务科跑。已经有不少人在看陈子方了。陈子方让自己在椅子上岿然不动，好像跟任何人无关。他一页一页地翻看文件，认认真真，只有他知道，他的目光不是自己的。

他的目光在他的心里，照射着 2500 块钱的一堆钞票。他看啊看啊，既没看得多起来，也没看得少起来，但他看不够。他觉得自己的眼睛在钞票面前越来越鼓，鼓成了圆溜溜的金鱼眼。

房门咣当响一声，是财务科的小李来了。

小李说："老陈，就缺你了。杨科长打来电话让我问问你，2500 块钱是不是不想要了？"

这是一个问题。陈子方浑身激灵了一下。他可以回答，对，2500 块钱我不要了。然后他就继续在椅子上坐着，好像跟任何人无关。但是，一时间，他管不住自己的身躯和灵魂了。他听到他们异口同声：

"笑话，钱怎么能不要？"

以疑问对疑问，表明对钱的问题提出疑问绝对是荒谬的。小李就说："2500 块可不是小数目。是你一个月的工资呢。你该理解杨科长，全单位怎么能光等你呢？你要是很忙，我把你的材料带过去吧。"

陈子方不能不感到为难了。他摊开双手。"可是，可是，" 他说，"可是，我的户口丢了。派出所找不到我的户口资料。微机出了毛病。"

人人都面无表情。人人又都像松了口气似的。小李也在椅子上坐下了，跟大家一起似笑非笑地看着陈子方，半天过去了，也都不说话。但陈子方听到他们每个人都在庆幸地说，"早盼着这一天了，这个大卖国贼终于被公安局从十三亿人口中给踢了出去。你不是中国人了，咱也懒得跟你说话了。你不关注雅典奥运，也自然顺理成章了。要想再弄 2500 块人民币花花，也没那么容易了。"

陈子方那个心疼啊！但首先还是心疼钱，他已经确认眼看到手的 2500 块打水漂了。他得不到那 2500 块，也等同于他认可了自己不是十三亿分之一了。在他工作了多年的办公室里，他是一个不受欢迎的闯入者。他跟同事们的关系，已经发生了质的改变。是外交关系，是人种关系。要说什么，怎么说，也就不像过去那样随随便便了。

陈子方在中国人民的铜墙铁壁面前束手无策，不料一个电话救了他。马莎字正腔圆的普通话，通过中华人民共和国的移动通信网络，无比及时地传到他的耳边。

“陈子方，你在哪里？”

“我在单位！”陈子方大声回答。

“你还在单位磨蹭什么？还不快去派出所补办你的户口！”情人马莎说，“刚才我咨询了西营路派出所，这种情况可以补办。郝户籍员建议，既然你单位已从西城搬到东城，就从明湖路派出所补办好了。郝户籍员主动跟明湖路的商户籍员联系了。下午一点半，你就准时过去。记住，说话客气点总没坏处的。”

陈子方合上手机，笑容如花朵绽放。“丢了也没关系嘛，”陈子方说，“可以再去补办。”心想，刚才他们没说话，这时候更不用说了。他把目光转向小李，说：“小李，下午开出来户口证明，不会误事吧？”

瞧，他这是主动问小李了，小李却只顾得上点头。

4

这就对了嘛，下午陈子方在去明湖派出所的路上想到，丢了补上不就得了？自己是一个大活人，丢了户籍，他不相信公安部门会坐视不管。即使他不去找他们，他们也会主动来找他的。你说我不是中国人了，那你说我是哪国人？我不是中国人，那你说怎么办吧。我随你了，可你将我遣送出境也得有地方可送啊。

也该陈子方倒霉，一点二十赶到明湖路派出所，走近户籍室一看，门上写着：鉴于下午停电，暂停一切业务办理。陈子方直摇头，也没别的办法，只好等着，心想等见了商户籍员，看她怎么说。

上班时间到了，陈子方认出了那位商户籍员。

“对不起，”商户籍员说，“你的户口从来就没在明湖路派出所落下过，又怎么能给你补办呢？”

陈子方一听，就觉出了不妙。“西营路派出所的郝户籍员让我来找你，”陈子方客气地说，“她说给你打过电话了。”

“我没接到谁的电话。”商户籍员说得非常肯定。

陈子方不由想起马莎的叮嘱。“我不能生气。”他对自己说。“那么，”他说，“我可不可以再给郝户籍员打电话问问？”

“随你。”商户籍员说得很干脆。

“可是，”陈子方又为难了，“我不知道她的电话号码。”

商户籍员就说：“我也不知道。”

陈子方告诉自己：“由此看来，陈子方，你是对的，你绝对是对的，因此你就可以说，这就是商户籍员的不对了。你可以训斥她了。再不然，你也可以去找她的领导。”

但陈子方并没有说商户籍员不对，他只是表示了一下疑问：“如果在明湖路派出所不可能补办，郝户籍员应该是了解的，她又为什么让我跑到明湖路派出所来呢？”

“这个你最好去问她。”商户籍员说。

陈子方隐隐为某种东西感到绝望。他望着商户籍员的脸，似乎在思考怎样给她的脸做一下定义，或者说，使用怎样的词汇对它进行表述。难道户口丢了就不该补办了吗？他自问了一句。

“你的心情我理解，”商户籍员说，“但请你想一想，来个人说自己户口丢了我就给他补办，那不乱套了吗？你理应在哪里丢的在哪里补。”

“可泰博路派出所已经撤销了呀！再说我也不知道在哪里丢的。”陈子方说。

商户籍员不吭声了。过了一会儿又说，“你必须有东西证明你在明湖路派出所落过户，可是现在你拿不出来。”

“实际情况是，我的确除了一张身份证，什么也拿不出来。”

“而且我还想告诉你，”商户籍员说，“即使你有东西证明你在明湖路派出所落过户，要补办的话，最快也得三四个月。”

陈子方眼前一道白光倏然闪过。他暂时还不知道那是什么。他的目光还盯在商户籍员的脸上。他看到商户籍员微微一笑。说良心话，那笑容竟让他觉得很美，比马莎的笑容要美得多。

“你把我们户籍室的电话记下来，”商户籍员又说，“有什么问题，可以随时打电话询问。”

她的表情跟刚才相比，没有太大的改变，陈子方却觉得还是比对他深怀爱情的马莎要美。他把商户籍员说的电话号码记在手机上，他抬起头来。对，眼前的商户籍员真的还是那个人，可他对她的感觉怎么变了呢？就像她已不是原先的她了。陈子方纳闷。走出派出所还在纳闷。下雨了。雨点打在陈子方的脸上，陈子方一惊。

唉，陈子方，亏你还喜欢看哲学，怎么连这个都不明白？每个人都是一个矛盾综合体。就像你自己，你似乎不想当十三亿，似乎很不想当十三亿，又想当十三亿，又很想当十三亿。不想当却当了，看你那个难受劲儿，像谁都欠你二百吊；不想当，就不当了，看把你舒坦得吧，在老婆身上欢得像猴子，早晨睡到日上三竿也不想起来；想当又当不上了，你能舒服吗？你就又是像谁都欠你二百吊。

冰凉的雨点让陈子方重新意识到自己还没当上十三亿，他白来了一趟。不光白来，还有很大一笔损失。他想了起来，那道从自己眼前闪过的白光，就是银子的光辉。他能等三四个月，可那 2500 块钱却等不得三四个月。

过去陈子方丢过钱，多的一次丢了两百，去商场买东西时掏兜掏丢了。他爱财嘛，心疼不用说了。现在他丢了 2500 块，你让他不心疼，那不实际。他满脑子的幻想，2500 块会突然从天而降，落入他的掌心，或直接落入他的腰包。但这是不可能的。他心疼，他后悔。他不去明湖路路派出所，这 2500 块就会仿佛还在。他不去明湖路派出所，他还会以为户口轻易就能补办下来。过不了一天两天，公安部门就会主动找上门来：我国不允许外籍人员非法居留！还有，他不去明湖派出所，他也不会如此生气：商户籍员竟然不承认接到了郝户籍员的电话！她让别人白白跑一趟，竟然也能心安理得！她不知道陈子方为了及时赶到，连午饭都没吃好。为了不耽误时间，陈子方打了的士，又白扔十块。再回单位，陈子方无论如何也不能再扔十块了。

陈子方大踏步地往单位的方向走去。

很快，陈子方看到了通往单位门前的大街。他的脚步慢了。他停下了。他不能去单位，展示自己作为一个失败者的形象。

陈子方要去找马莎。

“马莎，你急什么！你急个屁！你以为我真的会离婚？我离了婚也不会跟你结婚！你想得美啊。劝你及早醒悟，该找谁找谁去！”陈子方劈头盖脸就给了马莎一顿训。

陈子方打了马莎的手机，没好气地说：“我去你宿舍了！”

马莎完全信得过陈子方，两年前就把宿舍的钥匙交到了他的手中。陈子方打开马莎的宿舍门，刚在马莎的床上躺下，马莎就进来了。

5

马莎是个极其聪明的女子，不用问，一看陈子方的脸色，就知道事情不顺利。马莎坐到床上，身子向陈子方靠过来。陈子方刚要有所表示，马莎就止住了他，“别动。”陈子方果真没动，不但没动，还把身体两侧的胳膊摆平了，完全是一种被动接受者的姿势。马莎活动了两下手腕，他听到关节低低发出清脆的咔叭声。只不过看到马莎的手向自己伸过来，他就感到自己全身的穴位都像睁开了眼皮。头颈部、背腰部、胸腹部、上肢部、下肢部，大大小小的眼睛，挤挤挨挨，密密麻麻，窃窃私语。

很多人不知道，马莎会推拿。马莎的父亲是中医院的老推拿师，马莎耳濡目染，就学会了推拿。不过，这套本事马莎深藏不露。就是对陈子方，也要看她乐不乐意。

现在，马莎非常乐意。单式手法，按、揉、挠、拨、击、拍，复合手法，扫散、合擦、抖拉、揉捏，马莎使出了全身的本事。陈子方身上的每一只眼睛，都在不停地快速眨巴眼皮，盼望马莎的手赶快接触到自己。陈子方不禁想到，在马莎到来之前，自己是紧闭着的，也可以说，自己是死掉的。通过马莎的手，他活了过来。

陈子方血脉贯通，神经松弛，浑身舒泰。陈子方的目光柔和。在他眼里，马莎仿佛一个女神，正带着他去往更高的地方。马莎没有停止，忽然，他就感觉自己被抛起来，抛到了遍布祥云的半空。但他没有坠落，他像鸟儿，像蝴蝶，像丝丝云气，在半空里悠然飘行。

“舒服了吧?”从很低的云层下面，传来马莎温柔的问询。

陈子方勉强看到了近在咫尺的马莎。她的额头上亮晶晶的，使她显得非常年轻。怎么也看不出她是个快三十岁的女人了。陈子方感激地冲她点点头。她靠着陈子方躺下来，小鸟依人。

“陈子方，马莎对你太好了，陈子方!”陈子方恍惚听到了明湖路派出所商户籍员的声音。他打了个寒噤。但他能说什么呢?过去马莎对自己好，眼下的确更好。从一开始，他就没想过要跟马莎结婚，但他还是保持着跟马莎的交往，有时甚至不惜谎话连篇。唯一的原因，就是马莎对他好。也可以说，马莎可以给他按摩。他渴望马莎的双手。这双手，常常将他带离生活的焦虑。

在这样的一天里，陈子方经历了舒坦、散淡、漠然、兴奋、焦虑、愤懑、无奈，甚至绝望，最后又归于舒坦。也许过去也是这样子的，但一定没有今天所感受的强烈。这样的一天，也可以说是陈子方一生的缩影了。陈子方不是喜爱哲学吗?但他哪像今天一样确实地觉察到了自己的存在?虽然他几乎是不存在的。叫坏人逮着，拿镪水化掉，也就化了——是擅长推拿的马莎让他想起了这个。

马莎先让他想起了自己的身体。他抓着自己，就像什么也没抓。由于马莎，他随手一抓就是一把的穴位，不是居髎、环跳、合谷、阳溪，就是天宗、曲垣、睛明、攒竹。他的身体活过来，他才能清楚地感受舒坦或焦虑——他现在很舒坦，像他今早刚起床的时刻一样。他不感激马莎，最少也得表示一下安慰。可以说马莎是这个世界上最盼望他重返十三亿的，马莎心心念念所想的，就是他能跟她结婚。

“只剩下东营路派出所没去了，”陈子方说，“我明天就去东营路派出所看看。”陈子方的一只手抚摸着马莎柔软的肩膀。“西营路派出所没有，明湖路派出所没有我们单位的户口，那我的户口就一定是在东营路派出所了。别人也许不知道有我这个人，但我知道一定有我这个人。我一定是存在的。马莎，我明天就会把户口补办下来。”

陈子方已经把马莎的肩膀推开了。马莎没有一点反应。她缩着两肩，好像陈子方依旧在搂着她。她的样子很孤单。陈子方把目光移到窗子上。外面黑了，宿舍里也黑了。再看马莎，影影绰绰的，仿佛就要消失掉了。

但陈子方必须回家。陈子方从来没有跟他达琳之外的另一个女人在外面过过夜。这是他给自己定下的规矩。他没和马莎说再见，就先朝房门走过去。

灯突然亮了，刺得陈子方眨巴了一下眼。马莎站起来，面对着他。她直直地看着他，两眼乌黑。她的嘴角哆嗦着。

从宿舍里往外看，已看不出什么了。

“马莎，我回去了。”陈子方低声告辞。

“你等等。”马莎说。

陈子方没有挪动脚步。

时间一点一点地过去，马莎却没动静。陈子方没看她，似乎害怕自己突然决定留下来。

“你走吧。”马莎终于说道。

陈子方离开了马莎的宿舍，才想起马莎是要再看看他。她要在灯光下一清二楚地看到他，才能确定他曾在自己的宿舍里存在过，才不至于坠入万劫不复的虚无之中。如果他从黑影里走出去，她就不会相信他在她的面前待过，她曾全力以赴给他推拿，使他松弛，使他惬意，而她又被他搂在怀里，柔软的肩膀承受他的抚摸。

6

陈子方回到家里，只听了他达琳一句话，马莎带给他的舒坦劲儿就跑光了。达琳问他：“你怎么回来得这么晚？”他随口说：“加班。”显然是在说谎。他达琳把拖鞋给他拿来。他过意不去似的，又继续说谎：“后天省里来人检查。”

他达琳没有就此追问，只是问他吃过饭没有。他说谎："吃了。"他打了个饱嗝。

"没喝酒吧。"

"喝了一点点。"

陈子方头有点晕，他向卧室走去。他躺在床上了，他达琳跟过去，坐在床边，用湿毛巾给他擦脸。

"你们机关单位发放冬季取暖补助，表格要求夫妻双方单位盖章，怎么没见你提起这件事啊。"

陈子方还要再说谎，但他感到自己今晚说谎实在太多了。再多一句就是超越极限，他就要真的受不住了。他的神色黯然。

"我的户口丢了，"他说，"单位丢了户口存根，派出所丢了我的户口资料。"不知不觉地，他的语调变得轻描淡写起来，好像那户口他已不稀罕要了。他说："给我办过身份证的泰博路派出所撤销了，并入西营路派出所和东营路派出所。我先去了西营路派出所，户籍员就让我去东城的明湖路派出所，明湖路派出所又说这件事跟他们没关系。既然西营路派出所没有接纳过我的户口，那就一定是在东营路派出所了。我明天就去东营路派出所。"

他达琳听了，想都没想，就说："你不用去东营路派出所了，因为你拿不出证据证明你的户口迁到了那里。你要去就去找分局。分局有户籍科。泰博路派出所撤销了，是他们分局撤的。派出所可以不知道你的户口流落在哪里，分局应该知道。"

陈子方像是呆了，马莎那么聪明的女人都没想到可以去找分局，他达琳却想到了。看来，他对自己的达琳还是很缺乏了解的。他如果从一开始就把自己遇到的问题给他达琳说出来，哪会有这些烦恼？嗯，他刚才就表现得不稀罕要那户口了，现在就没必要愁眉苦脸。他声音轻飘飘地说，"早早睡吧。"

他其实想说，弄点吃的。他饿了。马莎给他推拿，让他血脉畅通，但血脉就像一张张奔突不休的大口，耗尽了他肚子里所有残存的食物。他的肚子空空如也。但他不好意思再说自己没吃饭。他选择了睡觉。

这一夜陈子方没睡好，整个人像张干透的皮，在床上躺不住。刚要入睡就会听到肚子里咕噜咕噜叫唤。肚子里没东西吧，却还要放屁。又不能放得太响，一个两个可以，十七八个连着来就不合适了，会显得很没修养，也会引起达琳的注意，就只好收着。这自然影响到了入睡。他好不容易睡着了，做梦也不按着《周公解梦》来，忽然就像一蓬干草似的，无根无基，随风飘舞。

终于熬到天亮。起床后，该吃早饭了。又不能显得太饿。他达琳说："这个面包你吃了吧。"他就说："饱了饱了。"

离了家门，要去公安分局，半路上心里咯噔一下。他又有什么能够证明他的户口落在了公安分局呢？如果他再次遇上他在西营路派出所和明湖路派出所的遭遇，难道他还要去市分局或省公安厅？不。也许明湖路派出所的商户籍员说得对，即使手续齐全，要补办下来，也得三四个月的时间，他就更没有必要昨天说去今天就去了。

陈子方下了公共汽车，站在大街上。前后左右，涌动着匆忙上班的人流、车流。他们是谁？他们要干什么？他们为了什么？陈子方脑子里闪过一连串的疑问。这不用回答的，所有的回答都是荒谬。陈子方一抬手，弄乱了自己的头发，又一把从裤兜里掏出一包红塔山。

嘴上叼了一支烟，东张西望。他没带火。真是凑巧了，他看到路边栏杆上坐着一个人，一个小小的光点在那人的嘴巴下面闪亮。他走过去。

"哥们儿，借个火儿！"

陈子方头一口吸呛了。吸烟算本事？没听说过。陈子方要是被烟呛住了，也太窝囊了吧。他连着吞咽了三口浓烟，他一点事也没有。

知道了吧，陈子方想让警察当盲流拿下。我反正没证件，请你把我遣返原籍吧。陈子方就是这样想的。

陈子方在大街上一边漫无目的地走，一边抽烟。他抽了一根又一根，一根有一根的滋味。

用了不长时间，他就抽了半包。他已经走累了，知道了吧，他的力气不大。毕业后就坐办公室，学生时代练出的肌肉已经萎缩。他走累了，也走渴了，更重要的是饿了。他可以去买点吃的——不，他看到了马莎的宿舍。再走两百米就到了。马莎的宿舍储存着许多好吃的零食。

陈子方在马莎的宿舍里吃饱了，喝足了，但力气没恢复，就四仰八叉地躺在床上休息。

继续抽烟。

陈子方尚未抽上瘾，但他觉得很有趣。一根烟带给他一种感觉，有的淡，有的冲，有的发苦，有的发甜。

就在他抽了两包的时候，滋味很不好了。舌头上又涩又苦。他的头脑发晕，一迷糊，睡着了。

这一觉睡到了午后两点。陈子方醒来，没有发现马莎中午来过的迹象。他舔舔嘴唇，干得像铁皮。喝了点水，润润麻木的喉咙，走出房门。

陈子方惊奇地看到了耸立在淄博路上的公安分局大楼。他脚下有了条传输带，不一会儿，他就在那座大楼里了。

户籍科的一位女同志接待了他。原来派出所已向户籍科反映了他的情况。“你们单位没迁走的职工户口分到了东营路派出所，”女同志告诉他，“但要补办户口，需要你提供曾经落户泰博路派出所的证明。你去人事局查阅人事档案，让他们开份证明出来，再去东营路派出所办理就是了。”

“我们单位的证明不可以吗?”

“不可以。只有人事局的才行。”

陈子方想问为什么，但没问出来。

“我从泰博路办理过身份证，我提供身份证不可以吗?”

“也不可以。”

“谢谢。”陈子方说。陈子方觉得自己的声音异常沙哑。

7

“这很简单，是不是?”陈子方来到街头，把来分局的结果电话告知了情人马莎，刚说出口就想起马莎事先并不知道他要来分局。

陈子方匆匆挂线，又拨了他达琳的电话。他达琳急着说："你怎么不带手机？你现在哪里？你单位找了你一整天。杨科长说只给你一天的时间，再开不出户口证明，表格就报上去了。"陈子方一一回答他达琳的问题："我把手机忘了。我在淄博路口。我在用公用电话跟你通话。你告诉杨科长，不要说给我一天的时间，给我两个月的时间户口证明也开不出来。他要报就报吧。你再告诉他，2500 块钱，我们不要了！去年没有那 2500 块钱，我们也过来了。前年没有 2500 块，我们也没冻死。"他达琳慌了，问他："子方你怎么啦？你不要紧吧？你快些回家吧。"陈子方重重地说："我没怎么！我没什么不要紧！我就不快回家！"

陈子方去找情人马莎。到了马莎宿舍门前，又忽然觉得自己来错了地方。他转头就要离开，但是马莎从房门里跑出来。她就像有了心灵感应似的，早就在房门后等他了。她紧紧抱着他，像个男人似的把他拖回房内。

"我就知道你要来！我就知道你要来找我！"马莎亢奋地叫道，"你不来找我你还能找谁呀！"

陈子方被马莎摁在了床上。她的眼里激情洋溢，歪着头，对他左看右看。

"我的小亲亲，我的小心肝。"她说。她反复地说，仿佛不认识他了一样，把他当成了失而复得的宝贝。

陈子方的脸涨红了。他受不了马莎火辣辣的注视。

马莎还在那样看他，但一眼有一眼的内容。"我闻到烟味儿了，"她说，"我的宝贝，你更成熟了。"她向他撮起了嘴唇。她是化了妆的，形象青春妩媚，嘴唇浮着口红的光泽。

陈子方下意识地往后倾斜了一下身体。

"在忠实的爱中，没有恐惧，没有伤害。"马莎说。

陈子方猛地站了起来。他背过身子，冷冷地说："我要回去。"

"别走！"马莎没能受得住这猝然的一击，她高叫一声，就开始一点一点地软弱下来，好像正在熔化的蜡烛。"别走。"她央求。声音细弱，发颤。"你最喜欢到我这里来，是不是？你又是十三亿了，你最先想到的是我，对不对？”

“我要回去。”陈子方重申。

“别走。”马莎又说。她无力地坐在床上。“我们就要结婚了，我们得商量商量。”她说，“我看好了一套房子，也看好了一套家具。”

“你误会了，马莎。”

“不，我的感觉是对的。”

“你会明白的，马莎。”

陈子方向门口走去。

“你想哭一场，你就在我怀里哭吧。”马莎又说。

陈子方打开房门，随即把一条腿迈到门外。

“我告诉你，陈子方，”马莎说，“你要不跟我结婚我就死。我从四楼跳下去。我为你死过一次了。我再死一次也没什么。我就要以死相胁，你说怎么办吧？”

陈子方已经走了出去。他没有回头。马莎的声音像刀子一样追着他，他走得飞快。

他很快就来到了家门前。他看到了他的达琳和儿子，忽然又觉得来错了地方。他眼看就要转身出去了。可是，他不知道还要去哪里。他的身子一挺。他听到唰的一声，无数的刀子击中了他的后背。冰冷锐利的刀尖一下一下往外撅着，每撅一次，都会撅出一团鲜红的血肉。

8

次日一早还没出门，陈子方就接到一个电话。一个温柔的女性的声音传到他的耳边，他清晰地看到了那女性的美丽面容。“我是东营路派出所的户籍员项玲，陈先生的户口已经找着了。我为我们工作中的失误给您造成的麻烦表示抱歉。如果需要出具户口证明，陈先生上午就可来派出所办理。”

一道明亮的白光从半空飞到陈子方眼前。不须证实，那就是一块价值 2500 元的足色银子。

陈子方不能总是一语不发。2500 块钱要不要，户口要不要，他得瞬间拿主意。我这就过去！他嚷了一声。

挂上电话，冲出房门。他向美丽的户籍员飞奔而去，他向庞大的十三亿的人群飞奔而去。

北京鸡叫

鸡叫头遍，安大娘准时起床。水样儿的幽暗里，安大娘像条湿漉漉的鱼，走这里摸摸，走那里摸摸。几乎把什么都摸遍了，天才蒙蒙亮。安大娘停在儿子小安的卧室，影绰看着睡在床上的小安，听他徐缓的气息。

老安在隔壁咳嗽起来。老安身体很好的。老安咳嗽只是一个信号，告诉安大娘自己起来了。安大娘帮老安穿好衣服，又帮老安洗洗漱漱。老安擦脸的当儿，安大娘就先替他拿出一把剑，立在旁边等着了。老安照例要去龙潭湖公园晨练，这也不是说老安对晨练有多大热情。跟安大娘一样，最主要的是准时。

老安晨练回来，安大娘就把早饭准备好了。

老安不急。回来得不急，吃得也不急。急的是小安。

其实小安也用不着急，上班的地方不远，出了小区，步行也就十来分钟。就是因为有上班这码事儿，小安才显得很急。

小安吃起早餐就急匆匆的，像是有什么非常重要的事情等着他做。待到吃完了，却又像什么事情也没有了。坐在那里，嘬着牙花子，眼睛看着墙上钟表。看不看的呗，注意力并不真的就在钟表上。但不看钟表看什么呢？爸爸、妈妈，熟头熟脸的。

小安终于走出家门。安大娘和老安的耳朵里那个静啊。

老安慢慢用着早餐，当然，老两口也要交谈。但说什么，不说什么，基本上不用多想。

天气总是非常地晴朗。当然这是老安的感觉。但是，老安自己也感觉得到，一天的悠闲中，其实隐含着一种紧张。他让自己保持松弛，其实是在等待。

等待黄昏。就像突然睁开了眼睛，老安看到安大娘很忙。老安也会挽挽袖子，跟着忙起来。煎，炸，烹，炒，老安也样样来得。老安跟着安大娘忙，也是跟着玩。又帮了安大娘，也跟着玩了，这是一举两得。

每天来家吃晚饭的，最少得有四个人，多的时候是七个人，多的是大安的儿子，安大姑的丈夫和女儿。

晚饭后，就是老安所等待的时刻。老安要带领自己的儿女、儿媳，去户外散步。老安精神抖擞，从他的步伐上看，也就只有四十七八。出了门好远，安大娘和留在家里的人还能听到老安响亮的声音：

“吃了！你也吃了？”

单个人儿适合奔跑，谈情说爱的适合溜达，一家人适合竞走。老安一家人不知从哪里得到的这几条经验，而且信之凿凿。有看过老安一家人在户外散步的都知道，用体育术语讲，他们是在竞走。但他们嘴上还是讲晚饭后去散步。

老安在前，大安随后，其次是安大姑，再后是大安妻子凌淑红，小安压阵。队形没变过。场地也没变过。

弹指一挥，就是多少多少年。老安一家晚饭后竞走的习惯，已经可以跟中华民族古老的优秀传统对等了。

但是，大事不好！

先说场地。

老安跟安大娘结婚时，没房子。厂子里有间工房，塌了半边。老安想方设法把这工房弄到手，在那里生下了大安。生安大姑是在两间平房里。生小安时，条件好多了。他们分了套 35 平方米的楼房。谁也没想到，老安临退休前一年，他们住上了更高级的房子，三室一厅，面积不大不小，楼层不高不低。总的说来，老安家的住房分为四步走。从一只丑陋的不起眼的小蜗牛，爬过来爬过去，长成了端正漂亮的大蜗牛。但场地没变。这是说老安家竞走的场地，位置就在那儿，像块面饼，烀在鏊子上，烧糊了，烧成了灰，也还在鏊子上。

以前那里也就是块空地，地面没铺，荒草野棵这里一撮子那里一簇，但不妨碍老安一家人竞走。北京城里“扒路军”横行，这里开道沟，那里刨个坑，都没影响到老安家的竞走。遇到坑洼，跳着来。增加了难度，也增加了趣味。住宅小区的建筑，终于告一段落，那空地也便成了专门的健身场地。铺了花砖，安上了形形色色的健身器材。

看看，这才叫场地！平整，宽敞，又有规则，边是边，棱是棱。一走到这个场地上来，老安就觉得脚步轻快。他连力气都不用使了。他连看都不用看，就像在他前面专门有人指引。

这一天，他过了好久才听到一阵奇怪的笑声。绕着场地走了十圈，没发觉。在走第十一圈时目光朝旁边一瞄，就看见了一个陌生人，立在扭腰器上，笑得前仰后合。

老安的性格中并不缺乏坚定，他想不管他，就不管了。虽然耳边还有笑声，但目不斜视。在走第十三圈的时候，就听不到笑声了。走第十四圈的时候留意了一下，没看见那个人。心想，他是自己觉得无聊，走了。

事情没这么简单。

老安不朝后看当然不知道了，那个陌生人跟在了小安后面。小安也不朝后看，但小安的背上像长了眼睛，小安看见那人在拙劣地模仿他们。那人摇头晃脑，竭力克制着自己的笑声。小安不想让自己再看到他，却怎么也闭不上背后的眼睛。那人没跟半圈，小安的心头就颤成了一个。很快，他的腿也颤了。健身场地上还有许多人。大多数是这个住宅小区的。大多数都认识。大多数也发觉了出现在眼前的异常现象。小安就更不能让人看到自己心底的不自在了。

他们是从场地入口开始散步的，离入口还有十来步，就是第十七圈。

突然，又一阵奇怪的笑声爆发出来。小安看到那人再也克制不住了。那人笑弯了腰，一点一点地向地面低下去。他还像个农村妇女一样，在大笑的时候一下一下有力地拍打着巴掌。

小安背后的眼睛紧紧盯着他。在他们走了第十九圈的时候，那个人就不笑了，可能笑累了，或者笑岔了气。他慢慢地直起腰来，走到花池子边上，坐下了。

完成了约定俗成中的二十圈运动，老安一家走出场所入口。像往常一样，他们不会在外面耽搁。这是炎热的夏季，天色尚早。晚风吹到人身上，出奇的爽快。他们疲惫而惬意地走回家里，可以喝到安大娘沏好的酽茶。

从表面看上去他们跟过去没什么不同。微笑的神态，行姿，一如既往。他们自己也觉得在回家的路上，跟很多人打了招呼，相互致意。他们发出的都是心满意足的声音。

可是，等他们依次在客厅里坐下来，面对安大娘斟满的茶碗，他们发现谁也没有说话。不仅如此，小安还带回来一双眼睛。

那双眼睛仿佛一架摄像机，此时在小安温暖舒适的家里，一遍遍播放着在那健身场地上不幸摄下的映像。他直直地坐着，跟他爸爸一起，像往常一样聚在茶几周围，说来说去，说个不停，但每个人也都觉得其实自己什么也没说。

现在却是真的什么也没说。如果不是他们抬头看见凌淑红推门进来，他们还不知道把她落下了呢。凌淑红脸蛋儿红红，身体丰满、健康，却因走路过急而气喘吁吁。

“是个疯子！”凌淑红说，“我打听过了，可能是从浙江来的。可王大线儿伯伯告诉我，是广西来的。就住咱小区的防空洞。爸爸，你说的对，不是疯子也是神经病。”

凌淑红给老安续了茶，自己才端起茶碗喝了一口。她用非常纯洁的目光看着她的公公。

“疯子。”老安淡淡地说，目光看着茶碗。

一片绿油油的茶叶，随意漂浮在琥珀色的茶水中，仿佛还缀在江南茶树上一般。

有必要做个声明，老安并没有像儿媳妇凌淑红那样特意跑去调查，但他还是了解清楚了。

凌淑红信息有误，那是个才来小区防空洞租住下的门头沟人，自由撰稿人。住宅小区的一些居民，常在一起谈论防空洞，防空洞也常给他们提供话题。

这种谈话老安没参与。老安却把人们说的每句话都记心里了。凌淑红昨晚说的话是不对的，老安并没有对谁讲这人是疯子或神经病，但她对小章的认识绝对正确。

老安不会把一个疯子放在心上。

带领家人散步的时刻又来临了。老安想都没想，就朝外走。大安、安大姑、凌淑红紧紧跟上。只是小安略微迟疑了一霎。小安晚饭吃得特别多。啃了俩大白馒头，喝了三碗绿豆稀饭，鸡头、鸡脖子、鸡爪子都让他吃了，安大姑从外面捎来自己要吃的一份凉皮，他一筷子一筷子地夹，给吃了大半。

远远就看见了那个章作家。老安没觉得自己心里咯噔一下，或者说他没让自己心里咯噔一下。他从从容容地、一如既往地率领家人走进场地入口，目光向前，好像看到远大目标似的，开步就走。

那章作家显然是在等他们。但这一回他没笑。也不知是不是故意的，老安他们走了两圈了，也没听他笑一声。他只是看着。他们走了三圈了，他还只是看着。他们走五圈的时候，他跟了上来。他跟在小安的身后。老安没回头，老安怎么知道的？但老安就知道。

这也没什么。往日也有人跟他们一块散步，大安的儿子、安大姑的丈夫，连安大娘，也跟他们走过，全盛时期有十几人之多。这些人插到他们的队伍中来，看上去就颇具规模了。遗憾的是很少有人像他们一样坚持下来。

可不知怎么回事，怪人跟着就让人觉得怪。

怪人怎么个怪法呢？这得从小安背后的那双眼来看。小安看到，那怪人走路的姿态，简直就是他们安家的人。头高高昂着，目光直视远大目标。从脖子往下，截至尾巴骨，一溜儿上下笔直，仿佛一根耸入云天的旗杆。双臂、双腿前后摆动的频率，也与安家人无二。没有良好的悟性，绝对不可能只用短短两天的观察就做得如此出色。关键在于，他并不是情发于自然。他是模仿。

怪人在模仿他们。小安越看越受不了，越想越受不了。那怪人也已不仅是怪人，而是个超大怪物。小安却又不能离开队列，他只能在那怪物前边，合着安家的节拍，一边昂首挺胸、满怀信心和希望地走，一边看着怪物紧紧跟在自己后面。

走过多少圈了？小安觉得走了几百圈了，但还有几百圈没有走完。

直到小安撞到了凌淑红的身上。小安并不知道凌淑红停下来了，可见他脸上的那对眼睛不管用了。小安刹不住脚，像根木棍子似的撞到凌淑红起伏有致的后背，就听场地上哄堂大笑。小安也是被羞得，拔腿就朝家跑。

"瞧这小叔子。"人们说。

小安一口气跑到家里，坐在沙发上呼呼直喘。安大娘从厨房走过来，想问他发生了什么事，他腾地站起来，去了自己卧室，把自己关在里面。

其他人也回来了。安大娘细心看了，什么也没发生。老安、大安、安大姑、凌淑红，一个个喜气洋洋的。特别是凌淑红，脸色更红润了。她哈哈大笑着，大声说东道西。

可是突然，凌淑红不说了。

凌淑红突然就沉静了下来，嘴巴紧闭着，像是焊上了。她的家也沉静下来。因为来得太突然，就像从明亮的高空，嗖溜一声，疾速坠落到了幽深的谷底。

一时间，大家没能立刻反应过来。可是，她又说话了，只是声音很小。她看着大安说，那样子十分像个淑女，对丈夫百依百顺。"回去吧。"她并没有说得那样肯定。丈夫却站起来了，就像她说什么，他就听什么。

大安夫妇回去了，安大姑也不耽搁。安大姑显得很急。不管怎么说，大安夫妇是从从容容地走的。安大姑就像是往外冲了。安大姑咕噔噔跑下了楼梯。

接着，就只有老安和安大娘两个了——嗯，还有小安。

小安二十二岁大学毕业，过了四年，才朝家领过一个女人。老安和安大娘第一眼就觉得那女人不大好，模样不大周整，但没说出来。以后小安就没再朝家领过女人。是他再没找到呢，还是他不想朝家领，老安和安大娘没问，觉得问了小安也不会说。安大姑、凌淑红，还有街坊邻居，都给小安介绍过对象，却都没成。街坊邻居还非常关心，不时问到老安和安大娘，小安的婚事怎么样了。老安和安大娘回答的话，出奇的一致："谈着呢。"实际上，有时是听说谈着呢，有时并没谈。

"谈着呢。"说来说去，小安就二十八了。二十八了还光棍一条，还住父母家里，天热了穿条宽松无比的大花裤头，晃里晃荡的，就跟光着腚差不多。他既不慌又不忙。本来人又不次，个头儿不高不矮，有文化，还有福相，说他找不上对象，谁都不信。说他谈着呢，谁都信。

就这样，谈着呢，谈着呢，喏，三十五了。

老安似乎这才注意到一桩事实，自己的儿子小安，已经三十五了。他嫂子肉乎乎的大屁股，在他面前扭来扭去，得有十几年了。老安想象得出他所受的煎熬。但老安不愿再想了，再想就像扒灰。老安果断地叹息了一声，集中精力看电视。

耳边只有电视剧里的人在不合常情地大吵大闹，老安百看不厌，其实只是看上去老安像是百看不厌，如果突然让他说电视上演的什么，他保准说不上来。有时候小安会故意逗他："爸爸，演的什么？"他说不上来，不想瞎说，又不想让人看破，就说："自己看呗，好着哩。"

小安的卧室里有动静了。小安出来了，穿着大花裤头子，去卫生间了，拉拉撒撒，洗洗漱漱。没回卧室，向老安凑过来了。老安误以为他会问自己电视上演的什么，就紧着看两眼，准备换句话回答。他没问，坐在沙发上，揪了一阵腮帮子，就走开了。在这一刻，老安心里空落落的。

老安有什么能耐啊！老安能让自己三十五岁的儿子，独自待在卧室里干什么啊！

老安看的是言情剧。一时间，凡是男的，不论老少丑俊，老安都看成了小安。小安在电视屏幕上，痛苦欢乐，沉思吵闹，高尚伟大，卑鄙下流。老安看小安跟女人打情骂俏，亲嘴做爱，也不用扭过脸去，做麻木状。老安把眼睛都看直了。光光的电视屏幕上，终于大大地只剩下两个铁青色的汉字：心事。

再也绕不过去了，老安是有心事的，而且那心事还不小。

第二天，一切看上去好像依旧按部就班，其实已经变了。变的是老安的内心。老安的内心怎么变，老安有能力不让别人看出来。

可是日近黄昏，老安就觉得心脏受不住了。扑通扑通猛跳了两跳，像被刀子捅了一样，不由得呻吟一声就跌在沙发上了。可吓坏了安大娘！忙问："老头子你这是怎么了？"

老安强撑着，脸还是那个颜色，一个健康的满足的老人的脸色，但嘴唇却在颤抖。老安说："没没没没没……没什么。"管不住了，结巴着，连说了五六个"没"。很夸张。

安大娘又不是木头，他瞒不住安大娘的眼睛。安大娘说："你是不是心脏不舒服？"

恰巧这时，来电话了。安大娘先去接电话。是凌淑红打来的。凌淑红嗓门大，老安听得见。凌淑红说："妈妈，去家里吃饭，牛牛想吃您那回做的鱼肉雪菜团子。您老也别太忙活了。我随便从七十六必捎些小点心。"

这才放电话，安大姑又打来了。安大姑的丈夫和女儿也要来家里吃晚饭。

她们在电话里说的话，老安都听到了。老安很想哭。

家里似乎从来没有这么热闹过。儿女们都来了。家里有九口人吃饭，并不是只有今天。但老安今天就觉得人多得不得了。人挨着人，人挤着人，我的筷子戳着了你，你的勺子碰了我。你说我笑，你推我让。有时也抢，抢着吃。老安觉得抢着吃最好。安大娘的声音还会传出来："别急别急，又不是五八年，锅里还有呢。"木头人也听得出来，她的潜台词就是，"抢吧，抢吧，挽袖子抢，下手抓，我才高兴!”安大娘没那么直白。

安大娘不像凌淑红。凌淑红夸饭菜，“这些菜都对我胃口。”好像在拍安大娘马屁。又像安大娘这是专门给她做的一样。老安看着也喜欢。他甚至对凌淑红心怀感激。凌淑红是他的好儿媳妇。

其实老安并没有想太多，今天后代能够都来家里，就让老安感到非常安慰了。安慰之巨大，使他忘了吃饭。你看他举着筷子，这里戳一下，那里戳一下，却什么也没吃进肚子。他也喝酒，端起酒杯，吱一声，喝的却常常是空气。老安的嘴巴，变成了所有人的嘴。儿女、儿媳妇、女婿、孙子、外孙女，把所有的饭菜，都吃进老安的肚子里去了。老安基本上不用动嘴，就可以腾出工夫看着别人。

小安不能不让老安生疑。大安、凌淑红、安大姑都不提昨天的事情，他们的表现，也说明昨天根本没发生什么。小安呢?小安像个没心的孩子。一举一动，都在表明昨天真的没发生什么。

瞧，他还跟他嫂子逗乐呢!他笑眯眯地说:“哎，嫂子，有空咱比试摺个子好不好?”

他嫂子爽快，狠狠地白他一眼说:“我摺你还不跟拎只小鸡儿一样!”

“那就求你了，嫂子，”小安说，“摺倒了我，可别一屁股墩我脸上。我怕呀!”说着扮了个怪相。

这下子让老安、大安、安大姑警惕起来。三个人不约而同，全都联想到了一只肥大的屁股。三个人又不约而同地意识到了不该让人看出他们的警惕来，就都呵呵笑了。比不知内情的别人笑得晚了些，但毕竟笑了出来。“臭臭臭臭!”安大姑还捂着鼻子，跟凌淑红一起说。

小安很得意。他吃饱了，打了个嗝。他的样子是要去锻炼了。他比别人还急迫似的。这是今天跟以往的不同，小安先于老安出门。

“走啊，走啊，走啊，”小安催促着，“饭后百步走，活到九百九。依我说，我们一家人，谦虚着说也能活到一千九百九十九。”

“活一万岁。”大安的儿子说。

“对，万岁!”小安说，“万岁，万岁，万万岁!人民江山万年长，幸福生活万万岁!”

“别理他，你叔叔没正经。”凌淑红一脸郑重地对儿子说。

小安没能掩饰住自己的失望。他没在场地上看到那个疯子。昨晚经过紧张激烈的思考，小安已经想出了对付那疯子的办法。小安是文明的北京人，他要绅士风度地转过身，礼貌十足地对那疯子说，“欢迎你加入我们的行列，请你走到我的前面来。”疯子从此远远走开，销声匿迹，或者听从他的提议，自然而然，小安背后的眼睛也就没有了。

等小安确信那疯子不在的时候，他背后的那双眼睛果真就没有了。他清晰地看到了眼前的一切，甚至目光锐利地依次穿透了他大嫂、他姐姐、他大哥、他爸爸的身体。不光看到了实实在在的现实世界，还能看到虚幻缥缈的心理。他们一家的心理就是这样的：

一列乌油油的小火车，穿过一团灰蒙蒙的迷雾，又重新驰上了正轨。

但好景不长，也就是走了三圈半的工夫，那疯子就来了。这回是两个人，他们边走边谈，好像对周围的一切都不关心。老安一家却管不住自己，陡然把心提到了嗓子眼。

那疯子一撅屁股，在步调一致健身器的横梁上坐下来，就跟他的朋友一起望着老安率领的那支小小的队伍。当他们把目光投来时，老安觉得自己那颗心一下子被人残忍地攫出来，狠狠掼到了地上。老安看得出，自己一家成了别人观察的对象。那疯子自己观察还不够，还叫来了他的狗屁朋友。从他们冷静而专注的神态看，老安一家仿佛已被他们装进了玻璃瓶子。老安一家就是沿着瓶壁狂奔不息的蜥蜴、壁虎，或者灰溜溜的小老鼠。

老安强作镇定，原速向那疯子走过去。老安的耳朵好使，路过步调一致的时候，就听那疯子深深感叹道：“啊，令人难忘的2007年祖国首都北京的夏天！景山、北海、太庙，天坛、地坛、颐和园，处处回荡着激昂嘹亮的革命歌曲。”

疯子那话跟自己一家无关，老安轻易就丢开了。等到再次路过步调一致的时候，听那疯子又叹道：“我想起了一首歌。”他朋友问：

"什么歌?"老安率儿女走过去了，没听到他答什么。

再走过来的时候，听那疯子用他脏兮兮的爪子打着手势，半说半唱道，"我们走——在大——路——上，意气风——发，斗志昂扬!"

他朋友就笑了:"是这样是这样。还真是这样!"

可把老安气得!他们来这里，就是为了专门谈论他一家，而且谈论的每一句话，都想让他一家一句不落地听到。

老安走过去了。小安背后的眼睛，又长了出来。小安看见那疯子跳下步调一致的横梁，原地意气风发、斗志昂扬地模仿起他们列队竞走的姿态来了。小安只觉身上一阵虚脱。他断定自己再也不会有绅士风度了。他就等着路过步调一致时，哐哧给那家伙胸口来一拳。

不过刚从场地东头绕过来，就见那疯子停下了，靠在横梁上，又只是跟他朋友一起朝老安他们望着。

"你想到了什么?"那疯子问他朋友。看着老安家的队列，眼神就像谈论别人。

他朋友反问:"你说呢?"眼睛也看着老安家的队列，但就像什么也没看见。

就连老安都觉得，这种情景太微妙了。老安觉得自己有气也撒不出来。

下一次走过的时候，老安就听到了那疯子的回答。"看到他们，"那疯子说，"你就觉得这世上还真有人活不够似的。这个世界值得你活上三百年，还要挣扎着再活一千八百年。"

老安气得差点倒仰，两腿不由得打了个磕绊。"这是什么话!什么叫活够活不够!老安活了七十六年，老安活够了么?老安活够了，老安这就去死吗?你明白，你说说，老安到底怎么死?前面有棵老柳树，一根根树梢子全枯了，可这老柳树年年都绿一回。你说，你说，老安该不该一闭眼，朝这棵老柳树撞过去?撞老柳树撞不死。这左一个右一个健身器，都是铁玩意儿，老安一头就能撞个头破血流。老安是不是就该撞死在这上面?老安撞死了，他身后的儿子、女儿、儿媳，是不是也该撞死?你红口白牙说的是人话，老安没去撞死自己，那老安活了大半辈子了，还是不是人哪?老安，我只问你，你还是不是人哪！你没脸回答是不是？你哪有脸啊？你活了七八十岁了，还活不够。你个老不死！你老不要脸啊，你老不要脸啊，你哪！呸，呸，我叫你不要脸！我叫你不要脸！我给你俩大嘴巴！我打死你打死你！”

老安的儿女们都看不到的，老安眼里充满了绝望的眼神。老安看不见路径了。老安就想着撞死了。但老安把路走熟了，不看路径也撞不到什么东西上，而且一旦不用眼睛看路，路就变得更加宽广和平坦。

小安也没看路。小安的眼睛看到那疯子想要尾随他们。小安已没那么好的脾气了，他转过身去就会给那疯子一拳。但是，那疯子的朋友把疯子拉住了。那疯子的朋友说，“有这工夫，不如到湘菜馆喝一壶，赶巧了还能碰上北京的著名编辑。”

小安又一次失望了。

老安这辈子从来没这样不舒服过。老安心里真的疙瘩死了。什么叫活不够啊！老安绞尽脑汁也找不到答案。老安不想问天，不想问地，就想问问那小作家，老安在世为人七十六年，老安活够了吗？设若老安活够了，这是说老安活得不好吗？他有儿有孙，有房产有退休工资，儿女辈也没有一个下岗的，孙子辈的学习在班上也都是上游，这还不好？这还不该满足？为什么他偏生就该寻死？

可那小作家不在跟前，老安白白地瞪着眼睛，一声声百般不解地质问他。在老安看来，那小作家分明垂手站在他面前。瞧他长的那个熊色。

老安坐在那里发愣、出神，可就心疼了儿女了。大安呼地站起来，嚷一声：“我揍跑他！”就朝门口冲。

老安又愣了一下。他像清醒过来。

“站住！”他厉声叫。

“大爷揍死他，保准连个收尸的都没有。”大安还在嘀咕。显然不大服气。

老安眼珠一动，觑见了安大娘和大安儿子起疑的目光。他女婿和外孙女已回自己家了。

老安迅速恢复了正常，就像什么事情也没发生。老安以自己从容不迫、平静如水的神态，给大安做出了极富说服力的解释。大安不再嘀咕，慢慢回转身，坐下了。大安、安大姑、凌淑红、小安的样子都像什么也没发生。除了小安，他们都在看电视，都像看得很入迷，对每一个画面都有准确的理解。

大安的儿子也看得很入迷。他的爸爸妈妈也不想走了，好像今夜要睡在爷爷家了。姑姑走了，没言声，悄悄走了。爸爸妈妈浑然忘了自己的家。

爸爸偶尔跟爷爷说句话。“沙发该换了，”爸爸说，“样子不时兴了。”

“坐着舒服，坐习惯了，换什么？”老安一边看电视一边不以为然地说。

“爸爸，你观念不行了，”大安说，“现在讲究超前消费。”

“你要我花钱买罪受是不是？”老安淡淡地看了大安一眼。“我坐不舒服了，我再找旧沙发去？”

“爸爸，住八道弯胡同的老牛伯伯你还记得吧？”大安又说，“赶巧了，前几天在街上碰到他，还问起你呢。”

“怎么不记得他！我还骑过他。”老安哈哈笑了两声。“他打赌输了，让我骑着在车间转了两圈。”

“老牛伯伯刚从国外回来，穿得像个华侨。”大安说。

“他去国外干什么？他考上博士了吗？国外就一定比中国好？”

“他外孙移民澳洲了。”

老安不由得看了看身边的孙子。“他外孙有这么大吗？”老安说着，在孙子头上轻轻拍了一巴掌。“该回家睡觉了，看你困得。”

“我们安大鹏将来移民美国，”大安说，就伸胳膊拉儿子起来。“可我琢磨着，等鹏鹏长大，该美国人争着移民中国了吧。到时候中国人还是总想往国外跑，中国的发展也太说不过去了吧。”

老安目光一瞥，看到凌淑红坐在马扎上动都不动，跟那儿子不是她儿子似的。随后老安就注意到了凌淑红的手。凌淑红两只手在膝盖上无力地耷拉着，十根手指上有八根留有长长的指甲。老安心中凛了一下。老安用响亮愉快而又不可违抗的声音说："孙子啊，回去睡觉吧，记住，明天跟爷爷一起去散步！"

话音未落，老安已确信无疑，自己家庭最危险的时期马上就要来临。

大安带他儿子和凌淑红离开了。老安啪哒关上了电视机，也不管安大娘想不想看到电视剧的结尾。他要的是安静。其实他要的是内心狂风暴雨般的激昂。他要让四周的安静，来衬托这分激昂。

老安有充分的理由相信，儿子、女儿、儿媳明天不会再来跟他一起饭后散步了。他向孙子发出的命令，也是基于这种担忧。现在，老安就想，万一他们果然不来，自己还去不去？答案是肯定的，去！老安还会像往常一样，吃了晚饭就往外跑，风雨无阻。他做得到。虽然他很老了，他也相信自己的强大。对，他要坚定地挺立着。要让自己相信，孤独的挺立才更有意义。

不过，老安似乎觉得自己并没有被人逼到死角。他想到了小安。别人不来，小安是谈不上来不来的，小安就在他的家里，就在他的生活中。他要小安跟他去散步，小安不敢不去。

老安忽然很想看到小安了。他要看看小安在干什么。他向小安的卧室走过去，轻轻推开房门。电脑屏幕关闭的声音挟雷带电，扑面而来。

小安头戴耳机，背对电脑，镇静地看着老安。

"天不早了，睡吧。"老安慈爱地小声说。

老安的目光没在小安流汗的脸上停留。他替小安掩上门，也准备去睡了。

老安还是像往常一样准时起床、晨练，悠闲地看小安吃早饭。唯一不同的是，上午看老李、老邱下棋只看了半局。回到家里，老安就不想再出去了。他的世界说小也不小，但说大还真是不大。他住在庞大的北京城，可他的世界几乎只是由龙潭湖和他所在的住宅小区组成。就是这么小的范围，也难免受到别人的侵扰。要他不去捍卫自己这小小的地盘，也太说不过去了。他已经到了年老力衰的年纪，若不是有常年坚持锻炼的习惯支撑着，很难说现在不会缠绵病榻，或者命丧黄泉了……太容易，那太容易了。不过是拆掉一根柱子，整个房屋就会轰然坍塌。老安要做的，就是说什么也要扶稳、扶牢这根柱子。

不过，尽管老安不悲观，没看到结果，谁也不能担保就能扶得住。老安看上去跟往日没什么两样，实际上却六神无主。一直到晚饭时间，老安才松了口气。

儿女们又都来了。老安对自己的家庭满怀感激。忽然，他觉得自己最感激的还是女婿。这个精瘦的男人，据说从来不喜欢运动，但他连着两次随安大姑来家里吃晚饭。

老安不由得对女婿多看了两眼。随后老安就注意到了，女婿的心思全在他女儿身上。两个人是父女，但更像兄妹。他们紧挨着。他们小声地说话，仿佛不想让别人听见。他们也笑，低低的，因为拥有只有两人才知道的秘密。父亲不停给女儿搛菜，仿佛这菜是他亲手给女儿做的。每一样女儿都觉得十分可口，并为自己父亲的手艺自豪。他们没有妻子和母亲。

女婿从来不朝安大姑看一眼，这是事实。可能是老安早就注意到的事实，但老安忽略过去了。老安重新注意到了。女婿的目光一遇到安大姑，就像风一样，轻轻飘过去了。

老安全身都凉了。他还要去看安大姑吗？不，他不忍心看了。

如实说来，老安从未感受到如此深重的失败感。过去，几天前，他心情那么满足，神态那么悠闲，因为生活美好。可是，现在，不美了。颜色再艳丽，也不美了。声音再动听，也不美了。儿孙再英俊，也不美了。一大堆的问题，就是一大堆丑陋。遍地的枯枝败叶，破砖烂瓦。

老安一伸手就触到了一样东西。冰冷彻骨，光溜打滑。那是事物的本质，世界的核心，圣人的箴言：活够了。

非常之容易，老安在饭桌前突然就死挺了。

“散步去！散步去！”孙子不等吃饱，就在他耳边叫起来。“散步去！散步去！”

老安没有动静。

孙子跑到了门外，还在喊："散步去！散步去！"

"急什么急什么？"大安嘴里嚼着馒头，追他儿子去了。

"你表哥去了，何星星你去不去？"安大姑问她女儿。

她女儿何星星文文静静地摇摇头。

安大姑起身去了。凌淑红也起身去了。凌淑红临出门回头叫了声："爸爸。"

老安缓缓苏醒。他沉稳地站起来，沉稳地迈开脚步。出门看到，孙子在前打头阵，其他人不自觉地尾随着他，排成了小小的队列。

老安没能追上他们。他孤独地停下脚步。

"吃了吗？"

"吃过了。您也吃了？"

小安走来了。在老安面前，小安杌陧不安。老安知道小安心里有鬼，老安表面上好像什么也没看出来。就连从小安裤兜里显现出来的一条坚硬的棱线，老安也像没看到。老安只是郑重地说："不要动那小作家一小指头。"他用一位老人饱经沧桑的眼睛，紧紧看着他。

小安倒显得有些释然了。小安咽口唾沫，移开视线，说："那小瘪三是浙江的。在北京混了七八年了，也没混出名堂，北京话倒学得挺像。揍他一顿，也叫人长点见识。"他拍拍裤兜，里面哗啦一响。

老安继续看着他。老安说："儿子，你是不是想让全北京乃至全国人民都知道我们？全国人民不大声地说，也会小声说，你们这一窝活不够的北京傻逼！"

小安疑惑了。这番话在他小安听来，很不像他爸爸说的，但的确出自他爸爸之口。他爸爸不像个老人，倒像一棵枝繁叶茂的智慧树。他爸爸转身到前头去了，小安唯一要做的，只有紧紧跟上。

那支小小的队列，已经开始行走。老安追过去，不推不让，站到孙子前面，还对孙子说了句："跟着爷爷走！"过去是什么队形，现在基本上还是什么队形。老安要的就是这个。

老安没回头，但他知道小安一如既往地跟在队列后面了。小安就喜欢在后面嘛。小安在后面感觉更神气。

小安今天打算快刀斩乱麻，却遭到了老安的阻止。他相信问题一定会得到解决的，本来该今天解决的却只得推迟了。原因是老安，还有一个原因是那浙江人。浙江人没出现。

这一天，他们散步很愉快，有大安的儿子跟着闹，大家想发愁也不可能，都有晴空万里的感觉。但小安看到了预兆，那个讨厌的小瘪三明天还会再来捣乱。小安的责任心很强，对父母也很孝顺，他认为搞掂这件事的重担理所当然地落在了自己肩上。

既然老安叮嘱了，不能对那小子动粗，还会有更好的办法吗？小安想来想去，又想到两天前自己想对那小子说的话。可是，小安压根儿不想在他面前做个文明礼貌的北京人。小安把那小子腻烦透了。

这就难为了小安，他躺在床上翻来覆去，折腾到鸡叫头遍才刚睡着。那时候他妈妈已经起来了。等他起来，双眼就织了张红红的血丝网。

老安不动声色地看着他的目光中，依然暗含着异常严厉的警告。

傍晚，小安下班回家，一进门，就像又听到了老安的厉声呵斥。

散步时间到了，小安跟着大伙儿走出家门，感觉自己就像一只等待束手就擒的老母鸡。

那家伙在步调一致健身器上坐着呢，一看见他们走过来，就跳到地上。老安家的队列刚刚开步走，他就跟上了，还差点撞着了小安。他没有笑，也没有故意模仿。但还是让老安一家人感到别扭。冥冥之中，老安一家人得到一声命令，他们最好的办法，就是视那人为乌有。他们是一列乌油油的小火车，从未偏离过既定的轨道。

老安做到了，大安、安大姑、凌叔红也做到了，但是小安做不到。小安怎么也做不到。小安背后有对眼睛。小安的眼睛紧盯着那个可恶的小作家，像一束铁丝扎进小作家的身体。换另一个人，也受不住如此锐利的目光。但他不光受得住，还毫不在意。小安的目光中，甚至都有了哀求的意思。小安的关节都开始颤抖了。小安眼看就要号啕大哭了。

小安又咬紧了牙。小安的手悄悄进了裤兜。他灼热的手触到了一种冰凉的坚硬。那也是事物的本质，世界的核心，圣人的箴言：杀掉他！

在他裤兜里装了快两天的匕首，眼看就要叫啸着朝那家伙飞过去了。但小安对自己说，且慢，君子之人，网开三面。只要那家伙能够再快走几步，插到他和凌淑红之间，他就当什么事情也没发生。他绝对拥有这种大度。他还会克制住自己内心的嫌恶，对这家伙客气地说，欢迎你再次加入我们的行列。

小安果真把脚步放慢了些，可是，那家伙也跟着放慢了脚步。他试了试，再快一些。那家伙又跟着快了一些。他又慢一些，那家伙也又慢了。

小安简直陷入了绝望的黑漆漆的深渊。他明白了，那家伙不会走到自己前面去。那家伙不会想到一个人长有两对眼睛的感受，也不会想到一个人不能在后压阵的感受。

小安即刻听到自己在立眉竖眼地说："我叫你要么到前面来，要么走开！"

"我不走开，我也不到前面去！"那家伙回答。

"你不能跟在我后面。"

"我就要跟在你后面！"那家伙丝毫不相让。

"你再在我后面跟着，我就对你不客气了！"

"你对我不客气又能怎样？你对我不客气，我也要坚决跟在你后面！"

小安就听匕首在他裤兜里啊呀呀呼叫了一声，好像早就等不及了。

"我捅死你！"小安也叫了一声。

像是山谷里的回声似的，小安听到那家伙也叫了一声："有种你就捅死我吧！"

小安被逼到墙角了。小安再不出手可就是北京王八蛋了。冥冥之中，小安却听到了另一种似乎非常熟悉的声音，很像他父亲发出来的。定睛一望，却发现场地中央，立着一个身材高大挺拔的体育教练，英姿飒爽，意气风发，穿一身带白条的海蓝色秋衣秋裤，脖子上挂着个铁哨子，颠动着双脚，在大声发号施令：

“一，一，一二一！一，一，一二一！”

老安快步跑了起来，大安、安大姑、凌淑红也跟着跑了起来。那号令有着出人意表的魔力，小安也止不住拔腿就跑。

“一，一，一二一！一，一，一二一！”

那体育教练喊得越来越快，老安他们也就和着节奏，越跑越快。小安背后的眼睛看见，那小作家开始还跟得上，没跑二三十步，距离就越拉越大了。小作家奋力追赶，但他显然高估了自己的体质，也低估了老安一家人的强壮。他很快就累得上气不接下气，又勉强追了不到十来步吧，只得低低弯下身去，主动收了步子，摇晃着，再也挪不动了。

小安只觉得一串清脆的欢笑从内心冲出。随着他的奔跑，那对脊背上的眼睛，也渐渐地眯缝起来，越眯越小，终于消失了。

很显然，老安带领子女，转瞬间就把那个该死的小瘪三远远地甩到了身后。

“一，一，一二一！”

小安做梦都能感到自己正像一枚利箭飞射而去。一个体育教练洪亮的声音也清晰可闻，小安确信这是他七十六岁的老爸爸发出的。小安还隐约听到了头遍鸡叫，但他睡梦尚酣，不晓得他妈妈已经起床了。

悄悄说件事儿（可别让居委会刘大妈听到喽），安家养了一只鸡！是一只唯一属于安大娘的老母鸡。安大娘嫁给老安那年从保定乡下带来的。

一只苍老而忧伤的母鸡。整个天地，不过是一只藏匿在三楼阳台上的鸡笼。

笑里沉沦

因长年低着头走路，老张驼了有碍观瞻的背，谁见了谁都止不住因其坟包似的重负，而动起恻悯心，直欲帮其除了去，使其活跃了精神，且神采飞扬。——老张不以为然，不自觉中得了驼背，不自觉中适应了驼背，便不该有什么因此而引起的慌乱情绪。人是愈来愈瘦了。驼背便如有生即来的璧瑕，不足以置论。

从他所工作的机关，到家里，需乘 15 路公共汽车，至阜桥南端下车，然后步行二百米，转入单油坊胡同，就到了他的小栅门。多少年来，在这段旅程上，老张只觉得道旁建筑的气派日益傲然和显贵了，以及路遇的行人日益怪异，也没多出了沧桑之像。整个城市若比作一盘棋局的话，这老张便是棋局中，按固定路线走动的一粒棋子。

单油坊胡同的单家女人，素常很悠闲，检查路条似的，站在胡同口的一块大石板上，盘问每个过路的熟人，或审视每个过路的不大熟悉的人。老张处于熟悉和不熟悉之间，是她审视不厌的对象。因他向来无多话，且又行走匆匆，面熟了并不进行深的交谈。老张的瘦使她动了恻隐心，不自主地将手插进衣内，捏住自己松垮垮的老奶袋，似乎将要奉献出优质的奶汁，哺乳老张。

大约是母爱的作用，太浓郁的母爱使她双眼直盯着老张，全神贯注，疏忽了从她身边溜去的许多熟人和不大熟悉的人。直等老张从开得不大的栅门，侧身走入院子，被一团浓厚的槐树叶子遮挡住，才怅然若失地散动了眼神，继而流盼地招呼正欲逾越的人们。此时，两奶燥燥的热，奶头上湿津津的，渗出了不知是甜的奶，还是咸的汗，只是潮湿了吧。那奶总有一个让人说不清的，不能够畅快满足的欲望，而老张远去的背，就是在她盯视的目光中，悄悄隆起的。

但是，背隆了并不马上使人注意。因为不管怎么说，老张并非生来如此；生来的模样，从他秀才爷爷那里说起，就只有一个典型的“瘦”，乃至他少年、青年、中年也只有一个“瘦”。单家女人当初发现胡同里搬进来一位瘦的低头走路的青年，携着娇小的妻，从此牢牢地以一个“瘦”字概括了他以后几十年的身体特征。很明白的道理，总不能说新搬来一个不驼背的青年。那驼背是后来极费工夫的事。单家女人觉察的驼背就是由谈论“瘦”引起的。

“老张哟，你又瘦了。”

单家女人早已盼望与老张深谈，时时留心他路过的时间。日久天长，得了经验，摸清老张回家有一定规律，觉得他是个机关中干事之类的人，老远就搭讪着。

谁知老张的近视眼看东西，比较近处的也看成远处的，所以，每每与人说话，都是近距离地对着面，专注地说。老张听见了招呼，脚步照旧不乱，头也不抬高一些，将回话拖长了不太合适的时间。此时便痛快了许多对单家女人每天照例的不厌其烦的盘问发生厌恶的人。她一心在老张身上，不愿理其他，只哼啊哈啊地敷衍，嘴巴不由得做着大开的怔痴的形状，神色似乎要一把将那永远从容不迫的孤僻的老张捉过来。

终于到了跟前，老张矜持道：

“是的。”

右手随着摇出一只圆鼓鼓的黑色人造革手提包。

“哟——”女人们都会这一套，对自己惊讶不解和欣喜赞赏的事，只以一个或几个简单的音节，配以轻重缓急、浊清高低、拿腔作调来表达，很注意简练。“这么多要批的布告呀！哎，上级重用了你不是？”

老张仿佛并不乐意解释，更正她的错误，胡乱支吾着走开。

可是，她不满足。她赶快说：

“瘦了，老张。老张又驼了！”

老张猛地停住了脚步，满脸愕然的神气望着单家女人，嘴里说不出话。分明有两束阳光淘气地撞在他的眼镜片上，撞得碎碎的，成了两块巴掌大的相交的白斑。这白斑使他几乎空洞了眼，成了白痴。但是这是很逗人的，白的眼睛，配上一副因惊愕而张开口的瘦得骨突的脸，很令单家女人发笑。果真，单家女人从眼睛周围开始漾出笑纹，嘴角来得迟缓。没等波及嘴角，她忽然又动了母爱的情感，有一种对受了委屈和欺侮的孩子的加倍的体贴和爱护之情。她脸上终于没有盛开出大朵的笑。她的手在衣内掏着，奶头愈来愈热。她要和老张深谈的欲望已几十年了吧。

老张转过头，并低下去，走了。心想，真不真？感觉不出，便想不以为然。但这女人，好像生来就是守望在那胡同口的石板上的。是她时刻提醒人们注意岁月中的诸多演变，诱发起人们的隐忧苦楚。天有意安排，也未可知。

老张开栅门的时刻，初次失了分寸。有一截勾曲的铁丝，横空探出，挂住了他的肩膀，因他的骚乱，一挣，撕破了衣服。

他这时候才真正感到驼背的弊病了。因隆背才容易被挂住的嘛。他心怦怦跳着，走入房里，在窗前桌上的一面镜子里耸起肩膀看看，除了一条撕下的白布条外，并无多少异样。他偶尔抬头望向胡同口，意外地发觉，那单家女人拧起脖颈来，能够看清他。呵！他吃了一惊。这女人从来如此吗？那么，他的一切都将被局外的人窥破了。

他已经五十五岁了。前天中午，儿子儿媳都不在家，只剩他和干瘪的老伴。难得的清静。院子里也很安静，房里只有小闹钟嘀嗒嘀嗒响。闹钟里有红色的小公鸡，机械地点头。他觉得它忽然神奇地扩展开了，如一朵热烈的火红的鸡冠花！

他的内心猛然产生了一阵冲动，他一把拉过老伴，用手做些好久以前做过的动作。她立刻拒绝了他，但经不住他的纠缠，还是拿捏地躺在窗户旁边的床上。他觉得还行，她说这是最后的，难受极了。不知她说的是否真话。事休，他有一刻间疲乏得不行。

但那窗子，却向一个毫不相干的人开着！那时他冲昏了头脑，不留心窗子是否关着。定是开着的，因为房屋通过阳光照射是有好处的，况且他们也没有在晴朗的天气里关窗的习惯。阳光畅通无阻地恣意地射进来，满屋生辉生暖。远处却有一对极讨厌的眼，观赏着这阳光下的一次孱弱的男女结合。怪不得今天单家女人要拦住他。

这样的一点应是隐藏的东西，也被无情地抖搂出去，抖落给人们了，便什么也剩不下了。他想，一定有这样的话："嘿，老头子，性欲强着呢！老头子，真能干！"他瘫在了床上。

本来过去的一切，都可以不想。本来可以永远按照既定的路线，从家到机关，再从机关到家，悄没声息地走下去，与世无争，也许再走一年，也许再走六个月，他五十五岁了，但总是一个圆满的人生，一生可以从此徐缓地画上一个圆圆的圈了。但是，就因为那可恶女人的指点，那铁丝的恶作剧，那窗口大开的发现，和没有忘记所有的记忆，使这即将走完的人生之途，又无端地添加进许多的不安和烦恼。

老张的办公桌上并不缺乏阳光。虽然几经调换办公室，他总能临着窗子，而且对桌常常也是招人喜欢的姑娘小伙子这样的人。但有一样，那桌椅与他瘦长身材相比未免太卑小了些。他并不要求特殊照顾，照旧安心伏在那桌上，埋头整理文件，抄呀写呀，工作个不停。在他所撰写的文件稿上，平均1000字，也难遇一个错字，通篇工整，文字流畅，长短句结合恰当，宜于宣读。因他严谨的工作作风，和谦逊隐忍的生活态度，即使有些多疑阴沉，也能博得上司的器重和后辈们的尊敬。

老张走到办公桌前正要坐下，忽然发现桌上有张黄色字条，写着：

到处长办公室去，急急切切。

带有个性的几个字，急忙忙地闯入老张的眼睛。他几乎不能相信，瘦的身体顶着驼背，直立起来。捧着字条，又从头看了一遍，不由自主地从眼镜的边缘向同事们斜斜地瞥一下，脸色苍白，费了九牛二虎之力，终于不至于摔倒。费了九牛二虎之力，强作镇静。费了九牛二虎之力，敲开了魏处长的办公室门。

这是绝不可能的事，由他起草的发言稿，竟会出现原则性错误，且风马牛不相及，将改革开放与窗户开关的合理性及街道布局拉扯在一起，一改往日严谨的文风，差点不能自持，改头换面，成了现代派诗人。庆幸的是，还没有出现“活塞运动”之类的字眼。

魏处长为着他的白发和驼背，留了相当的情面，没有像呵斥新来的自高自大的小青年那样呵斥老张，只是问了一大串老张自己更不能回答的问题，铺排了令机关在职人员全体义愤的不良后果。老张的背显得更驼了，驼得使他露出了小孩受大人严厉斥责时的胆怯神色。

他觉得剩下的路忽然变得更长了，充满了不幸。

胡同口。

单家女人。

老张吃一惊，将头抬起。一只白色纸飞机从他头上滑落下来，划着嘲笑的弧线，落在跟前。

胡同口惊人的一声大笑。单家女人双手插进衣服，抚弄肚皮，笑得不成样子。并非温柔的手，在衣内抽动，不小心挣破衣扣，袒出松瘪瘪的丑陋的两只老奶袋，而奶袋的主人并不知觉，照旧任其摇摆，盯紧瘦高的驼背老张狂笑。

顿时，胡同口挤满了人。大家一起涌向前打听笑故。前面的人也并非了然，后面的人因前面的人并非了然，而愈觉怪闻天大。

那老张惶惶而逃，偏偏脚下磕绊，一下子跌倒在地。瘪的手提包从手中甩出，落在纸飞机旁边。

众人放声大笑起来。熟人们和生人们共同成了姐妹兄弟，如此会心融洽，无间无碍。单家女人早已笑憋了气，没了笑声，脸上只森然地做出笑的模式。

老张奋力站起，青年人似的敏捷，去捡手提包。猛见一个孩子也吃吃吃地笑，张开着缺齿的嘴，天真，自在，舒畅。

将是狼狈万状，也该搜罗出心底零散的勇气，做一个凛然的模样，威仪地走出笑声。老张自然懂得个中的道理，奋力摆正长长的脊梁，行于笑声和阳光交织的大幕中，从容地踱向自家的小院。

人群并未散开，紧拢向石板上的单家女人，会心地记忆方才那一折趣剧，关切地注视趣剧的尾声。石板本不是洁净之地，斜斜地插入土中一端。因其褐棕的色彩，纵使明亮也不觉光芒闪耀。况且风化的故事已使那石板极尽苍老，皱纹似的，爬出许多裂缝，嵌着些许的苔，很是别致。

老张的愈行愈远，使那人群在日光下的投影重叠地落在单家女人的脚边。

老张的奋力短促得可怜，匆忙的几步又忙出了几声咳嗽，让人惊骇。那些孩子又都是顽皮淘气，便一起如羊群般地跟在后面，连嚷带叫。老张怒转过面，冷峻固然慑人，慑人便使人却步，而冷峻者便正气冲天，群小不得玩猥。偏偏一架眼镜隐蔽了那冷峻的力量，日光的照射，又使它茫然无定。嘴因长年不多话，便木然地很，因此不能臂助那眼睛，也做不出一段恫吓和刻毒，所以孩子们不能达其意而退缩，照旧天真烂漫地嬉笑追逐，一直到栅门将他们挡在门外。

对于不是老张的人，这人生大可永世赞美。老张适才发觉人生充满笑声，也朦胧有一节没有笑声的平静日子，但与这充满笑声的一节比起来，太不足道了。

老张想起纸飞机和孩子，进门便哈哈大笑。他看见四壁几幅丰腴柳体的条幅，只忙忙地掠过，不加沉醉的凝望。他停住笑。想，应该办的第一件事，是检查窗子关得是否牢固。他双手扣住拴，摇动几下，知道没有被风吹开的危险，放了心，便躺倒了。

笑仍回旋在整个世界，从每个角落向老张昂奋地播送。他记得胡同口的人生，即使窗子牢牢地关着，病卧的他也能将那胡同口的演剧看得清楚。时时也有笑的小童，手持一把把五光十色的小旗，在窗户上摇动，夜间也能看到。

卧床后，眼镜已经摘下去。眼窝变成两口深深的井，枯骨的脸直直地向着天上。他什么也不知道，连魏处长的探望也不受宠若惊，耳边的话听不见似的，极像是傲慢。所有的人都诚心对待他，用尽宽容的情意，安慰他，幻想引出他的一丝感激。

老张竟不顾众人的留恋，仍急剧地瘦下去，渐渐地也不再沉默，大咳起来。脸上敷衍的一些铅黄色的皮，被咳嗽牵动着，如抖一片枯叶。

他被送进了医院。

从这个房间，到那个房间，被人推送着，从来不怒形于色，不怨天尤人，像他以往的为人。

医生们可怜这枯瘦如柴的人经受不住再次的颠簸，便想使他免去这份荼毒。亲人们全部来了，站在病床两侧。

老张的咳嗽时断时续，到了后来，就很微弱，眼睛已经闭上了。大家以为他再也不能说话了。

突然，老张大睁开深陷的双眼，把头侧过，盯住人群中的单家女人，痴迷地问：

“不是笑我吧？”

她来看望老张了，脸上带着慈悲的神情。听了老张微弱的问话，也不知为什么，便点了一点头，流露出温和的笑。

老张的目光闪动了一下，摆正了头，放了心，溘然长逝了。脸上微笑着。

单家女人无尽地悲痛。只因这最后的一句话，竟然向着自己。长谈与否，也并不记得，但是几十年瘦的身影和坟包似的背，宛如在眼前。这段情谊，应有段没有了结的情债，于是，老女人连哭都哭不出。

老张的遗孀为他解去身上的旧衣，露出墓穴似的胸脯。这里面永远埋葬了生命的洁白素雅的宁静，灰色的六神无主，对于人生的骚动如汤，和安详若冰的记忆。那像解脱了，剩下的恐怕是连他的亲人都无法理解的，一个永远的谜和微笑。

至于老张为何方人氏，在他的悼词中根本没有提及，很可能忽略了。死者的家属也并未留意，死了便是死了，活着的还要活下去。但据单家女人回忆，老张一家十有八九是战乱时逃难到这个城市的。因为没有考查的必要，又加上那战乱的事太古了，以及人们愉快的心情，便没人劳着欢跳的心去追究。就是说他曾是清华园的学生，也没有必要。所有关于老张的一切，至此便作罢了。城市里只少了一个棋子，无关大局。

银杏树的颂歌

画家肖杰那些年住在省文联宿舍，是六楼的一套宽绰的房间。

房间上面，就是城市独特的灰蓝色天空。

他住进这套房子的两个星期之后，就有一个衣着邋遢的瘦削的年轻男人住了进来。

这个青年平时很少露面，他在过着一种悄无声息的生活。每隔一段时间，就会突然从肖杰家里消失，又会突然出现在肖杰的门前。

他一如既往地穿着一件破旧的夹克衫，留着长长的头发，脸是衰弱的灰白色，背后的大画板折去了一个角，画板背带磨损得几乎要断。

当时肖杰在美术界名声日噪。每次画展结束后，他就会增加一批狂热的崇拜者。

那些画迷毫无规律地登门造访，一天比一天热切地盼望看到他的新作。

肖杰跟他的房客，在很多地方截然不同。他的衣着整洁，态度和蔼。他能够跟每一个人建立比较融洽的关系。他征求了关怀他的人的意见，每个星期三和星期六的晚上，在家里会客，美术爱好者们和那些已经成名的画家，就可以在一个舒畅的热烈的氛围里，谈论艺术和人生。所有参加者都认为这里是省城最真实的艺术沙龙。

美术界里却有人对肖杰逐渐地忧虑起来，因为近期他的作品差不多出现在了街头书摊的各种杂志封面上。

人们担心汹涌的时尚，会毁掉他的才华。他的邻居，一个自称跟美术全不相干的小说家，在每个月的两三个晚上，都会看到一位秃顶男人拎着公文包去敲他的门。

这个人就是一家使人担忧的庸俗期刊的编辑。他从肖杰手里拿去画稿，不久它就会赫然出现在某期的刊物封面上。

事业上，肖杰是个成功的人。

人们对于成功者的关注，已经不限于他的作品。他的生活本身，也很快成为人们注意的目标。人们不光需要了解他自己，也希望了解跟他发生密切联系的人。

在他家里，客人们从来没有看到过他的妻子，即使是他的邻居也从未见过她。

他们没有举行婚礼。毫无疑问，他不是在跟妻子一块生活。他好像是一个感情生活很不如意的人。对于那个把自己关在一个房间里的古怪房客，人们也仅仅知道他是肖杰在美术学院的同学。他厌恶任何人干涉他，而且肖杰也在避免惊动他。如果他在家的话，人们从没看见过他走出那扇紧闭的门。那是一个默默无闻的人，也肯定是一个性格孤僻的人。美术界没有他的一点名声。人们不理解肖杰为什么那样小心地对待他。

至于肖杰的钱，大家一致认为他花在了一个女人身上。他们知道他跟她有来往，却不清楚这个女人就是他的妻子。

的确，肖杰一个月至少有一次要去见她。她曾经是美术学院的人体模特，也是一个美貌且任性的女人，当年因为去美术学院的事情跟在社会上地位颇高的父母闹僵，现在一家人已经和好如初，表面上把以前的不快给忘掉了。她的父母仅仅知道她跟肖杰保持着联系，这时候却宽宏大量，极力体谅着女儿的感情，没有去干涉她。但是他们还不知道女儿已经跟肖杰结了婚。

肖杰跟他的女朋友很少去咖啡厅和音乐茶座。他们在大街上不停地走。他不住地感激地看着她，就像打量一幅名作，并且掩饰不住内心的爱慕。这个让他不住心悸的女人，神态端庄宁静。看得出来，她也是很尊重这个男人的。她从未故意用自己的美色挑逗他。但是有时候肖杰会疯疯癫癫地说傻话，甚至会莫名其妙地哭泣，软弱得像个孩子。

“跟我住在一起吧，梦冉。”他不止一次地在难以自制的情况下这样说，“我想你呀。”

梦冉觉得腿像软了一样。她用明显地有些衰老的明亮而凄然的眼睛盯着他，几乎想扑到他身上，扶住他的长着修长手臂的宽肩膀。

“你说过你是不结婚的……”她嘴唇哆嗦着说道。她没有能够掩饰住内心的痛苦。她心里有种难言的苦衷。“……我们没有真正结婚。”

肖杰又莫名其妙地笑了，喉头像是被什么梗着。他抬头凝望着永恒的星光四射的夜空，向一侧跨了一步。

“我忘啦。”他低声说。

在他脑子里，有许多飘飞着的神秘莫测的东西，一片一片的，他根本想不出那是什么。

“让我去见见天唯吧——见一面就行。”梦冉也多次提出过这样的请求。她希望得到肖杰的允许。

肖杰没有答应过她。他必须首先征求他的房客的意见。每当他想擅自把她叫到自己身边来的时候，他都感到一种羞愧，并把自己诅咒为一个讨厌的自私鬼。

肖杰见到梦冉时总是有点伤心，他也替梦冉感到伤心。他很理解梦冉对天唯的痴情。

肖杰第一次把梦冉要求来家里的事情，告诉给天唯时，天唯发了那么大的火。

他把颜料盒摔在墙上，五颜六色的颜料溅出来，染了一大片。

天唯的火气，还没有消减下去。他浑身激动得乱颤，在地上走来走去，并声称将要跟肖杰分手了，因为肖杰是个“十恶不赦的坏蛋”。天唯嘴里发出呜呜的怪声，像只痛苦的野兽。那一段时间，他经常无缘无故地发脾气，大声骂人。

肖杰真的害怕了，他没有能够说出悔过的话来宽抚天唯，从他的眼睛里流露出真诚的光来，不停地可怜巴巴地用脚踢着地面。

天唯后来渐渐平息了怒气，走了一阵，忽然停住不动了，像一尊石像一样凝视着前方，思绪跑远了。

他经常这样站着出神。

等他回过头来，看见肖杰还站在那里没走，才仿佛醒悟过来，很虚弱地向他一笑。他显然忘记了刚才自己是怎样的出言不逊，像个疯子一样对待自己真诚的朋友，而且他还真有点不明白，肖杰为什么那个样子，在自己面前像个小偷一样站着。他觉得肖杰的样子有点滑稽。

肖杰见他气平了，自己也就高兴了，恢复了常态，从天唯的房间回到自己的工作室。

不过从那以后，他再也没有在天唯的面前，提过梦冉的名字。他不敢再去冒险。性情乖戾的天唯，什么事都会做出来，肖杰将有可能失去他，而且他也会永不原谅他——这还不算重要，关键的是他一气之下愤而出走，再不回来，但是他能到哪里去呢？他没有自己的家。他没有自己的钱。他谁也不认识，而且他还嗜画如命。他在住进肖杰家之前总在外面流浪，一贫如洗，因为生活对于他除了画之外再没有什么了——而且这从未给他带来过什么好处。他一点生活的能力也没有，又不会做别的工作。肖杰经常发现，给他送进去的饭菜总是原样不动地放在案头。他工作起来，一连十几个钟头不吃饭也不睡觉，只有当肖杰去提醒他的时候，他才可能想起自己是活着的，但是一旦扰乱了他的精神的专注，他还会很不满意，对提醒他的人大发雷霆。他不停地画呀，把自己的身体糟蹋得不成样子了。

肖杰忍受着他的怒火，没有一点怨言。他在这种人手中发现了乐趣，和对自身的肯定。

“我这是自找苦吃。”他如果想到这个就会非常憎恨自己，仿佛自己堕落了，是个不可救药的人。

不过，他怎么能答应梦冉去见天唯呢？假如天唯知道他跟梦冉结了婚，并且由此得到了这一套住房，他会把他撕碎的。他会像一个真正受骗的骄傲的人一样来仇恨他，他会永远离开他。但是假如肖杰不结婚，他是没有资格住进这样宽绰的住房里的。因此，肖杰必须继续欺骗这个不明真相的人。即使自己受些委屈，那又有什么？肖杰明白自己说的让梦冉跟自己住在一起，是不可能的。他早已矢志不结婚，除非……除非梦冉爱的是他！他没忘记登记结婚前的允诺，她成了他名义上的妻子。

肖杰也不知道维持这种状况还要多久。他隐隐埋怨天唯心胸那样狭窄。

天唯至今还不能原谅梦冉。但是肖杰对梦冉的深藏的感情也更强烈了。他连做梦都在想着她，他那么强烈地感到他需要她，她的绰约的身姿，被浓密的发鬈压着的颈项，时常慵懒的眼神（她是最近才变成这样的），这一切总是围着他转，使他抵抗不住内心的冲动。不可否认，梦冉对他有很大的诱惑。

天唯又突然离开了。

肖杰不知道天唯去什么地方了，天唯离开时一向连个招呼也不打。

肖杰去北京美术馆举办了一次个人画展，在他归来后发现天唯还没有回家。梦冉充满魅力的影子又开始在他独自一人的时候折磨他。他想他不是已经跟梦冉结过婚了吗？……天唯，这对他难道有什么妨害吗？他觉得一些想法又扎心又甜蜜。

他对梦冉说："你过来吧。"

他一整天都在家里等待梦冉，忽而激动异常，忽而像沉入温柔的平静的水里，神思悠然。

晚上，梦冉来了。

这时正是初春的天气，街上乍暖还寒，历来早发的柳枝连金眼也还未鼓出来。

梦冉从外面带来的寒气一进门就消失了，女性的动人光辉从她全身崭新地洋溢出来，清爽沉静而略带妖冶淫荡的美依旧如那远去的往日。她的神情微含忧伤，嘴角处有一丝隐约的笑纹在颤抖着。她梳的还是几年前她在美术学院时妩媚的发型。她一进来眼睛就在房间里熠熠闪亮，热烈地四处扫来扫去。她也许是冷得发抖，就像一块外形优美的晶莹的冰，正逐渐走进季节可爱的温热里。她激动地连连问道：

“天唯呢？他在哪儿？”

肖杰看着她的迫不及待的令人动心的样子，自己几乎流出泪来。梦冉本来一直明白天唯还在恨着她，她要重新以她当年让天唯为之倾倒的形象，使两人之间存在很久的隔阂雪释冰消。

肖杰打开天唯的房间。梦冉一下子就跳进去，好像惊鸟飞入它久别的窠里。但是她只看见房内凌乱的一切，打破的杯子，涂得很脏的墙壁，地上沾满颜料的皱巴巴的纸张。

她忽然哭了起来，哆嗦着弯下腰去。她的身体扭曲得那样厉害，肖杰在她后面第一次觉得她挺难看。也不知是不是因为灯光使她的头发落下了阴影，她的脖颈后的肤色在肖杰看来是冷森森的，带着可恶的绿意。那里有一条长长的肌肉，在皮肤下面随着她的抽泣，而像一根纤在拉动，它的形状也不那么柔和圆润。

肖杰害怕地闭上眼睛。这就是当年曾让整个校园疯魔的那个美貌女人。就是因为她，因为她，倒霉的天唯在画她的裸像时失去了理智。那一次错误的行为把他彻底毁了。梦冉在当时的年龄并不清楚自己爱他，她受到了他的粗暴的伤害，便像傻瓜一样哭啼。天唯因此受到学校的严厉处分，被开除了。世界上除了他自己他什么也没有。但是他似乎还很冷静，他在跟肖杰分手时无比沉痛地说：

“我真给她毁了！”

他已经意识到将来的困境。肖杰在那个时候真为她悲哀和惋惜。他知道有时候天唯非常糊涂，只要他的狂热劲儿一上来，就会做出令人惊奇的事来，他早已在美术学院得到一个疯子的绰号。如果那些搞艺术的人习惯把疯疯癫癫当做时髦的话，像天唯的这种疯劲却是没有谁敢恭维。

肖杰为天唯伤心，又为他感到几分欣慰，因为他还能明白自己的处境。肖杰知道他不愿再回到他山东农村的家里。那里有他的爷爷、父亲、母亲和两个兄弟。他考入美术学院后的三年之中只回过一次家。在这期间同学们没少接济过他。但他没有感激过任何一个人。

梦冉还在哭，她是真心悔罪。她对天唯怀着一种难以分清的痴情。

肖杰忽然觉得自己想杀死她。他甚至想到她转过脸来之后会变成一个可怕的丑陋的巫婆。他必须立刻行动，乘她哭着的时候干掉她！他不能相信这个曾使天唯发狂的，也使自己不由想念的女人，会是那种丑陋的样子。如果她转过脸来那就晚了，那肯定是一个哭笑无常满是泪痕的丑脸。

肖杰的膝盖发抖。他猛然想起当年天唯理智清醒时的那句话——“我真给她毁了。”他觉得自己的胸膛里哔哔卜卜地响着，像有什么东西裂开了。

他又向梦冉看了一眼，急忙走开了。

在自己的工作室里，肖杰脸色苍白。他努力盯着眼前的一幅即将完成的油画：一个青年女子架着拿书的手。在那女青年的脸上有种愚蠢的幸福的自满的神气，但是她的样子又是那样美，而且在他的笔下，这种美被无限地夸张了，达到那种使人人颔首的地步。当他以后把这幅肖像送到美术馆展厅的时候，经过的人都会说：

“这一个求知的女孩子真好看！”

他的将用金粉写下的名字就在那画的右下角，像每一个艺术家一样将名字写得龙飞凤舞。

肖杰觉得自己的脸色一定很蠢，有一种情绪非悲非喜不苦不甜地完全笼罩住他。他木着脸，口也不由得张开着。

梦冉走过来的时候，他鼻孔里还流出一点清涕。他擦了擦，把视线移到梦冉身上。她又是那样美丽了，宣泄过一阵哀伤之后精神显得很轻松。

“我这样做挺没意思啦。”她开口说，“我这一次还以为他原谅了我。我知道那一件事使他仍然对我耿耿于怀。可是我该想个办法了。我以后怎么办？”

肖杰突然发现梦冉的嘴唇一点特色也没有。他觉得颓伤。

“是要想个办法。”他随意低声说了一句，好像没在听她讲话。

“我不能再到这儿来啦。”梦冉说。她的眼角下闪着一点光芒，那是灯光照在了细细的一片皱纹上。

肖杰若有所失地瞥了她一眼，没吭声。过了一会儿，他说：

“你不是我的妻子吗？——这又怎么说呢？”

梦冉低头想了一想，忽然微笑着说：“我们结婚的目的已经达到了，你弄到了住房，没人再从你手里夺回去。天唯也有了落脚的地方，可是，我还活呀，还要嫁人。”她说出这些话。

肖杰心中作痛。他不想跟梦冉继续谈这个话题。可是——他不是曾经，或者一直在想念她吗？他不是为了得到她，占有她，才让她来的吗？

肖杰犹豫起来，他判断不清自己是否在担心失去她，是否当梦冉一旦离他而去之后他会感到痛惜。她已经不是当年在美术学院的人人为之倾倒的人体模特了吗？她改变了吗？

肖杰内心分外苦恼，梦冉一眼就看出来了。她非常平静地对他说：

“在我和天唯之间你是不会选择我的。你是个了不起的人，我真心这样认为。我自己是一点不重要的，早就该从你的生活中消失，可是，我没有拿定主意。现在，我认为最好，最好我再去结婚。我想这也不会带给你什么影响，你有才华，有地位，离婚不会妨碍你。”

肖杰激动得难以开口。他还没有认真地解决过人生问题。他和梦冉结婚，那实在是出于一种非常天真的想法，他不是为了得到爱情和家庭，而是为了房子，实际上也是为了天唯。他觉得天唯如果再那样游荡下去很快就会死掉的——他需要帮助他。他结婚了，他达到了那种目的，但是他还没有敢于把梦冉当成他的妻子。他知道在梦冉的心目中，他比天唯的分量轻多了；更重要的，在梦冉一旦明白自己爱着天唯之后，就一天比一天地增强着对天唯的带有忏悔意味的不同寻常的痴情。梦冉之所以答应跟他结婚，那是因为她也明白他们结婚的实质并不是为了建立家庭。她和他仅仅是共同进行了一场对社会的策划。当初她糊里糊涂地听完肖杰的请求之后就答应了，但是一旦事实确定了，他们就很难克服那种结婚的心理，虽然肖杰一直坚守着当初的协定：这仅仅是一场演给社会的戏。这也许是一出荒唐的戏。

现在面临的情况是，梦冉将要从这种特殊的婚姻中解脱出去，也许她并不是甘愿的。

肖杰明白梦冉这样做的理由，她失去了同天唯和好的可能。日子会不断地把一个人的青春消磨尽去，人人都要忍受时间的刻板的公正。但是不管你是精力旺盛还是衰颓，你总要活着，走完一个坚强的人应该走完的生命的历程。如果不是因为她的美丽，她就是社会上普普通通的人；而即使她非常美丽，也是一个普通的人，一个平凡的女人。她必须那样做。她顺从人生的规律去了，而他就将失去她。他也不能丢掉天唯，最好的办法，就是他能在不同的程度上拥有他们两个人。

肖杰在这一刻中发现自己是爱着梦冉的，很深很深地爱着的，即使她并不是十分完美的人——事实上，她比往日老多了。她也有青春暗淡的时候。

肖杰可以再娶另一个女人吗？这个问题的答案是不可能的。

他感到内心慌乱，无意中用胳膊撞落了桌边上的一摞书籍，它们埋住他的脚，他伸手去捡，但是发抖的手没有抓住任何一本书。他想将它们丢掉不管，又突然想掩饰自己激动的样子，就探着身子用手摸索了一阵。他的太阳穴突突直跳，他觉得声音大得把纸震得乱响。他把一本书放在桌角上，直起身来，心情好像平静下来，然后从容地看着梦冉，苦笑了一下。

"你说得对，梦冉。"

他并非由衷地低声说。沉痛又很快覆盖着他的脸，那个样子凄惨极了。他好像浑身发冷，把脸转动一下，像在躲开吹来的不幸的寒风。但是一刻间，他的神色又坚定了。他站起来，说：

"把这个问题丢开吧。我们谁也不要谈它！"

从此以后，肖杰觉得自己跟梦冉的关系冷淡了下来。想起她来，毫不觉得有什么热情的冲动。

他闹不清这是什么原因，甚至很怕再次见到她。

他的客人仍然很多。熟悉的朋友在他的客厅里争吵不休，发表着关于艺术的见解。有时候他忽然觉得自己对所有的人非常陌生。客人的声音在他听来也好像有点刺耳。他不免觉得大家都很无聊，并有些厌恶他们，很想避开。这种心情在以前是从未有过的。他们这些人兴奋得脸通红，而他的心里却凄凉得难受。他是一个很稳重的人，没有在别人面前过多炫耀自己的欲望。他也很讨厌别人来奉承他的作品。

“呸!”他听着别人对他的绘画吹捧不已时，心里暗自说，“人们都是些喳喳叫唤的猴子罢了。”

肖杰忽然感到一束朝他射来的暗示的令人脸红的目光。他有点不自在，又一时没有勇气盯住这束目光，就假装很关注地听别人讲话，借此来回避。

但是忽然有人大声笑起来。肖杰看清这是一家杂志社的美术编辑。他的骨节突出的脸在灯光下发亮，笑得脸上像淋了一层冰渍。其他的人也跟着笑起来，因为有人刚才讲了一个女人的笑话。大家都很开心，气氛比谈论美术时轻松多了。又有几个人讲起美术界的一桩风流韵事。烟味儿和嬉笑声充满了客厅。

肖杰不由得朝一个关着的房间看了一眼。“声音轻点吧。”他心里说。

“不要自讨苦吃吧，伙计们!”一个戴着线帽的人张开牙齿不太整齐的嘴叫道。“让艺术滚它的蛋吧！让哲学也滚它的蛋吧！那都是骗人的东西，我们才不为此卖命哪。伙计们也都活得够累啦!”

他的声音让人总想起静物画里被猫啃过的碟子里的鱼刺。

“人生就是一场游戏哪。”也有人说。

“你们都疯了吗？不提这个好不好？”

“你肯定是个倒霉蛋!”

“我吗？我是个事事如意的人哪，就如肖杰一样。”这是一个眼睛不太对称的人，脸上存有青春期过后落下来的小坑和浅疤。他带着笑，将一只眼挤一挤，像一只小老鼠在眼洞里窜了窜。样子真令人恶心。

肖杰的目光，迅速扫过一个面带倦容的害了白血病的姑娘。她正含笑不语地打量着肖杰，眼里放射出炽热的光来。肖杰没有回应她。

人们散尽后，肖杰的房子里显得空空荡荡的。悬挂在客厅里的一幅风景画，闪着惨淡的光彩，空气里有种刺激性的气味。他扫了客厅一眼，就要向他的工作室走去——这一段时间他什么也干不成——他要在那里休息。在他刚要挪动自己细长的腿时，那个姑娘从一个隐蔽的角落里走出来。由于激动，她的嘴唇被咬得发白。

“肖杰啊……”这个女人轻轻唤了一声，就把两条软绵绵的胳膊搭在肖杰的肩上，头直往他的胸膛上靠。

肖杰一个寒战，目光越过她梳得光光的头发向前方看去。他有点不知所措，身体向后倾斜了一下，就想推开她。

“可怜我吧，肖杰，可怜可怜我吧……”姑娘张开眼睛，直瞧着肖杰的脸。“我是个快死的人啦，没有人能把我的病治好，亲人们都很爱护我，可是……你知道我不会活多长时间，没有人会娶我。”

她的眼睛湿润了，但是没有流下泪来。肖杰感到她衰弱的身体的温暖。他理解地对她笑了笑，使得姑娘有点发狂。她声音颤抖着热烈地说：

“我是喜欢活着哪！肖杰，我从来不懂得开玩笑。这是真的！真的，肖杰！”

说着，她就把微微抽搐着的嘴唇向肖杰的嘴上送去。但是肖杰好像被炭火烫了一下，马上把嘴唇从姑娘脸上拿开。

“马莉……莉呀，这个……”他说，脸涨得通红，不由得很粗暴地把姑娘推开。

姑娘好像被风暴摧折的柔弱的树苗一样，猛地向后倒去，踉踉跄跄地后退几步。她的眼睛里射出像野兽一样的疯狂的绝望的光，令肖杰不寒而栗。她愤恨地望着他，像被深深地侮辱了，洁白的寒冷的牙齿在上唇上方抖动着。

肖杰内心立刻涌起愧疚的怜悯的情绪，并想对她解释，但一时说不出话来。姑娘猛地站直了身体，发疯地朝门口跑去，如同被猎狗追赶着的一只可怜的野兔。

肖杰脑袋有点晕。

他过了很长时间才把洞开的门关上。刚才发生的一幕，像撕碎的白纸片一样在脑子里飞旋。

房子里还剩下什么呢？……他感到非常可怕。孤寂使他恐慌。他为什么要拒绝那个渴望得到人生幸福的即将死去的姑娘？本来是一个非常惬意的夜晚，他们可以过得黑天暗地，昏昏迷迷，他可以使她感到人生的美好，生的乐趣，而他自己……也可以借此减轻内心的困躁，但最重要的是他可以创造出一个女人生命中最辉煌的时刻。他能够得到一个患了绝症的女人最诚挚的感激。为什么他不能那样做呢？他是软弱的吗？最胆怯的吗？……晚啦，不要去想它吧。

肖杰快步向一个闭紧了的房门走去。

但是他在门前忽然害怕起来，血一个劲儿地向脑门上冲，伸出去的敲门的手沉重地垂下了。

"我不能打搅他……"他低着头想，"天唯的脾气肯定越来越坏了——这样说我绝没有责备的意思——我只是想说，他会因为我占用了他的工作时间就很不高兴。他总在画，画……他画个不停，但是美术界，整个社会，没人知道他的名字。他的画没参加过一次画展，没卖过一分钱。"

肖杰隐隐感到不平。门内静悄悄的。

"可是别人却把我当成一个艺术家，当成什么画家！那只是他们没有见过真正的艺术家！"他想，眼里畏葸的光渐渐缩小下去。"他的画不合时尚，这是真的，他也不肯拿给别人看，但是，那是真正的艺术品！他为之呕出一颗心来，他是像李贺一样伟大的一个画家，呸！李贺真不能跟他比，他的画会叫人恨得一把投到火里去，也会叫人爱得用一层层的绸子啊绢啊包起来，像捧着自己的心。"

肖杰的血流平静了，仿佛泛滥的河水又回到了坚固的河道里。

"我真是不配做天唯的朋友……我是什么人？"他心里说，脸上露出自惭的神色。"我是个小丑……跟世人一样。可是，我真是希望天唯会放下他的工作跟我谈上一回心，跟我说说话。他总像把我忘记了，他根本不知道我的存在……我需要把我的感情泄露给他，我只能找一个像他那样的朋友——他根本不把我当成一回事！天哪，他即使能跟我心平气和地谈上一个小时，嗯，一刻钟！我也会感到非常满足哩。”

他眼前的闭紧的门在这一时间变成了一个遥不可及的光辉灿烂的天门。他心情暗淡地向它看了最后一眼，就向自己的工作室依恋不舍地慢慢走去。

他忽然觉得背后有脚步声跟着他，便猛然惊喜地回过头。

肖杰这时候明白在这个世界上跟他最接近的还有另一个人，那就是梦冉。刚才她的影子在他眼前一闪就消失了。他之所以拒绝那个患坏血病的姑娘，就是因为梦冉在他内心一直存在着，只不过有时候她潜处在他内心的角落使他不易发现而已。

他内心有股强大的力量在撞击着，寻求着爆破出来的缺口。

第二天，肖杰就去她的家里寻找她。

梦冉的父母很客气地接待了他。他们的客气使肖杰刚一来就起了疑心。他没有从他们家里看到梦冉就想离开，但是梦冉的父亲——一个让人尊重的六十多岁的男人留住了他，他不知出于何种原因竟然留了下来。

“您是一个品行高尚的青年画家。”这男人态度和悦而郑重地对他说，“而且也是一个坚定的独身主义者——人各有志嘛。我一直很敬重您，可是，现在，我作为梦冉的父亲有必要替她转告您，她必须准备跟别人结婚了。她这样任性地荒唐了很多年了。”

肖杰好像一下子跳进了冷水里，他没有能够挣扎就一直向深水处沉去。他觉得水流在冲击着他，从他的耳朵旁、肩膀上流过去。他这样呆了许久，就猛然将发红的眼睛转向旁边这个叹息着的父亲。他想告诉他，他的女儿骗了他，他们已经结婚了！

但是肖杰的耳中听到一种声音，梦冉的母亲小心地端着咖啡走了进来。他瞥见她恭恭敬敬的带着哀求的脸色，他的心肠又软了下来，于是他站起来，强作微笑地对着梦冉的父亲说：

“……我明白，我懂。”

他不记得怎样从梦冉家里走出来，他只一个劲儿地仇视地想着梦冉。一万个念头纷沓而来，纠缠着他。他不知道自己的脸色有多么难看。他既愤怒又哀伤。“这是怎么一回事啊！”他想。

肖杰什么也没有心思做。

一天晚上，那家庸俗刊物的秃顶编辑老鲁，又来向他索取画稿。这家伙身上带着浓浓的香水味，不知是自己洒上的还是从女人那里带来的。他根本没有发现肖杰的心绪不佳，喋喋不休地说着闲话，像个长舌妇一样地聒噪着，炫耀着自己的社会活动能力。肖杰心底非常厌恶他那像肿起来的晶亮的额头，不吭声地按照他的意图在画稿上描绘着一个几乎全裸的淫荡女人。他怀着恶意盯着这幅画稿，把她画得既美丽又愚蠢，在她的眼里显着丑恶的神气。

他忽然听不到秃顶老鲁的声音了。那讨厌的家伙不知什么时候离开了他。他顿时满腔怒火，将画笔往画稿上一戳，跳了起来，向天唯的房间奔去。

老鲁刚要从天唯的房间出来，迎面碰上气冲冲的肖杰。肖杰一把将他拉过来，将门关上，然后瞪着燃烧着怒火的眼盯着老鲁，腮帮子一鼓一鼓的：

“你他妈的浑蛋想干什么！”

老鲁被他的样子吓糊涂了。这个一向温和的人竟变成这个样子，好像领地受到侵犯的兽王。他离肖杰远一点，低声说：“精神错乱。”他以为肖杰不会听见，但是肖杰听得很清楚。肖杰向他挥起了拳头，叫道：

“你他妈是个浑蛋！”

老鲁历来不是胆小服输的人，被肖杰一再辱骂也有点发火。他回了一句：“你才他妈的哩。”

肖杰的拳头就抡过去，在他脸上留下一个红印。老鲁没提防，险些被摔到墙上。客厅里的人听到动静就赶过来，把将要还击的老鲁拦住，也挡住了肖杰。

“怎么啦！怎么啦！”人们乱问。

老鲁羞恼地用胖胖的手掌搓着脸，说："你真不识好歹！几张女人大腿挣了我多少钱！"

肖杰眼里冒火，挣开人们，返回自己的工作室。人们以为他要拿什么东西来跟老鲁打架，便一起劝老鲁走开。老鲁是在人家家里，心里不由得怯了，转身向门口走。

肖杰拿着画稿边撕边走过来，将撕碎的画稿往他背后一摔，然后就难听地笑起来，追在门口，望着向楼梯走下去的狼狈不堪的老鲁说：

"滚你的钱吧！我才不稀罕钱哪！滚你的吧，秃驴！"

也有几个人打听清楚肖杰跟老鲁闹翻的原因。大家看出来肖杰身上的变化，他有点让人不可接近了。他变得恍恍惚惚的。

肖杰没有向任何人诉说过自己的苦恼。后来有人替他的粗暴行为感到惋惜，劝他跟那编辑和好，但也有人说肖杰跟这种人决裂是可贵的行为。过了不久，肖杰又听到那家刊物被查封的消息，他并不关心这个。他不再需要拿画换钱了，他什么也不干，虽然他并没有太多的积蓄——只有他一个人知道，他的收入用到哪里去了。

肖杰常常站在窗前，长时凝望着文联宿舍院内的那株古老而美丽的银杏树。它的扇形的优美的叶片在阳光里，好像是跳动的绿色的波浪。现在是五月了。城市浸泡在一片片的绿影里，天空明净得像一大块蓝水晶。太阳就在蓝色水晶里放射着多彩的光芒。在城市里飘荡着暖融融的气息，仿佛是从神秘的生活本身蒸发出来的。

肖杰决定离开城市。他没有收拾就行装简单地乘车到火车站去了。

火车站广场上，一幅匆忙的景象。在每个人心里都有个明确的目标，但是一旦他们汇合在一起就显得混乱一片了。人群像浑浊不堪的水流一样，回旋着流动。火车站广场好像一幅调坏了色的画面。人们拥挤着拼命追逐公共汽车，小汽车和自行车巧妙地在来不及躲闪的人群里乱窜，还有行迹神秘的人站着进行交易，打着手势大声说话。

只有肖杰一个人心中茫然不定。一个小贩缠着他买了一本全国列车时刻表。他终于拿定主意向售票厅走去。

他的肩膀猛然战栗起来。全身的神经都被什么手指扯直了。他听到有人在叫他。

肖杰又一次感到了那声音是怎样熟悉和动人。他却没有飞快地转身，而是很慢很慢地回过头去。

一个全身焕然一新的女人从一辆公爵车里跳下了，她在行人中间不顾一切地磕磕绊绊地冲向他。她来到他跟前，他看着她热切激动美丽的脸蛋发傻地笑起来，露出白色的牙齿。

“我又看见你啦，肖杰!”梦冉欢喜地叫着，“……我多么想你们呀！瞧你真瘦!”

她流着眼泪。“你不知道我是多么难过……难过极啦！……唔，你们都好吗？你真瘦，你想到哪儿去？你来接朋友吗？肖杰，真没想到……”她语无伦次地说着，“真没想到在这儿碰见你!”

肖杰双手紧紧抓住手提箱的把手，没有说话，只傻乎乎地望着梦冉笑。

这时，一个风度翩翩的男人走过来，连看也没看肖杰一眼就把梦冉拉到一边。

“我们走吧……”他在哀求她。嘴里又嘟哝着：“真倒霉!”

梦冉的眼睛还在盯着肖杰。她推开那个男人，说：

“放开我！放开我，杨启威。我已经告诉过你，我跟这个男人结过婚了。”

那男人愣了一会儿，就向停在广场中央的公爵走去了，连头也没有回。

梦冉挽住傻笑不语的肖杰，把头紧贴在他的肩膀上，浑身光彩四射。她依恋的样子引得不少人对他们看。

他们回到家里，肖杰手里的手提箱就“咣”地落在地上。

梦冉的眼睛又在房间里寻找。

“柳梦冉……我的亲梦冉哪……”肖杰第一次深情而哀痛地开口喃喃叫道。

梦冉一出现，他对她的那些不坚决的仇视就完全灰飞烟灭了。

“你回来啦……”

梦冉又把迷人的热情的目光放在了他身上，听他对自己说：

“有一部小说……是这样，高尔斯华绥……梦冉，你知道吗？一个人会饿死……得那种病。高尔斯华绥，他的小说中只顾工作的鞋匠就是饿死的……”

肖杰艰难地断断续续地说完这些话，哽塞的喉咙把他的脸憋得发白而扭曲了。梦冉又疑惑又害怕。

“你说什么呀，肖杰！”她轻轻地打着哆嗦。“我一点也不明白……”

肖杰想抬起自己垂下的胳膊，但是那两条胳膊重若千钧，都快要把他的身体压垮了。

“我心里真苦哇……”他还在低声不住地说，又将呆滞的目光转向他的工作室。

梦冉看出了一点名堂来，她慌慌张张地向他的工作室走去。

房间里出奇地寂静。忽然从肖杰工作室里爆发了一声扯裂人心的号啕痛哭。很快，满面泪水的梦冉像个哀伤到极点的农妇一样哭叫着飞奔出来。在她的乱颤的手里握着一封信。他一下子明白了怎么回事，哀痛使她在肖杰面前支持不住。她扑倒在他的脚下。

“是我害了他一生呀，肖杰，是我……我是多么后悔呀。”她剧烈地抖动着肩膀把信捂在脸上，泪水把纸打湿了。“他就这样死了……他会饿死吗？是真的吗，是吗？他把自己的身体给糟蹋了……这都是因为我呀……假如他不被开除……当初我为什么那么骄傲，觉得委屈，那就一下子毁掉了他的前程！肖杰呀，肖杰呀，他到死也不会原谅我……”

这个女人把积聚多年的感情哭诉出来。她的脑子很快就昏昏沉沉的，哭声不免变得粗哑了。

在她似乎清醒过来的时候，她竟不知道自己手里攥的揉皱的纸团是什么东西了。她好像一时没弄明白自己是在什么地方。她的模模糊糊的眼睛在地上慢慢地扫来扫去。肖杰的脚还在那里没动弹，她又觉得一阵沉痛涌上来，就猛地抱住肖杰的腿，抬起脸，凄伤地看着肖杰。

肖杰的神情像个傻瓜一样，一张脸板着，呆滞冷漠。

这是世界留给梦冉的最亲近的朋友了。她看到他那个古怪的样子就好像暂时忘记了自己心灵的哀伤。她摇晃着他。

“你怎么啦……肖杰?”她带着哭声惊慌地问。

肖杰的目光猛垂下来，好像苹果树上的硕果拖着一道光影坠落一样。他的脸歪得很难看，好像呼吸也没有了。

“你哭出来吧，肖杰！你快哭出来吧！”女人害怕地说着。“你是憋得难受呀。”

她努力让自己的腿撑起身体，托住肖杰的胳膊，扶着他瘦瘦的身躯。她用含着泪光的眼睛导引着肖杰郁积着的感情。

“我知道你心里难受，你失去了世界上最好的一个朋友。”梦冉说，泪水又要流下来，但她在他面前忍住了。

肖杰马上浑身瑟瑟抖起来。从他的胸膛里产生了一声坚硬的痛哭，冲破着阻碍，向堵塞的喉咙慢慢升上去，但是在他的口里忽然又变了样子。他低低地又哭又笑，紧紧搂住脸上泪光闪烁的梦冉。

“我真高兴啊，梦冉……真是这个样子!”他用苦涩的声音哀哀地说，“他在临终时还能想到我。他想到我了。如果那时候他会有力气写信，他一定会亲自写给我的。我的朋友，我的好人儿啊！你不知道当我看到那封信时我真没来得及悲痛。我觉得他没死，他就在我家里。可是，我总想对别人说说……你离开我了，我找不到这样一个可以听我诉说的人。过去三个月了，我一直想找到这个人呀。我真不知道怎么活过来的……梦冉。”

那女人听了这些话又后悔得流泪。肖杰用力捏住她的肩膀，摇晃她。

“我早就想他不会活多长时间了。他总是一天天不吃饭……这怎么能行呢？可是，谁也不能说他，他就是这样一个人。他不像是活在我们这个世界上。他在另一个更自由更辽阔的宇宙里生活。他快要发疯了，梦冉，我们两个谁也得不到他。我算什么画家！我什么都不是！我们都不配做他的朋友。他的感情比风暴来得还要猛烈，我们不能靠近他。他忘了活着，他把钱乱丢，他的画画好了就毁掉。我怎么能相信他会死掉呢？他不是像我们一样平常的人。”

肖杰不停地说着，泪水湿了整个脸，闪闪发亮。

“梦冉呀……我是多么高兴啊，他临死前还想到了我。”肖杰的神色又快活又悲痛。“他知道自己快不行了，竟然还能决定回到故乡，回到整天为他担忧的父母跟前去，死在他出生的那片土地上了。”

肖杰不知道自己在说些什么，但是他的眼睛隔着窗户，又看到了文联宿舍院内那株美丽的银杏树。他想，不知道在那遥远的土地上面，是否也挺立着一株华美的银杏树。

银杏树上面，是那雄伟壮丽的天空。在那里，有辉煌的永存的颂歌向四方传扬着，响彻不朽的大地。

房间里，柳梦冉和画家肖杰很快各自擦干了泪水……

玫瑰幻想

花匠老楚和他的老伴，住在芦湖上。芦湖面积不大，靠近西岸的地方，密密地长了许多青芦，而水也清清一色，令人以之为快，所以便成了小城一大佳景之区，美名曰“芦湖”。一条长长的土堤，通往楚师傅家漆成蓝色的小院门，途中一座拱桥，堤上杨柳依依，每逢春光大好之际，便有黄莺穿梭绿柳烟幕，很得苏堤春晓之韵。楚家编竹为篱，木槿牵牛在竹篱上攀缘，诸花开放之时，如一锦堵环绕。院中只一所红房，其余开辟为园地和花窖。四时花开不败，八节当春，璀璨的一大片花瓣似的，在湖水中漂浮着。

楚师傅的老伴姓耿。老耿眉目慈蔼，与人为善，也有称她为耿大娘的，然而熟识的人便直呼老耿。她在大市场南端桥头一个瓦棚里，守着一个花摊，里面排着三层红砖的长架子，一些破烂的瓦盆堆在角落，其余地方便干干净净。每每收摊还家，老耿将花盆装上排车拉着，棚内便冷清清，时而有几片红黄的花瓣散落在地，凄艳异常，如傍晚落日遗下的几片霞彩。人们都知道老耿的花好，也全部以为是老耿亲手养出来的。

因了花朵的芳馥与老耿的亲善，她的生意很热闹，很多人即便不买花也爱往她的花摊边站一站，停留一下，说几句闲话。这些人在花摊边转来转去，一面夸，一面“绿萼”呀，“朱砂”呀，“铁骨”呀什么地说着，以显示自己的渊博；更有老迂腐见到迎春花便摇头晃脑地“纤秾娇小，也解争春早”或“浅艳侔莺羽”地念一通，陶醉似的伊兮伊兮一番。

老耿明白这些人并不为买花而来，所以也不去和他们啰嗦，只是用眼角斜窥着，看是不是红糟的鼻头蹭到了艳泽的花蕊，或是伸出手去将朵儿怜爱地摆上几摆。谢天谢地，并没有。只有十七八岁的学生，一群一群地走过，嘴里讲着些奇怪的话，兴之所至，拢来就要动手。老耿急忙从棚内探出身来喝住：

“惜花得福，损花折寿!”

虽然花儿没有遭到污损，老耿的心底却有些不痛快。每每听到年轻学生的笑声，就警觉起来，预备探出身子，在椅子里竖直。这也怪不得老耿苛刻，她了解这些讨厌的年轻人很少有买花的诚意。

遇到买主欢欢喜喜地托起几盆好花，老耿便兴奋，感觉出劳动和交易的快乐，向买主道：

“玫瑰花，十色的，就要有了。”

这句话对于她可能是她全部的骄傲和幸福所在，别人却只当是搭讪而已，从没有计较起来，将谈话继续下去。

她含笑说完，望着别人远去。忽然觉得笑在脸上停留了太久似的，猛看到摆动的愉悦的花朵，便收敛了。这些花儿，她想，真像永远长不大的孩子。老楚，噫，像孩子一样总想那些世上没有的事，不过，他总是能做成的啊。

除了花儿，老耿和楚师傅什么也没有。他们没有儿女。按说，正当这个年龄的时候，也该儿孙满堂了。可是没有。他们孤单单的，如果没有这些花儿的话，真不知道生活会是怎么一副样子。

“还能怎样呢?”她有些疲乏了，用手加在额上，说，“能有一种十色玫瑰花朵朵挨着，满湖里都香。可是，老头整天都和花儿说话哩。”她合了一下松弛的眼皮，转过脸去。

她动辄说“十色的玫瑰”。因为眼前的鲜花已太令人兴奋了，没有人留意还没诞生的事物。

老耿过早地宣布了十色玫瑰即将降临的消息，那些架上的花儿被街风吹着，摇曳不定，像是在诉说花儿王国中不被人预知的事情。

我最初听她说这话时，是在四年前。那时楚师傅经常和老耿一起看着花摊。两人似乎一样的年纪，楚师傅的精神也好，微驼的背要向前奔跑似的。后来，一起车祸伤了他的腿，在家养了将近半年，伤好了就没再出来。老耿就一个人在这儿照看着。

当初楚师傅对十色玫瑰也没有半句解释。就字面意思大约能猜出个一二。老耿的每次报告，都包含着许多令人不可体会的情感，而且，似乎越来越在语调中添加进了更多的希望。她满脸梦幻般的神情，如在自言自语地说出那句话，仿佛已变成了花神，能够带给人间长驻的艳丽的春色了。

那天，老耿对我说，他们要搬出芦湖。我吃了一惊，好像将要失去什么东西似的，就和她一起回家了。

我在岸边徘徊，夕阳将湖面照得通红。那些芦苇在夕阳下摇曳，变成一大块流动的紫红的烟雾。岸边树丛里的瓦房偶尔开了一扇窗户，将阳光反射过来，如眨了下眼睛。

湖水沉静。隐藏着一个秘密似的，水面平滑、凝腻、含蓄。

我好像陷入了另一个世界中，听不见街市的嘈杂和附近工厂的机器运转声。一种美妙的感觉如春夜和煦的风，轻轻吹起胭脂色的窗帘，来到我的床前，温柔地抚摸我。想象和大自然的契机带给人温馨和幸福。

我深深呼出一口气，抬头望向天空。一只白色的鸟从芦丛中飞起，呖呖地叫着，在空中回旋几次，便优美地落到芦湖中了。我看到了八月的玫瑰烂漫地开放在穹顶，华光照耀着四寰。

在楚师傅家的一夜，花香与清爽陪伴着我，使我睡得又香又甜。听到双拐在地上笃笃地来回敲动时，我睁开眼，从窗口向外望去。朝阳从蓬勃的宁静的芦丛里缓缓升起，那冉冉的步态使我忽然忘记了身边的这个世界。

这是什么？这是什么？

我脑际里回荡着一种美丽的语气，带着颂诗的韵律和呢喃的疑问。

湖面上笼罩着朝阳的光辉。芦苇精神抖擞地朝向天空，伸展着苍翠的叶片，白色的芦穗轻轻飘浮，若有似无。

回过头来，看见楚师傅拄着双拐站在那儿望着我。

“睡得好吗？”他说，又向前挪动了一下。背还是驼的，要向前奔跑似的。

我点了点头。

“待会儿来看看花吧。昨天忘了让你划划船，天太晚了。你要是把船划到那片芦苇里去，能看到不少的鸟，野鸭、白鹭什么的。一群一群的鹅也都聚在那儿。”他说完，就摇晃着，唱休止符似的走出去了。

我忽然产生了一种念头——要了解一下这两位老人伟大的计划。

八月的清晨，寒意逼人。走入楚师傅的花窖中，却如时光倒溯到阳春一般。一盆盆鲜花整齐地排列在一层层的花架上，几枝蝶形的花枝从花盆中斜逸出来，而吊在窖壁上的常春的花草，枝叶纷披，姿态绰约。

楚师傅走起路来很吃力，在上下台阶的时候，还必须十分小心。我去扶他，他拒绝了。

“怎么样？”从花窖里出来，他颇觉自豪地问我。他在一把有扶手的椅子上坐定，让我从窗前的桌上拿过一只水壶，他倒出茶水，说道：

“老耿到摊上去了。早饭都留在锅里，我们随便吃点好了。”

楚师傅很兴奋，如四年前一样，脸色白，浅布了一片潮红，很动人。

饭后，我们攀谈起来，很快他说到搬家的问题。原来，他们在这儿住了将近四十五年了。这房舍坐落的地方当初是水中一块无人问津的高地，门前那土堤是他们将它填砌成的。那时候，他从父亲那儿继承了财产，很容易完成了这笔开支。在他的记忆所及时家中就有搜罗奇花异草的习惯，种了些蔷薇、荼蘼、木香、蜀葵、秋葵、剪秋萝、十样锦、夜落金钱、缠枝玫瑰、黄楼子玫瑰等不计其数，一直到他这代，称得上养花世家。

热爱花草可谓是人之一癖。这一癖所得，全要有一副怜惜弱小的心肠，这一点做不到，癖只可责，而无可敬了。

从他的话中，我得知这次逢上小城大兴土木的热潮，连他居住的水中高宅，也有了一个很古的名字，叫“隐士央沚”，说是某代名人高士曾涉足于此，所以要做亭以念，长远地看，芦湖将被开辟为风景区、公园之类，要摄上画片的。

“这个园子的花，是无法带走的。我又觉得老了，这腿，”他慨叹了一声，用手拍了一下伤残的双腿，——我从他热烈的目光中察觉出一丝苍老之色，“老耿精神也不及了。每天很少睡觉，做着做着活，就想起事来，自己也不知道想起什么，就那么干愣着。真要成道成仙的就好了，你说我胡想什么来。到了那里，我也要管人间多养起好花，装点装点呢。”

说这话时，一派天真毫无遮掩地从他的语气中流露出来。

“这好处是咱们自己知道的。活这么一天，看见自己亲手种出的花儿一朵朵地开，你心里，”他微笑了一下，“你心里是多痛快。”

我看到太阳白白地在天空照耀起来，满院的花朵晶莹欲滴，像是用七彩的玻璃制造出来的。一只精小的麻雀落入花丛中，把一片的花儿闹得乱摇，忽然又从绿叶的缝隙中钻出来，飞到绕到开满牵牛花的竹篱上了。

“小家伙！”楚师傅高叫了一声，“放老实点儿。嘿，涮涮翅膀吧，又小又丑！”

我不禁为老人的语气逗笑了，一边附和着说：

“它听懂了似的呢。”

楚师傅有些不好意思地放低了声音，说：

“我天天和它们说话。真是的，有一个看着我种花的人就再好不过。看到我的花儿的人可就多了。”

接着，他说让我一个人划会儿船，他自己要进行他的工作了。

“我走路不方便，最爱坐船。在船上我又会觉得年轻很多。”他补充道，一边把我领到门口堤旁边的一块石板上，指了指挽系在一棵柳树上的蚱蜢小舟。

我跳上小船，解开缆绳，船就自动地漂移了起来，离了岸边。楚花匠一边表示着他的担心——看我能否将船随意行驶到湖中去，且能保安全，一边向我指点着芦湖的可去之处。

船在水面左右摇晃，我顾不得和楚师傅搭话，赶紧坐在船的中间，使船渐渐平稳了。然后，我均匀地摇起双桨，小船悠悠地驶向湖中。

碧绿的湖水在眼前展开，云影在湖面上移动，小船破水的轻柔的声响似乎是绿水在诉说着心中的愉悦。我高兴地低声吟唱。船行到芦丛中停住了，轻轻地摇摆着。

箭形的芦叶，已经有些干枯，青色中透着微黄。它们相互交织着，如一张美丽的网。

我惬意地仰躺在船上，闭上眼睛，让阳光透过叶丛飘飘洒洒地落在我身上，我感觉到似乎有无数热乎乎的嘴唇在脸上、手上、胸膛吻着，那吻柔弱而深情无限。一阵昏然的意识袭击了我的神经，带给它美妙的战栗。我的眼中似乎站起了一个高高的白色的影子在舞动，渐渐地我看清这翩翩起舞的影子是一只美丽的鹭鸶。它举颈向天鸣着，发出珍珠碰击的声音，清脆而觉遥远。

“喂!”一声男人的粗哑的叫喊声传来。

我睁眼一看，原来小船被风吹到岸边去了。一截烟囱在远处隐隐约约地矗立着，像条冷峻的地球的鼻子。

那叫喊的人坐在一个小板凳上垂钓，见我坐起来，向我友善地笑了笑。我连忙向他表示歉意：

“我把你的鱼吓跑了。”

“不打紧。”那钓者应道，将钓绳拽上来，收拾了一番浮子，又抛向水中。“是楚师傅的船吧?你准是从他那儿来。”

“你认识他吗?”我问。

“说不上。反正谁要是喜欢花的话，向他要就行了。不过，人要自觉点儿，给人的价钱可要公道。别因人家不张口说，就白拿。”

这人一身工人打扮，穿了一件油渍斑斑的工作服。他唇上的那撮胡子似乎也沾了油渍，有些龌龊，但他一定是一个快活的人。

“楚师傅和耿大娘是从来没有过的好人，芦湖边上的人家都是知道的，总是想着他们。听说——”他停住了。浮子一粒一粒地下沉，那人紧张地注视着。忽然，它们又浮上来，有些青灰色的小鱼游到水面上。“听说，他们要搬了。你是他的亲戚吧——生生毁了他那花园子，他们人老了，禁不住多大折腾。”

那人兴致勃勃地说了一大通。我要回去了，他收起鱼竿，站了起来，收拾了一下脚边的一只塑料水桶，掏出四五条尺拃把长的活鲫鱼，用岸边的一根水草连成一串，准确地抛在我的船头上。“送去吧，我再钓些。”他诅咒了一句，“今天真少运，谁也不怪。”

我划起小船走了，早上那个念头又冒出来，而且迫不及待地逼迫我要去寻问一下楚师傅十色玫瑰的计划。

楚师傅看了看我手中的鲜鱼，没说什么。我向他解释道：

“别人送给你的。我忘了问名字了，就是问个姓也好。”

“没关系。”他小声咕哝着。

老耿还没有回家，她要一直到天黑收摊才回来。我望着楚师傅一只手用毛巾擦着脸，迟疑不决，思索怎样开口才适宜。老耿所说的“十色玫瑰”根据是不确凿的——因为楚师傅一字也不曾提起，或许这连他还需要缄默，似乎只有这样，“十色玫瑰”才能保持它的光辉和芳香。如果“十色玫瑰”真是无稽之物，这次询问就将老耿的世界中那些神秘给剥夺了，这将是非常残酷的。我相信是存在一个复杂的只属于一个人的世界的——我已经认为“十色玫瑰”是不可能有的：在温室中它可能变成现实，但，对于一个普通的花匠，这种实验如果没有普及的可能，是不存在任何意义的。

楚师傅有些疲乏地坐下了，他问起我游船的情况，说起我刚踏上船时的急促模样，忍不住笑了。

在上午的阳光中，花香扑闪着翅膀飘到房子里。秋天，这里仍然盛开着美丽花朵，湖水和花香相融在一起的感觉使人安静畅快。我不禁想起如果“央沚”的典故是有些杜撰的话，但决不见得是离奇古怪的，在杜撰中潜伏着一种鲜明的逻辑。

我忽然发现楚师傅暗中意味深长地打量我，他的脸上展现出的一定是不曾有过的兴奋的笑容。当老耿离家买花和我没有在这里的时候，是他一个人对了花儿——他的作品，和那又小又丑的雀儿说话的。那种情景飘散着一种凄清孤独的气氛。

“这些花儿真叫人可惜。”楚师傅说道，“你望着它，像是它们要和你说话似的。我给它浇水，它说喝饱了，我给它松土，它说舒服极了。看到你脸上有些愁色，就说干什么发愁，闻闻我有多香，长得多好，说发愁是不管用的，有它们，用不着愁。好多的话呀，你就忍不住和它们说起来。”

我点了点头，说：

“真不知道它们会长出这种模样，却不长成别样人家不喜欢不好看的模样，这就够叫人高兴的了。”

“还有，它们是自己种出来的。”

楚师傅依然带着快意的笑容，说道：

“我一辈子养了多少花啊！”

“数不清。”

他像是猛地垮了下来，他是这样老，灵魂几乎总要飞离肉体，而年迈的肉体总是极力地挽留它。从他肉体的器官中传出来一阵阵衰弱的呼吸，似乎在说：“现在能够休息了吗？”接着灵魂撒过一团火，在肉体上燃烧；那火焰的哔啵中，又产生了一个崭新的充满力量的生命，说道：“还有一样奇迹需要创造。”于是，它们拥抱在一起，又是一个完整的他。

“可我就要培养出一种十色的玫瑰花了。它要有十种颜色。四年前我就开始了工作。”

我立刻兴奋了起来，马上问：

“十种颜色，在同一株上，还有那么香吗？”

“是的。不用担心它的香味。我要留心的是它们的后代是不是会回到原来的那副样子，那真叫人生气，只做成一代，没有后代。没有后代，成了孤本。”

“这些知识，不用说，要有许多技术问题，你是怎么解决的？”

我问。

“我想到怎样做，自然就会怎样做。在我想的时候，是能够让自己不那么慌乱的。这可不像儿戏，随便怎样。”

我真想亲眼看一下他这半成功的作品，可是，我隐约感到自己要求被拒绝是在情理之中的。我没有提出来，楚师傅也没有让我目睹一下的意思。

“人们准会吃惊的。”我只是说。

“人们又见到一种以前没有过的东西了。每个真正的花匠都想要这么做。”

我走上大街。秋风吹过，道旁美丽的法国梧桐树上，叶片零零落落地飘下地面。天上多变的云朵，幻化成一大株光芒四溢的十色玫瑰。以后，我常常觉得有这么一株奇异的玫瑰在微风中歌唱叹息。

秋天，那个平凡的秋天，结束了楚师傅和老耿的养花生涯。

芦湖上那个两个人的家，一座绝世的花园，就这样永远地消失了。

春　梦

档案局管理室的小于在中午下班前坐在办公桌后面睡了一次觉，也只有十来分钟。很多人都在探长脖子，从窗子里向大街望——这时，小于终于抵抗不住突然袭来的困意，把手放在腿根儿上，靠着椅背，睡了。

十分钟后她醒来，感觉挺好。想一想又觉得害怕，往塞满档案资料的褐色高橱看看，同睡觉之前一样，也同十天之前一样。这十天，一直没有人来查档案。档案局的李局长来过一回，当时小于觉得那情形仿佛很重要。李局长向来不来档案室的，都是他的秘书长春来。长春在人前显得很呆，小于这样年轻的女同志也敢拿他开玩笑，说他的额头大约是他刚断奶时，在石头上摔起来的。有时候也说他生前是鹅。她说得既不太风趣，也不太刻薄，说了以后见长春脸很红，把手插在衣兜里看他笑，她还是觉出愉快的。某一橱的档案没整理，长春乱翻一阵，把积尘都给翻出来也没找到需要的，便请小于帮忙。小于说，“我才不给你帮忙哪，我又不当你的秘书。”长春就说，“好，我请不动你。”小于果真不帮他的忙，她其实不怕长春在李局长跟前说她的坏话。小于的同事王大姐提醒她，她说：“我才不怕李局长呢。”那一天李局长走过来，小于真正不怕，但她心里却说，“还能有什么大不了的事，非要自己来，那长春呢？”李局长在档案室如林的橱子中间走了两步，随便看看，又走回来，对小于说：“你快搬家了吧？”问的话一点也不牵扯档案工作。小于看看李局长，见他的眼睛细长，便忽然笑了，怎么也停不住，只好用手背掩住口。她听王大姐说过，女人最怕细长眼睛的男人盯，那样的男人好色。小于想想王大姐说时的神情还像真的似的，但李局长真不像那种人。李局长见她笑得不能自持也跟着笑。

李局长在近十天内来过。所以四周没一点变化，连落在物体上的灰尘都原封不动地保存着，但是小于很害怕，赶快收拾了一下，把门锁上，走了。

这天夜里，她的丈夫宋轩见她很奇怪，便问她是不是单位上发生了什么不愉快的事。她想起中午下班前睡觉后的感觉，很慌乱，低着头不回答。宋轩问她为什么不说话，说她忽然成怪人了，她平常可是个爱说话的姑娘。宋轩有个习惯，就是一直把小于称作姑娘。小于任他说，坚持缄闭了口。后来宋轩不耐烦了，说他已经生气了，小于才动动身体，在床上侧卧着装睡。宋轩也就不再问，打开沙发，在沙发上整了一个铺，气呼呼地睡了。小于一夜也不曾入眠，想一想不该拿那样冷淡的态度对待丈夫，那样不易于发展感情，影响家庭生活。当房间里刚有阳光透进的时候，她跳下床，摇醒沙发上的宋轩，问他生什么气。宋轩醒了，发了一会儿呆才说，“我哪里生气。”两个人觉得心里挺高兴，共同做了早饭，然后各自去上班。

中午下班前，小于又不知不觉地睡着了。也只有十分钟时间，等到醒来——感觉挺好！她惊慌地跳起来，仔细观察档案室的每个角落，这一次连橱底下的蛛网都看过了。那蛛网在正午之前沉静的空气中一动不动，根本不像有重量。小于呆呆地站在桌前，双手反卡住桌子的边缘，对这两天的事迷惑不解。她本来告诫自己一定不要再睡着了，而且在昨天之前任何时候她都没有在档案室睡过觉。不知中了什么魔，接连两天都是这样，好像有三四年的时间没睡过一样。她费力地回想一下，觉得那困意来得很异常、猛烈，简直不容她抵抗一下就被俘获了，接着就是什么也不知道了，醒来之后就是那种挺好的感觉。这太可怕了。可惜王大姐因事还要三天才能来上班，不然她们两个在一起，或许好些。这里面一定有原因，她瞥见橱底下的蛛网，忽然觉得这蛛网万分狰狞，又好像在扩大，铺天盖地的。她想她是不是和李局长说一说，或者同长春说一说。可是长春，这个呆子，他不会起到什么作用！李局长呢，她觉得真不好开口。这时候楼上脚步声很乱，楼外也有自行车的铃声，她知道下班时间到了。

宋轩一见她就疑心她病了，想起昨晚的事，又来问她，她只觉得自己疲乏，仍不开口。宋轩见她流泪也跟着急，但又无可奈何，只好自己生气。两人全都闷闷不乐。

宋轩在第三天一眼就看出小于不情愿去上班，他暗中观察着。后来她还是去了。等她回来之后，见她眼圈都黑了，眼角也像是长出了线。什么事呢，他想。再去问她，她呜呜咽咽的，不开口。他说她平常可是个……没说完，心里忽然觉得自己的话有些不妥。他想他们结婚三年了。他三十，她二十九。他离开她，不愿再理她，可又觉得她的样子很可怜。

在第四天里，小于就不敢去上班了。宋轩心中疑惑，在她背后冷冷地盯着她，又装着自己离上班的时间还早，把东西放进提包之后再拿出来，接着又放。小于咬咬牙还是去了。

明天王大姐就要回来了。小于连坐也不敢坐，两只眼睁大，警惕地注视着敞开的门、橱上的锁和房间内物体之间的空隙。她想长春可能来，可是她真不该取笑他。长春有工作能力，看似呆并不呆。他不来证明她以前真正伤了他的感情。她想，“这傻瓜，难道我就真的恶意取笑你，不就是为了彼此轻松轻松？”李局长来看看就好了！她以后不再那样没一点大方做派地在他跟前笑了！他是领导，人都该尊敬领导。

十分钟之后，她醒来了，感觉挺好。她在档案室里瑟缩着，恐惧得连呼吸都没了。但那扩大的蛛网中央宛如坐着一个阴魂，披着很浓的阴影，面目可憎。

小于狂叫一声，冲出档案室，离开档案局的大楼，发疯一样跑回家。她在家里才减轻了一些恐惧。

这天，她向宋轩讲了中午下班前她睡觉的事。她说好像有件很白很宽的衣服向她抛来，她躲不开就睡了，睡了之后就很荒唐。结果，感觉还挺好。宋轩听着她的话，沉默不语。她哭了一阵，让他陪她明天去档案室度过那个可怕的时辰。宋轩想想，知道明天王大姐去上班，就说，算了。

头　发

一夜之间，工人又大收藏了三年的人体模型长出了黑发。

又大醒来以后发现墙壁上有一个奇形怪状的影子。他起初并没有把这当成一回事，因为他当时正感到恐惧。他梦见一只像鹰爪一样的五指张开的黑手，这只黑手向他抓来，吓得他转身就跑，但那手还是从后面揪住了他的脑袋，把他弄醒了。又大不晓得那是什么东西留下的难看的影子，但是当他伸手去摸自己仍在疼痛的头皮时，他已经像只罐子似的，赤身从床上跳下去了。

又大那时候发现自己的头发全部长到那半截被火烤焦了脊背的塑料模型身上了。准确地说，他的头发从人体模型断掉的脖子中间长了出来，看上去就像从烟囱里冒出的黑烟。他开始看到的那个丑陋的影子就是这鬼东西的。

又大记得在上星期一的晚上他还搂抱着这个模型睡觉。说实在话，在这个女性的断体上，只有两尊像日本富士山似的坚硬的乳房才使他想到这是一个女人。那时候他像傻瓜一样，用手抚摸模型背后的疤痕，伤心地流了泪。这位性冷淡者是他从一家商店门前的垃圾箱里捡出来的，当时还带有一条别在后面的腿，他在回家的路上因为心里烦躁不安就把那条腿给扔掉了，但它的两臂完好无损。

又大显然清楚自己的样子跟从前有什么不同，他连一点头发根儿也没在脑瓜儿上发现。现在天大亮了，模型的影子在墙上活动起来，走到墙角里去。他通过窗子可以看到早上的太阳，但这一刻他的确怕见太阳，唯恐自惭形秽。脑袋上的头发净光，竟毫不发亮。他身体压在床上去拉窗帘，昨天晚上他从房子里观察对面房间里的一个大男人怎样把一个女孩子吓得涕泪横流。要在平时他会难捺义愤，将女孩从那屋子里救出来，但是他当时觉得一点兴趣也没有，无动于衷地看到那男人也躺下了，他才想起明天一早九点钟反休要来他家找他。

你要以为反休是个女人那才没劲儿呢。一个人肯定不太喜欢女人在清晨来找他。反休是一个英俊的小伙子，像歌星一样可以唱那种“叫卖调”，唱得你五脏翻腾。他和又大在同一家工厂做工，每天只需工作两个半小时，挣的钱可供他们每星期喝五斤啤酒吃七八顿猪肉，而且还能积攒下相当一部分钱，相互存在对方手里，似乎每个月的中旬还能支取一些利率相同的息金。

两个人从小就盼望当一个银行小职员，所以他们这种游戏做得颇高兴。他们早就打算从工厂辞职不干了，这不是因为在那家工厂赚的钱少，实在是因为那种活计，不太卫生。

又大将那种指头粗的破钢筋截成十厘米左右的小段，然后交给反休用锤子敲成 V 字形，放在一只木箱里交给别人拿去派别的用场。他俩似乎谁也不知道这种 V 字形短钢筋到底做什么用，装在机器上无疑太粗陋了一些，给人当牙齿又像不那么回事儿。

反休敲击钢筋的时候会弄出飞扬的血色铁锈，把他手上盖满了，连手背上的黑毛也让人看不见。工作结束以后还能够从鼻孔里抠出许多铁锈，他吐出的痰也是讨厌的棕褐色，这让他把自己当成一种说不出名字来的动物。又大比反休的情况好一些，因此他辞职的年头没有反休来得心甘情愿。他们仍旧共同认为这是一个“顶没意思工厂”，但是如果有人好事，问起他们工厂的情况，两个人的神情全变成了那种骄傲的样子。

“贵厂的产品出口吗？”

“出口？”他们不以为然地回答，“当然了，出口。”

在反休没有跨入又大家的门之前，又大已将一顶大棉帽遮在了头上。“啊哈，伙计！”他快活地叫道。这时候他倒是希望反休能够看见他的长出头发的人体模型。但当反休的目光扫过它时，又大发现他竟然视若无睹。又大暗想，别看这家伙长得人模狗样，但注定当不了艺术家，顶多只会叫“红烧猪蹄子哪哟”。

“我决定辞职了，老兄。”

反休把手背搭在模型的肩上，并且扇出小风来，使它脖子中的头发像狗尾草一样摇晃。

又大心想他马上就会像放屁一样惊叫：“怎么回事!”那样又大就会不动声色地把头上的棉帽摘下，让他的狗眼瞪得射出眼球来。

“我是越来越不知道为什么要干活了，老兄。我想我已经快变成锤子了。”反休的眼睛里真的像有一柄小锤子，还沾着褐色的铁锈。他用手掌扇出小风。

这工人朋友竟然不知道他所戏弄的正是又大的头发。又大再看那些脖子上的头发已经像一团阴毛了。

“我也跟你一样，老兄。”又大低声说。他举手把棉帽压得紧了一些。

九点一刻，两人一前一后地离开了家。后来在街上并肩行走。又大头上的棉帽吸引了很多行人的注意，其实那棉帽也的确太大了一些，样子也跟时尚不合，远远看去好像猪头面饰一样。他们想在大街上找一家好馆子。

在离家的时候反休和又大都把自己存在对方那里的钱带出来，大约共有五百零几块钱。反休真想痛痛快快地玩上一天，过一天有意思的生活。反休心中正盘算着他明天兴许可以找到有意思的，也能让人知道为什么干活的工作了。那么他的手掌再也不会总被讨厌的棕褐色铁锈覆盖，连上面的黑毛都不能理直气壮地竖立起来。

又大的头上冒出了汗。他知道那不仅仅是长久走路的缘故。但是他仍然发觉反休至此为止从没有伸出手，碰一碰道旁的栏杆、树木和那些饭馆的楼梯。这老弟把手插在衣服下面，跟往常截然不同。他从前向来是要把低下来的细树枝折断的，而且总对那些建筑物里裂开的木头感兴趣，随手掰下一片一片。

反休心里明白是怎么回事。他今天起床之后用香皂洗了三次手，在第二次之后又在手上洒了酒精。他有一只酒精炉，每天半夜起来，煮面条吃，吃得肚子鼓鼓的，好像满肚子里都是蛔虫。他用完了所有的酒精。

没有一家饭馆使他们两人同时满意。他们就这样在大街上游荡，已经到了十点半钟了。反休肚子里还有昨晚吃下的面条，他不算太饿，但是他的情绪低落下来，就不再把手插在衣服里了。两人似乎都变得心灰意冷，反休突然想对又大头上的棉帽有意见。

“天气就要跟夏天差不多了。”他说着，不怀好意地向又大靠近。

又大的脸闷得通红，汗珠悬挂在毛孔外面。他伸手按住了头上的棉帽。他没有看太阳。

“嗯，但是这还不是夏天啊。”他说，“天气是挺冷的嘛。”

不知道是反休听信了他的话，还是他认为又大按住棉帽的动作太招人可怜，反休取消了袭击又大的主意。他折了一根树枝放在嘴里，嚼了嚼，吐掉。他的视线扫过对面的建筑物，他被什么光束射了一下眼睛。

“瞧见了吧，老兄。”他说，“那里有一面花玻璃窗子，多好看，是吧。”

又大也盯住了那面被阳光照得五颜六色的花玻璃。反休继续说：

“那是一家饭馆，专用小牛做牛排，红炖牛肉。这条街上有人家开车来这里买牛肉，买一大包一大包的。白云悠悠宾馆的人也从这里买牛肉给外国人吃。听说是一个妖精样的臭妞开的。你看我的吧。”

反休说完，弯腰从脚下捡起一个石块，来回演示了几次，才将石块隔着大街，朝饭馆的花玻璃窗投去。又大心想他投不中，但是一瞬间，花玻璃没有了，五颜六色全被吸进黑洞里去了，这情景仿佛一个春风满面的人，突然大恸起来，稀里哗啦号叫一声。

饭馆里射出一个慌里慌张的白衣男儿，在躲避纷飞的玻璃碴。大街上的行人全停下来，引颈向玻璃破碎的窗口望去，而几乎在同时，人们又全都转过头，奇怪地盯着反休和又大。

一名警察躲闪着行驶的车辆，冒险穿过大街，向他们奔来。在一辆卡车挡住警察的视线时，反休向又大示意了一下，趁机转身向远处逃窜。他逃出很远才发现又大并没有动一动。又大将双手插在衣袋里，得意洋洋地向走近前来的警察吹口哨。警察生气地朝他胸上打了一拳，他像个陀螺一样，转了一个圈，就仍面对着警察，双手还插在衣袋里。

“我要让你知道在警察面前什么叫严肃！”警察更气愤了，抬手打了又大一个耳光。

又大飞快地从衣袋里抽出手，护住双颊。他不再吹口哨了，眼中的光像狮子一样。他向前凸着肩走近警察。警察胆怯了一瞬，又大连打了警察几个耳光。

警察镇静之后也变得勇敢了。他开始逼近又大。两人对峙了一阵，警察抬手就向又大脸上打去。又大在躲闪中被警察击着了头，他像个绝望的人一样，双手按住棉帽，蜷缩在地上。

反休在远处呆呆地观看又大同警察搏斗，他没有想到又大会变得那样凶猛。他眼看着警察把地上的又大带走了，也没有想到去解救他。

这天晚上又大身遭拘留。他承认是自己打碎了饭馆的花玻璃。因为案情严重，他同时被判处罚款，他身上带的钱全交了上去。

反休既敬佩又大又替他感到惋惜。他知道他的银行倒闭了。他哪里预想到生活会是这样严酷，而他清楚地看到了他们俩在“顶没意思工厂”干活的情景。那些褐色铁锈飞扬起来，不光落在他的长着黑毛的手上，而且还落进他的心中。他不是已经决定辞职了吗？现在回忆起“顶没意思工厂”的工作，竟感到那里像有一只巨大的磁铁一样，吸引着他。他仍要在那里重建他的小银行。反休想流泪。

他在黎明之前又想了一回又大跟警察在大街上搏斗的事。他崇敬得要命。但他忽然疑惑不解起来，又大是在关键的时刻蹲下身子的。既然没有群众帮助警察，他本来可以逃掉的。他显然是为了保护他的那顶棉帽。他行动很让人奇怪。

第二天，反休红着眼去又大家里收拾东西。他在路边的报栏里看到一份报纸，上面有一则“殴打警察”的新闻，并附有一张照片。他不认识照片上的人，但他最后还是认出来了。他止不住咧嘴笑了，心想，真滑稽，这又大老兄剃了个光头。

反休走入又大的家里，发觉有个地方同昨天不一样。他苦思苦想，猛然想起来，今天那个人体模型的脖子上少了一团阴毛似的头发！天，那顶倒运的棉帽里究竟装的是什么！

反休两眼发直地盯着前方，就像撞了鬼。

螳螂之恋

引　子

文化局的用处很大。

可有一位文化局长自轻自贱，常把这样的话放在嘴上：“文化局没有，地球照样儿转，谁谁谁没有，文化局照样儿是文化局!”

说这话的文化局局长，其实才是一位副局长。该副局长总说这话，就渐渐惹得正局长不高兴。你把文化局贬得一文不值了，那我这个文化局长还算什么!

正副两位局长在共事的七八年间，闹得不可开交，上面一纸调令下来，把正局长给挪走了。副局长做梦都想当正局长，上面却又派来一个新的。

有了解内情的人透露，对这次文化局的人事安排，上面没少动脑筋，在列入调升人员的名单里扒来扒去，就扒到了这样的一个名字：

管文化。

上面的上面已经下了重要文件，说如今政府不再办文化了，要改过去的办文化为管文化，让管文化去当文化局长那真是再顺理成章不过了。虽有老朋友替老管抱屈，以为老管在文化局将会英雄无用武之地，但老管不这么想，一则因为组织这样安排是工作需要，二则因为他从来都没觉得文化局用处不大。

老管兴冲冲地走马上任了，很多人都相信他跟那位副局长的冲突是在所难免的。可是，在老管打开原正局长办公室的第二天，上面又来了任免令，副局长就成了副局级调研员。

副局级调研员与正局长之间，差距那样大。隔着副局长职位的，岂止是隔着一座大山！在很多人的眼里，副局级调研员已经失去了跟老管交火的资格。

按一般人的看法，这位原副局长遭此变故，够惨了，是该有些沮丧失落的。

但是非也！

原副局长现调研员李西元一如既往，班照上，局长车子照坐，神情状貌几乎没什么改变，很多人便暗暗称道这份荣辱不惊的风度。

现在文化局还剩下三名副局长，一名姓王，一名姓徐，一名姓张。本来在老管没来的时候，李西元是第一副局长，当了调研员，按理得排在这三人之后，可实际上老管仍旧把他当文化局第二来看。从这点上，人们就能推断出老管有一套，也没少在私下议论："这人不以成败论英雄，够仁义的，看来还得升，离休前混上个人大副主任不在话下。"

文化局该起的波澜一点没起，上面就放了心。谁都觉得这下子文化局该稳定一阵子了。

老管的办公室整天就像没人一样。

忽然，办公室的小柴告诉人们，管局长去一个海滨城市参加全省文化局长会议了，全局的工作——暂由李西元负责。管局长临行前，叮嘱李西元，在他开会期间，文化局应加强学习。

还是引子

下星期六，老管开会回来了，直接去了局里。

整个文化局大楼静悄悄的。老管四处走了一阵，就打开了自己的办公室。不久，局办公室的办事员小柴出现了。

在老管走进办公室不久，小柴也走了进去。

这个星期该小柴值班，双休日留守人员值班是市里为加强综合治安管理统一部署的任务。老管刚到楼门外时，坐在值班室里的小柴就发现了，却没有马上招呼他。

小柴站在门后。

“您回来啦，管局长。”

老管看样子是要在椅子上松弛松弛的，现在见小柴进来，就只好坐端正了一些，随和地对他笑笑，说，“哟，我以为局里今天没人呢。”

小柴告诉老管这个星期该自己值班。不用多说，老管也能想起来是怎么回事。老管不想刚一上任就给人造成脱离群众的印象，虽然他想要独自在办公室待一会儿，但他仍然示意小柴从门旁走过来坐下。小柴当然领会了，却没有动。

“管校长，”他突然对老管叫了一声。老管不由得一愣，小柴马上接着说，“我是安乐县马头镇中学 83 级的——”

老管脸上立刻转换成了一团笑容。“噢，”他说，“原来你还是我的学生呢。”

小柴这才向老管办公桌前的座位走过去。“那时您还在学校当校长，”他坐下来，“我们没少听您训话。”

久远的回忆被唤起，老管慨叹了一声。

“我这个校长没大出息，混了半辈子还没混出文教系统。”他说，“不过，对我来讲在哪里都一样。你们年轻人都要记住，一个人只要是金子，在哪里都要发光的。”

小柴连连点头。

“管校长说的是。”小柴还有别的话。

“说吧。”老管鼓励他。

“这几天局里组织学习，”小柴说，“共分四摊，局里这一摊主要是机关科室，由刘主任负责。刘主任老了，明后年就到了退休年龄。办公室其实就剩下我和王友林。王友林是从局戏研室过来的，听说局戏研室的贾崇喜就要调走了。管校长你看看——”

“校长不可乱叫的。”老管半闭着眼，不动声色地打断他。

“是，管局长。”小柴继续说，“以往文化局的状况您可能听说了。那伙人连机关和事业单位都分不清，机关不像个机关，名不正言不顺，又怎么能不乱？”

老管把身子靠在椅背上，像是什么也没听到。小柴还要再说，就见他突然挺了起来，正色道：“小柴，说话要注意后果！你先回去吧，局里的工作要局党组研究决定。”

小柴意犹未尽，但老管已不想再听他说什么了，就只好站起来告辞了。

由李西元调研员主持的学习，得到了管文化局长的肯定。人们憋闷了好几天，也都想到管文化局长就要为此做出总结了。

正准备吁口气时，局办公室突然传出通知，局党组将有重要决定发布。

各科室的头头脑脑们免不了胡思乱想起来，老管来文化局有二十几天了吧，这些日子他是够安静的。谁能说在宁静的后面，不会隐藏着更猛烈的风暴呢？这不，重要决定出来了吧。

小头头们就紧张了起来。

可是一从局办公室出来，大家就神色轻松了。很多人都笑着对戏研室主任贾崇喜说，“回到人民群众中来吧！”

戏研室里的人都是剧作家。以往局里高看文人，每次有活动都把戏研室归在局机关统一安排，也就显得戏研室非同一般似的。曾有人分析，这是因为局里认为文人不大服管教，放出去就有些放虎归山的意思，乱说乱动的，恐怕影响不好，不如收在身边，早晚看着安心。

但这只是猜测，并不妨碍戏研室在人们眼中的地位——那仅是稍次于局里最不显眼的机关科室的，比如收发室。

贾崇喜平时是谨慎的，听人家这样开玩笑，忙用巴掌挡住嘴角，说道，“就戏研室一家事业单位跟局机关掺和在一起，我早难受死了。现在我们终于解放了。”

解放了戏研室，老管就把总结报告给作了。一个字：

好！

不妨还是……

贾崇喜是个聪明人。他当了十几年的文人，写了四五部大戏，有的还拍成了电视艺术片，贾崇喜早就不想再当文人了。再过十几年，也不过是位老文人罢了。叫老文人还好听些，要被人叫成老秀才，那就砢碜了。你看贾崇喜这人聪明吧。他的聪明还表现在他什么事都会在别人不知不觉的情况下给办了。别人还在不知不觉的时候，市委组织部调令下来了。贾崇喜即将上任市委组织部电教中心副主任。

老管舍不得他走。

“好你个贾主任，你给我拆台呀，我刚来你就走！我还指望你给我挑大梁呢。”

贾崇喜笑着说，“管局长你说笑了，我能挑什么大梁呢，我是江郎才尽了。局里有的是人才。”

贾崇喜到底还是走了，局里专为他开了次伤感的欢送会。今后还要请贾主任对文化工作多加支持呀。

“那是那是。”

局里宣布，以后只要有人高就，都要开次欢送会，这要成为制度。

戏研室没有主任了。剧作家们都说，当了主任必然影响创作，咱不愿干。

但是戏研室没有主任怎么能行呢？局里要谁上传下达呢？很快，局里就传出了风声，王友林将要从局办公室出来。那些嘴上说不想当戏研室主任的剧作家们不安宁了，四处探听消息，就探听到了李西元那里。

“这简直是对戏研室创作人员的污辱！”剧作家们说，“戏研室没人了吗？”

李西元却认为大可不必为此担心。王友林是工人编制，转干没有市长特批，没门儿。

剧作家们心里踏实了一些。

“他来当戏研室主任，除非他不要脸！”他们说，都觉得再没有比这样的论点更具说服力的了。

离开李西元办公室，戏研室的剧作家们高枕无忧地过了两天，又有消息传出来。局里上报了两个聘干申请，其中就有王友林。还没等戏研室的剧作家们醒过神来，王友林聘干申请被批，人事档案同时由劳动局转到了组织部。剧作家们找到在组织部电教中心上任不久的贾崇喜。

“天大的笑话!”他们愤愤地说，“戏研室没主任也就没了。”

贾崇喜是聪明人，聪明人的一条重要准则就是事不关己高高挂起。但贾崇喜还是向他们透露了老管怎样帮助王友林找到了市长。王友林的老婆是市里颇为兴旺的一家企业的老板，市长在老管的引领下光临了该企业。

“人才嘛，”酒足饭饱后，市长大人慷慨激昂地说，“怎么能受工人不工人干部不干部的限制！改革就是要从不合理的地方下手。”

在贾崇喜的眼里，这些从前的同事也都幼稚得可以了。贾崇喜暗暗庆幸自己这辈子绝对不可能最终变成一位老秀才了。

戏研室的剧作家们离开电教中心，无法可想，索性也不想了。

回家吧，不回家还能去哪儿？文化局实质上已经变成一个专门给剧作家们制造耻辱的地方。那就回家吧。

戏研室实行的是弹性工作制。反正是弹性工作制，剧作家们索性就在家里坐着，别说是小小的王友林，就是老管也不见得叫得动。

过去了好几天，局里什么动静也没传过来。但他们开始感到不大舒服了。看看邻居的眼神都像是在猜是不是下岗了，也都像含进了同情的意思。在家里的地位也受影响，差不多跌到家庭妇女这份儿上了，想再摆出一副我行我素的文人尊容，又想，老婆孩子跟前，弄什么呢？还嫌惨得不够吗？还要让老婆孩子跟着惨？

去街上散散心，就碰到了局办公室的刘主任。

这个王八蛋！少理他！

可是街上这个看上去已届风烛残年的老人还是不是那位刘主任呀？他老得那样厉害，快要走不动了，一步一摇，像丢了什么东西似的，目光直直地左看右看。

剧作家们把扭过去的头又扭过来。

“没上班吗，刘主任？”

刘主任先吃了一惊，才认出招呼他的是谁。

“不是主任了，”刘主任谦和地说。

“怎么不是主任了？”

剧作家们比他更为惊奇。

"内退了，明年就办退休手续。"

"噢。"

剧作家们不知说什么好了。心里却说，"你也早该退了，你要再不退，文化事业也快去见鬼了！"

"我去前边遛个弯儿，"刘主任说。

苍老的背影，留给剧作家们几多惆怅。他往日在文化局得意时，想到过有一天也会落到眼下这步田地吗？没有什么能拯救他。他只不过是一个老人罢了。

那些管局长，那些张副局长，王副局长，徐副局长，那些王友林，不也都要有一天成为一位步履蹒跚的老人吗？

悲天悯人的思想在剧作家们心中油然升起。不去局里是不对的。说到底，王友林也不容易呀。一个工人苦熬了小半辈子了，不过是要当个戏研室的副主任，还请了老婆出马，你还能把他怎么样呢？

剧作家们消极对抗了一个多月，主动走进了文化局。

索性……

剧作家到局里也没什么事。王友林还是那么个人，他还能吃谁。领领工资，去收发室看有没有自己的信，然后就是去找跟自己脾气相投的人一块坐坐。

于是，剧作家们就听到了许多过去一个多月里发生的热闹。调研员李西元终于跳出来了！

"别说让王友林当戏研室副主任，就是让他当创作员也不合格！"李西元叫嚷。

"小王是去当副主任，又不是当创作员，"老管听到了，对三个副局长说，"再说这也是局党组研究决定的，不同意应该早提出来。也不是我说他，这人要是再多点儿组织观念就好了。"

王、徐、张三个副局长也都有同感。他们相互点点头。

"老刘不能走！"

李西元再次发出呐喊。

但是老刘还是走了。

“我就是要顶住，绝不会让小柴去当局办公室主任！”

李西元声嘶力竭，像头咆哮的狮子。

剧作家们下次来上班时，小柴已经是局办公室柴主任了。

那么，李西元还有什么好说的呢？

没什么好说的了。

看看窗外，已是落叶纷飞。

冬天快到了。在这个季节自然界有一种动物叫螳螂——想必很多人都具备这点自然常识，螳螂在交配之后，母的反过头来就把公的活活吃掉。因为这个季节万木凋零，绝大多数小动物都开始销声匿迹，受精的母螳螂找不到足够的吃食，而它为孕育后代又急需更多的营养，所以就毫不客气地把丈夫给吃掉啦。翻开地上的落叶，有时候还能看到一些螳螂的残肢断须，那是母螳螂吃剩的。

这就是冬天来临之前，在自然界发生的所有残忍的故事之一。

落叶让这个季节充满了动感。

剧作家们在跟臭味相投的人一起坐着。他们看着窗外的落叶，同时也想到，这样的人将来可能不会太多了。

尾　声

其实这还是一个引子。

树叶落光了，满树的枝枝杈杈。

文化局顺利进入管文化时代，用处自然也就更大了。那又怎么能不大呢？端人家饭碗还骂这碗饭是臭狗屎，这样的事只有原文化局副局长李西元才做得出来。文化局没有地球照样儿转！世上有这样自轻自贱的文化局副局长没有？到头来又怎么样呢？副局长当不成了吧。这下可真好了！

闲言少叙。

文化局每天都在——

不是要管文化吗？那就管呗。

王树的大叫

这天是星期四。早上，国锦玲正要出门，电话响了，是王树单位的电话。

“每人五百元的东西，快来拿吧！”

国锦玲一听就有气，坐了一会儿发现要迟到了，才匆忙往外走。凑巧王树回来了，国锦玲看也不看他，说：“你还回来呀！你单位分东西了，刚打来电话。”

王树迟疑了一下，就转身从门前走开了。他穿着一件臃肿的军大衣，国锦玲怎么看都不像是自己的丈夫。但她已有悔意，外面天气这么冷，他刚回来，就让她挡在了门外！不就是五百元东西吗？不要又能怎样？

“王树！”她冲着空荡荡的楼梯喊，“王树！”寒风呜一声顺楼道冒上来，国锦玲下意识地用戴着手套的手捂住了鼻子。

王树来到单位，一眼瞅见大门口的地上放着一大堆东西，里面有桶装的精制油、冻成块的刀鱼、袋装的大米，等等，十分的丰盛。

局办公室的办事员刘国生看见了他，说：“你很及时呢，我上班前给你家打的电话，你老婆说你还没回来。”马上把东西分好了，摆在一边。

王树瞅瞅办公楼，说：“这么静呢。”

刘国生抄着手，在地上跺着脚，抱怨说：“在开迎两千年元旦茶话会呢，哼！说是把这些东西放在楼道里不好闻，吃到嘴里怎么不嫌呢？偏让我站在这里受冻！”又朝王树笑了笑，“你在村上也不会受这份洋罪吧？听说胡兰村的老百姓心地朴实，一到冬天都争着给你送柴取暖。过去有个伤员冻伤了脚，胡兰村一位十七八的大闺女二话不说，解开扣子就把那脚揣进了怀里。王树，哈哈哈，”他笑得更厉害了，“你老实交代，胡兰村有没有黄花闺女给你暖脚？村长女人，哈哈哈，也是不错的，哈哈哈！”

王树不再理他，去了办公楼里，果然连个人影儿都看不着。上了四楼的楼梯口，听见从会议室传出了朱萃娜局长的声音，就知道茶话会才刚开始。朱萃娜局长在发表新年贺词。王树顿时收住了脚步。

国锦玲早早从单位回来，发现王树已经在家里坐着了，但他姿态生硬，好像坐在别人家里。她很为自己早上的态度不安，一回来就忙着到厨房做菜，王树走过去帮她她也不让。饭后，国锦玲脸上腾地一红，对王树说，“我下午不上班。”

不用再说什么，王树就去开了热水器。他在卫生间洗澡的时候，国锦玲就把碗筷洗了，还铺了床。王树从卫生间出来时，腰上裹着浴巾，她看一眼就觉得自己不知什么时候已经融化了，正像一朵绚烂柔媚的云在忽悠忽悠地飘。她也要去洗一洗的，卫生间里还残留着王树的气味。那是一种什么味儿呢？很显然，是一种盐碱味儿，是胡兰村的味道。

国锦玲的兴致几乎就要低落下来。她只要一想到王树在胡兰村包村就会生气。五年了，市里在各地包村的工作组都换了好几批，可王树仍然没有抽回原单位的迹象，而现在再过一天就是2000年元旦！当初单位选派王树下去包村时，她和王树还都以为这是王树将要得到提升的信号，很是兴奋了一阵子。但王树迟迟不能返回单位工作，他们就觉得包村跟充军发配，甚至跟右派分子蹲牛棚差不多是一回事。单位就像已把王树遗忘了，没谁去关心他在那里生活得怎么样，就连逢年过节单位分东西，明知王树在村上，也不安排人送过来，都是打电话让国锦玲去取。国锦玲每次去领东西都忍不住要跑到王树单位领导的办公室去闹一场，可一想到王树将来还要在人家手下工作，还要尽力谋求个一官半职也就按捺住了。那些东西简直就像一堆狗屎，可她还要手提或雇车弄到家里来。她心里哪能好受？

更让国锦玲不好受的还有王树。胡兰村是一个偏僻小村，条件艰苦简直难以想象。在那块严重盐碱化的退海之地上，村民们种一葫芦收一瓢，长年累月喝的都是坑塘里的积水。王树到那里的头几个月每天都拉肚子，后来倒不拉肚子了，身上却一个劲儿地起皮屑，回家洗一次澡几乎能洗出半斤盐来。他的神情相貌也在浑然不觉中变了，哪里还是原先那位整整齐齐的机关公务员王树，简直就是一个地地道道的老农民！国锦玲焦急无奈，王树不来想他，来了就觉得心里没好气。

不过，国锦玲说什么也不能再对王树没好气了。这可是2000年的前夕哩，全世界都在庆祝千禧之年，她一家要再满脸的受苦受难那不是把全世界都当成了敌人吗？加入全世界狂欢的队列里来，而且还要比汤加基里巴斯的狂欢早上一天零六个小时，在东八时区1999年12月30日正午就把这场狂欢给狂欢喽！

国锦玲无边地亢奋起来，飞快地擦干了身子，一阵风似的跑出卫生间。

王树仰躺在床上，目光直直地看着天花板。国锦玲哧溜钻进了被窝，马上缠住了他。他很惊异她的急迫，无疑也被调动起来。国锦玲哼哼叽叽的，像蛇一样扭动着。但很显然，与她的热情相比，王树做得还远远不够。她止不住睁眼一看，王树脸上一副苦大仇深的模样。凭她以往的经验判断，王树只要出现这副苦大仇深的表情，就证明他已找到了感觉。而此刻他明明……看似卖力，却总让人感到虚飘飘的，又没节奏，又搔不到痒处，像在偷懒。国锦玲正想提醒他一下，他却猛地一打寒战，噗！像只气球被刺破，不前不后地完事了。国锦玲恨得一扭身，也不收拾，就躺着不动了。躺了半天，听见王树也没动静，心里回不回头地斗争着。终于回头了，就发现王树还是一脸的苦大仇深。

“你怎么啦？”她克制着自己，问他。

王树不吭声，目光僵直。

她又问了一句。

“唉，”王树长长地叹了一声。

国锦玲本来没能达到狂欢的境界，心里窝火，这时候就呼地爆发了。

“以后要回家就先把气在胡兰村叹了！”她翻身坐起来，说，“人家谁不是欢天喜地的，你就这样过2000年元旦吗？你想怎样过随你，可你还要我跟你这样过！”一边说着，一边拿卫生纸把自己擦了擦，扑腾，又重重地侧身躺下，一把扯过被子，把头蒙上了。

王树意识到了自己不该这样只顾自己，想想国锦玲也真不容易，在过去的五年里，说她每天都在守活寡一点也不为过。这都是因为自己无能才连累了她。记得他上次回家已是一个半月之前的事了，不说国锦玲在家怎么样，他自己可是在这些天里跑过好几回马呢。刚才不怨国锦玲感到不满意，他也是感到不如人意的。可不知怎么，他总是像脱离了这个身子，一点也管不住自己。

心里愧意上来，王树就准备重新表现一次。摇摇国锦玲，国锦玲不动，拉她蒙头的被角，却发现她在里面把被角攥在了手里。

“锦玲，我还行的。”王树小声说。国锦玲没动静。等了一会儿，他就索性坦白了自己的心事，“我在想今年的元旦该怎么过。往年逢年过节都要去朱局长家，今年还去不去？上午我到单位，正赶上局里开迎元旦茶话会，朱局长的讲话我听到了。她说这次过元旦不让局里的人去她家了，三百五百的东西她也看不到眼里，谁要去她家她就给拿到局里。你看看，你看看，她该不是嘴上说说吧。她要真把人挡在门外，或是把东西拎到局里那可就难看了。我原来计划在元旦到她家坐坐的，我在胡兰村待了五年，局里也该把我抽回来了。唉，还让你跟着受苦。”

国锦玲在被子里抽动了一下，王树就以为她在哭呢。可国锦玲突然把被子从脸上掀开，并没有哭。王树放了心，目光却看着别处。

“再说，我也到了要提副科长的年限了，局里应该考虑这件事。”

国锦玲也替王树感到为难。王树说着就又沉到了自己的担忧里面，浑然忘了刚才埋怨他的话。这么坐着，没提防国锦玲一下子把他扑倒了。

“你怎么不死呢!”国锦玲牙咬得咯咯响,“你死在胡兰村就能成劳模,你成了劳模也能让我跟着舒口气。你怎么就不死呢!”国锦玲母虎似的压在了他身上。

很显然,他们两口子的狂欢就要输给汤加基里巴斯了,国锦玲真的不甘心就这么输了。

荒野里的简易柏油路只通到下镇。坐车到下镇的人在路上都有这样的感觉,就觉得自己在朝天的尽头进发,而要到胡兰村还得走十几里的土路。王树下了车就去镇政府骑他回家时寄放在那里的自行车。这镇政府,其实就是在白花花的盐碱地上兀起的一座普通院落,跟当地农家没有大的区别,只是房屋的墙体半是泥坯、半是红砖,那红砖已显出了被盐碱侵蚀的痕迹,像码起的坚硬的腌肉。

王树走进去,镇政府认识他的人就告诉胡兰村的胡金千来找镇长了。王树没问胡金千来干什么,就说:“这辆车子怎么没让他骑回去?那么远的路不得走两三个小时吗?”

“胡村长知道你要回来的,”那人说,“他把车子骑走了,你不也得走着回村?”

来到镇外,四处一片白光,明晃晃的刺得人眼疼。冬季干旱,盐碱都泛了上来,厚厚的一层,从一些枯黄的野草中显露着,整个大地就成了一块蒙着灰尘的银子。天苍苍,野茫茫,枯草像是秃子顶上的几根毛,支支立立的,傻傻的,宁折不挠的样子。偶尔的一群羊在地平线上出现,跟大地一个色儿,干透的坷垃似的。

就这地儿,兔子都不来拉屎,王树却一下子在这里生活了五年。有时候王树觉得自己就要被吹过盐碱地的阵阵咸风吹成了一条咸鱼,就要像一棵树在盐碱滩上叶萎根枯,最终变成一根干柴。可是,即使这里如此不宜于人类的生存,在方圆几十里的地界里,却散布着十几个像胡兰村那样的小村子。村子里的人在这里生活的时间不长,也有百十年的历史了。想到这个,王树心理的失衡便得到些微调整。

路上并不好走,亏在下镇王树受过胡金千的感染,心情也还稳定。自己骑的这车子还是胡金千村长的呢。胡兰村只有为数很少的几辆自行车。过去有什么事王树经常借胡金千村长的车骑，他早就想在离开胡兰村之前一定给胡村长买辆新的。这辆车已经很旧了，挡泥瓦都没有，钢漆掉光了，灰溜溜的，骑起来一路生涩的响，但也说不出它原来就是这样，还是骑旧的。五年了，即使当时是新车，又能怎样呢？这一路豁豁唧唧的繁响伴随着王树，像在报告王树的归来。果然，还没到胡兰村口，就远远看见蹲在墙根底下的老人都已向他转过了脸，一直等他走近。

“来了，王组长，”他们招呼他。

可是王树心里却陡然悲凉起来。他离开胡兰村前后四天，城市的每个角落都洋溢着新千年到来的喜庆，而这里，别说是公元两千年了，就是说它还处在公元千年都能让人相信。瞧瞧这些老人脸上的那份沧桑，身后的黄土墙，杂乱排列着的几户农家小院，就是兀然听到一声“俺们大宋皇帝”你都不会觉得奇怪。时间仿佛在这里停止了，老人们本来是闲散地聚集在墙根下的，却让王树看着那么的滞重，差点一口气没喘上来。

王树胡乱应着老人，慌慌地来到村委会自己住的一间小屋。他感到很累，刚在床上躺下，胡金千就赶来了。胡金千是个中年人，黑脸膛上刀刻的一般。把他当中年人看的时候你会觉得他老，把他当老人看你又觉得他不大稳重。腮帮子一鼓一鼓，浑身铁铸似的，都是坚韧有力的肌肉，举手投足呼呼生风，对一位老人来说，的确是很不相称的。

“王组长，”胡金千进来就说，“黑镇长也同意了，镇上也要出一份请功书，村上的我找人写好了，今天我让村里人签上名，明天一早我就去下镇寄出去。”

王树一听，身上汗津津的。“我说老胡，这事就算了吧。”

“怎么能算了呢？”胡金千坐下来，说，“请功书上没有一句夸大。市里要是不相信，可以来调查的。”

王树支吾着说：“这……这没用的。村里以前也写过，可是……”

"上边什么时候受惊动，我才什么时候不写！"胡金千说，"2000年春节前上边的人不来给个说法，我天天写。"果不其然吧，对胡兰村来说 1999 年还没过去呢。

王树显然受了感动。"老胡，这很不好的，上边会以为是我……"说着，低下头。他想说胡金千这样做会使他有唆使村里给市委组织部写请功书的嫌疑，却没说出来。他又抬起了头，脸上平静着，"再不要写了，你这是赶我走吧，我还没在胡兰村待够呢。"

"瞎说！"胡金千打断他，"胡兰村是啥地方，我还不知道？早在五十年前，这里是匪徒的窝点！不是罚劳役谁会到这里来？咱村的这些人，往上数两代，哪有几个身世清白的？咱生在这里，那是没办法。咱就是这儿一撮土，一捧碱，一墩黄蓿草，刺蓬棵。你呢？你是机关里的干部，在大学里读过书的人，胡兰村又怎么能耽误了你的前程？"

"看你说的，胡兰村怎么耽误我的前程了？"王树笑着说。

"还没耽误？五年了！"胡金千站起来，拉起王树的手，"走，城市里兴过元旦，到家里我也给你道个喜。你嫂子已经准备下了，我就知道你要来的。"走到外面推起了车子还不放王树的手。王树没法也就跟他去了。

盐碱地上，无风的日子，目无遮拦，看那天空像块玻璃，连点线头似的褶子都没有。但刮起风来，尘沙弥天盖日，那风干冷刚硬，好像专门钻人裤裆，刀割一般，人是出不了门的。王树来到胡兰村头两天是好天气，村子人没事干都聚到空地上看公羊抵架。胡金千几次让王树回去，说村子里一到冬天就整天都是元旦了，犯不上留在这盐碱窝里受罪，还让弟妹跟着挂心。可王树哪会答应！想想计划中的要为胡兰村开挖引黄灌渠的事，就说，"咱去地里看看。"这里正要出门，风就来了。呜呜的，哇哇的，唑唑的，啪啪的，什么怪声都有。这风一刮啊，王树就想没个三四天停不了。人却说大风不终朝呢。三四天过去了，风果真有了停息的意思。天空露了一下脸，嚯！那可真叫蓝啊。纯得没丁点儿杂质。没等出门，风又刮起来，这下子又是三四天。

风刮完了，王树急着邀上胡金千就朝村北走。远离了村子，这世上除了蓝天和大地，差不多什么也没有。王树忽然兴奋起来，脚步也加快了。胡金千不时瞧他，他发觉了，胡金千就说：“你有什么喜事吧，王组长？”

王树一愣：“我有什么喜事？”

“你脸上红红的，可能就要有喜事了。”胡金千说。

王树摸一摸脸，觉得很热。

“我敢说你就要有喜事了。”胡金千语气肯定，又猜测道，“莫不是咱这两封请功信起作用了？”

王树就想把话题岔开。“唉，”他把目光投向远处，“我要能争取一笔支农资金就好了，也不至于这灌渠2000年也没修。”

“咱村的不管用，也许镇长的那一封管用。”胡金千说，“镇长孬好是个官儿，咱可啥都不是。”

王树把他落到了后面。“我想喊一声，”他头也不回地说。

胡金千跟上来。“那你就喊呗。”

“我想对着这天和地喊一声。”

“那你就喊呗。”

王树拉开了架势，运足了气。可又把气泄了，看看胡金千。“我喊不出来。”他讪讪地笑着。

“我喊，”胡金千说，“这还不容易？我张嘴就来！”

胡金千双手叉着腰，朝前挺着肚子。嗷号——他喊，“老天你听！日头你听！大地你听！草棵里的小兽你听！咸水沟的鱼儿你听！所有会跑的，能喘口气的你听！快把话儿传到上边人的耳朵里。上边的大官小官你听，快把王组长接回他该住的地方！”

王树怔着。刚才他仅仅是有了一股对着空旷的苍黄天地大吼一声的冲动，很显然胡金千也并没有真正理解他的这份感动，可是现在他的确是让胡金千感动了。天和地都在抖似的。王树不由得鼓起了胸膛，里面有充沛的气在猛顶，但到了嘴里，却只是轻轻的一句话。“你喊，你喊，”王树对胡金千说，“让上边的人拨下钱来，咱好修引黄灌渠。”

胡金千看看他，停下来，认真说，“求神可不能贪得无厌。能把你的事给办了也就行了。胡兰村多年都这样过来了，就还能过下去。”他收了姿势，说什么也不再吆喝了。

要再走，就远远发现有人从后面一溜儿小跑地追过来。“村长！王组长！等等！”那人挥手叫着。跑近了，气喘喘地说，“回村吧，王组长单位的车来了，要叫王组长回去上班呢。”

胡金千止不住把脸转向王树。王树像是一时没反应过来，胡金千就意味深长地笑着对他说：“老天不聋吧。”

返回村里，看见一辆白色中巴车停在村委会的院子里，刘国生则站在院子外面东张西望。胡金千上前热情地握住刘国生的手，就要往村委会拉，还一迭声地叫别人去弄饭。可是刘国生的眼睛仍在四处乱瞅，敷敷衍衍地说：“我们还要赶回去。”又转向王树，“快把你的行李搬到车上吧。”

“那怎么能行呢？”胡金千忙说，“怎么也得吃了饭再走。”

刘国生坚持要离开，胡金千就只好叫人帮着收拾。

“这太急了点吧。”胡金千说，“王组长五年都在这里过了，这顿中午饭都不吃就要走吗？”

刘国生望着王树一笑。“我倒想吃了饭走，但车没空。”他对胡金千说，“下午单位还要用车。”

胡金千无奈放弃了挽留。“唉，王组长突然要走我还真舍不得。”胡金千忙对刘国生说，“王组长在我们村上了很多致富项目。村里家家都养了小尾寒羊。那家伙！长得像牛犊子似的。还有人搞了苇编。孤寡老人现在也有人照顾了，偷鸡摸狗的也没有了。王组长正准备组织村里人开挖灌渠，我们刚才还在……”

“都搬光了吗？”刘国生突然问别人。

胡金千哑了一瞬，下意识瞥瞥王树。王树一言不发地站着，他就又转向刘国生。“王组长给我们村做的事……”他说。

“走吧。”刘国生对王树说。

王树上了车。

王树麻木似的，垂着头。

车子开出村委会大院，开到街上，在村子里留下几道很显眼的车辙。车子颠簸着，但一会儿就出了村子。王树垂着头也知道刘国生正在乱瞅。王树终于把头抬起了一点。村口站着很多人，但要看清胡金千村长已是不可能了。刘国生忽然“嗤”的一笑。

“我怎么没看见女人？”刘国生说，“胡兰村的女人都到哪里去了？给你暖脚的女人到哪里去了？哈哈哈！王树，喂喂，王树，我看你是不大乐意回去呢，你是不是还想留在胡兰村？你是在想胡兰村的女人吧。”

他们赶到单位，王树才猛然意识到自己已经远离了那片白花花的原野。下班时间已过，单位的人几乎走光了。朱萃娜局长比别人迟一步，正要上车就看见王树到了。王树在默默地往地上搬行李，锅碗瓢盆却咣咣啷啷响成一片。

“王树，”朱萃娜局长主动招呼他。他停下来，直直地站着。“你很辛苦的，在家休息休息，明天再来上班吧。”朱萃娜局长平易近人地说。可她一眼看见了地上的行李。“这是怎么回事？”她厉声对刘国生说。

刘国生支吾着。“局长，”刘国生说，“张青还要……”张青是这辆中巴的司机。

朱萃娜的脸色很难看。“搬上去！”她说，“你会不会办事啊！”说着，猫腰上车了。

朱萃娜局长的车开走了。刘国生烦躁地对王树说：“搬吧。”

王树就又搬上去了。

“快点快点！”来到王树住的楼下，刘国生不停催促着，“快搬下去！我和张青还要去东方商场，我老婆在那里看上了一套组合沙发。张青你看这辆中巴能装得下吧。”

“我看没问题。”张青目量着车里的空间。

行李重又堆在了地上。中巴呼地一声开走了。王树在地上站半天，才拎起一只白铁锅往家里走。

国锦玲满脸的惊异。“你……”国锦玲的目光停在那口锅上。“把锅烧烂了就扔了呗，用得着往家拎?”她有些生气。

王树一声不吭地走到沙发前，坐下，手里依旧拎着那只锅。

“我吃过了，”国锦玲说，“饭还热着，你自己去吃吧。”要往卧室走。

“我回来了。”她听到从王树身上发出的低低的声音。她收住脚步。可是，王树陡然痛哭起来，开始时像是长风吹过苍茫的原野，有一份说不出的壮阔和流畅，渐渐地就声噎气堵起来，让国锦玲嗒然色变。她走过去，但她并不敢去抚慰他，似乎他随时都有可能摇身一变，成为一头暴怒的雄狮。他在剧烈地颤抖着，整个身子都在抽动。在国锦玲的眼里，果真有根根刚毛直直地立了起来。她止不住有些退缩，任他扯心裂肺似的哭着。他的头低低地伏在那只空锅上，又使哭声发出了回音，国锦玲就觉得其实那是自己也在跟着痛哭。

王树的哭声终于低了。“我白在胡兰村待了三年，”他抽泣着叙说道，“我三年前就可以回来了，可是……可是，我却被扔在了那里，朱局长压下了组织部下派办的通知。要不是胡村长他们把请功信写到了下派办，局里还不会想到让我回来。”

“去告她!”国锦玲脱口叫了一声。她身上哆嗦起来，喘喘地说，“去，去！去告她！这太欺负人了!”泪水唰地下来了，但她立刻忍住了，眼里冒出了火。

王树已经比刚才平静多了。他把头从锅上抬起来。

国锦玲气冲冲地要朝外走。

“你去哪儿?”王树又抽泣了一声，问她。

“告她!”国锦玲走到了门口。

王树忙站起来。“别，”他说，“算了吧。”

“不行!”国锦玲神情坚决地说。“你惹她了吗?过去哪一年的春节元旦你没到她家看过她?你挣的那点工资，够给她送礼的吗?她怎么能这样?”国锦玲百思不得其解。“她怎么能害你!”还要外走。

“看你说的，她……她怎么能害我呢?”王树上前阻拦妻子。

“那她到底是为什么!”国锦玲的确怒气难消。

王树一脸困惑。“她为什么呢？”他费劲地思索着，“她是懒得告诉我吧。”

国锦玲更加愤怒了。“哼，她懒得告诉你！她凭什么？就凭她是局长吗？”一甩头，“我就是要去当面问她！”

王树紧紧拉住她的胳膊。“算了，锦玲，你问烦了，我这三年的苦岂不白吃了。”

国锦玲的胸口起伏不定。“我要让她这个局长当不成！”国锦玲咽不下这口恶气，但仍然停下了。“要让她当不成！”

“哎，”王树也不知为什么觉得自己的胸襟无比宽阔起来，就像压根儿没有痛苦过。“那不是跟她过不去吗？也许吃这份苦是有好处的。”

国锦玲就向他转过脸来。“你说算了？”

王树点点头。“反正已经熬过去了。”他说，“我再也不用回胡兰村了。”

国锦玲低下头去，好大一阵才又抬起来。“她欠了你的，她得感到愧疚，”国锦玲说，“她见了你得感到愧疚。”

王树没想到妻子会表达得这么深刻。他不由得会心一笑。

“我去给你把饭热热。”国锦玲吁了口气，说。

王树重新回到自己科里上班。同事们愤愤不平。“局办公室这些王八蛋，也太狗眼看人低了！”同事们已经得知刘国生昨天接送王树时发生的事情。“王树，你得让朱局长狠尅他一顿！他是难看还没挨够。你不知道，元旦晚上这小子提着几瓶酒到朱局长家去，让朱局长堵在了门外，他放下就走。星期一朱局长做的第一件事就是把他的酒给拿到了局里，劈头盖脸给了他一顿好训。元旦茶话会上朱局长明明说不让人到她家里去的。王树，你到朱局长那里告他一状，他肯定吃不了兜着走。”

王树怎么可能跟一个小小的办事员过不去呢？王树抿着嘴笑笑，一言不发。同事们这才感到经过五年之久的下乡锻炼王树已非往日的王树，看他脸上淡淡的笑容就能知道他该有多么的沉稳理智，多么的宽宏旷达。忽然他们也笑了起来，越看王树就越想笑。你说说这不是很逗的吗？同一批下乡包村的人早在三年前就一个个回来了，该提的提，该调的调，可唯有王树还继续留在一个能把人腌成咸鱼的盐碱滩上。要不是局里忽然想起他来，他都有可能在那里待上一辈子。瞧，整个人黑黑的，皮肤都毛糙了，手上结了老茧，指关节也突出起来。别说是一辈子，就是再过三年他也能被村里人同化掉！可是他今天一来就对每个人微笑、点头，就像他从来没在那片盐碱地上待过两年又比别人多待三年似的，就像他一直就在局里上班似的。看来下乡真的能锻炼人。局里没人能拿朱萃娜局长怎么办，但像刘国生那样的小办事员，给他脸不要脸，就索性不给他脸才对。同事们如果不认为王树是宰相肚里能撑船，那就无法解释王树何以从一上班微笑到现在。五年的下乡生活，可把王树锻炼到家了。他们科里不缺科长，也不缺副科长，谁又能保证下一步王树不被提升为副科长和科长呢？

不过他们仍然看着王树感到好笑。科里的笑声驱散了王树久别五年之后可能产生的陌生感。他觉得自己一下子跟科里的一切融合在了一起，他是这个科的一块肉，一根骨头，一泓血，这个科反过来也成为他身体的一部分，甚至还是他灵魂的一部分。推而广之，他就成了这个局的一部分，反之亦然。他该是多么快乐呀！他真想跟每个人热情拥抱，跟每个人热情贴脸，真想招呼每个人都站过来，亲密地相互把胳膊搭在肩膀上。可是他分明知道这样做不到，他就一个劲儿地用手指揉着自己的眼窝，仍旧微笑。

中午下班的时候科里的人为王树接风洗尘，凑份子在街上一家饭店定了一个单间。因为下午还要上班，局里规定不准在午饭时喝酒，大家也就举着盛满水的酒杯对王树说了很多情深意厚的话。唱了几首卡拉 OK 歌曲，看着要到上班时间了，才从饭店出来。在街上发现每个人脸上都红红的，就像喝了酒的样子。“这就怪了，怎么像喝了酒呢？”大家疑惑地说，并有些担心，“让领导看见会以为咱们真的喝酒了呢。来，闻闻有没有酒味儿。”

一位同事抱住王树的脖子闻，王树身上暖洋洋的，就像提前感受到了春天。

“没有，”这位同事说。

“你什么也没闻到吗？”别人问他，一眨眼睛。

“一股柴禾味儿，”他心领神会地说，又煞有介事地摇摇头，“不，王树，该不是你在身上撒了盐吧，你怎么咸乎乎的？”

同事们忍俊不禁，笑起来。王树脸上讪讪的。忽然大家都不笑了，神色庄重了好大一会儿。

“那是朱局长的车吧，”大家说，“鲁 E00985，朱局长的车过去了。”

大家又渐渐放松了。那位给王树开玩笑的同事为表示歉意，一把搂住他的肩膀，一伙人就快乐地簇拥着到局里去了。

因为没有午休，同事们都觉得有些疲乏，在办公室坐下来，谁都不想动。王树看看墙下的两只热水瓶，就走过去，刚要伸手就听见有人说：

“王树，你放着吧！我来打。”

王树已经把热水瓶拿在了手里，但仍然被他抢过去了。王树眼看着他走出门去，自己却坐不下来。环顾一下，发现地上散落着纸片和瓜子皮，就又要去扫地，不料仍然被人拦住了：

“王树，你歇着吧！我来扫。”

整个下午王树都被科里友爱的气氛被感动着，他几乎不想离开片刻。下班了，他有意留在了最后。拾掇了一阵，正要走开，科长却转了回来，搭眼一看心里就明白了。科长是要拿一份文件的，他在桌子上忙乱地翻寻着，让王树等他，两人好一起走。可找了半天也没找着，王树也替他着急，在旁留神看着。终于找着了，科长舒了一口气，连说“就是它就是它！”王树也舒了口气，他简直觉得自己这一天过得太完美了。

出了局大门，两人就要各自乘坐公共汽车回家。王树真有些对局里恋恋不舍，也有些对科长恋恋不舍。科长转身朝另一个方向走了，他还在后面注视着，就没想到科长又停了下来。科长发现了他在一直看他。

“王树，”科长莞尔一笑，说道，“我问你，胡兰村的请功书是怎么写的？”

王树就不由一怔。

“听说那份请功书把你夸成了焦裕禄、孔繁森，”科长说，“真有你的！”

王树脑子里嗡的一响。他知道科长误解了，肯定很多人也都误解了。显而易见，在很多人眼里那封请功书是在他的指使下写成的，说不定还是他亲自写的呢，最起码他也是直接参与了这事。

科长见他哑口无言，便又宽和地一笑。“没什么，”他说，“做出成绩来自己不提，谁还会提呀。你总不能在村里待上一辈子吧。”科长拍拍王树的肩膀，说一声“明天见！”之后就走了。

王树在原地愣了半天。街灯唰地亮了，团团的光晕连在一起，严严地罩着城市，夜空都仿佛不存在了。这就是区别！那张夜空，在胡兰村他都不知看过多少遍了，每一个颗星星都会尖锐地提醒他，他正生活在一片远离都市文明的旷野。此刻，王树眼前亮堂堂的。灯光就像厚厚的一层棉被，紧裹着这座城市，像裹着一个婴儿。寒冬腊月里，王树怎么一点都不觉得冷呢？王树迈开大步向前走去。他的心里怦怦直响，这鼓动与脉搏，打着在，吹着在，叫着在，喷着在，飞着在，跳着在……

将近春节，局里的各项事务正在紧锣密鼓地进行着，而新春气象也随之透露出来，人人都是满脸笑意。可是突然，这脸笑意凝固了，有些人的脸色竟变作灰黑，像局办公室的刘国生，已经显出了一副丧魂失魄的模样——王树觉不出什么。

王树不想让人们看出自己觉不出什么，处处谨慎着，仍终于有人对他说：“啊，王树，你是不怕的。”

这一天上午，科里人也这样对他说。

“王树，朱局长叫你！”局办公室的刘国生在门口一探头，就缩了回去。

王树疑惑着。

“你有什么好怕？”科里的人说。“你是不用再去了。你还会怕再让你在村子里熬上五年吗？”

王树镇定下来。

王树来到朱萃娜局长的办公室。朱萃娜局长热情地起身相迎。“坐下坐下。”她和气地说。

“你找我，朱局长？”

“有事要跟你商量，”朱萃娜局长说着，叹息一声，王树听出了遗憾，但听不出歉疚。“小王，很对不起，”她接着说，“在你上个阶段的包村期间局里对你关心不够。你是不是有什么想法，可以对我谈的。”

王树矜持万分。“我有什么想法？我没什么想法。”

朱局长欣赏地点点头，笑道：“看来锻炼锻炼是对人有好处的。小王，想必你已经知道了——”

王树一下子从座位上挺直了腰，但他又马上取消了自己的怀疑。

“上边又给了我们局下派的名额，还是包下镇的胡兰村，”朱局长继续说，“局党组研究过了，鉴于你上次的表现，还有你对胡兰村是熟悉的——”

王树腾地站了起来，瞪圆了眼，僵直地望着朱局长。朱局长不由一慌，忙示意他坐下来。“你好好考虑考虑，烈火见真金。这一次包村时间短，才一年半，”朱局长有些说不下去，“结束后我们是该提拔的提拔，你们科还需要一个副……”

“嗷！”王树猛地大叫一声。

“你要干什么！”朱局长神色突变，身子向后一仰。

王树却惶乱地低下头，像是在地上寻找什么。看样子他马上就要坐下了，但他一扭头跑了出去。

朱局长松了口气。刚才她的确是被王树异常的表现吓了一跳。她还以为他就要向她扑过来呢。她叫人可能来不及了，她的反应很快，当时就决定如果出现不测，就先把桌子上的那块镇纸拿在手里。

现在办公室里只剩她一个人，但王树的大叫似乎还没有消失，让朱萃娜局长怎么听都不像是从一条人的嗓子里发出的。再倾听一下，除了这声喊叫，四处静悄悄的，她竟然什么也听不到，就像整个局的人都死光了。她的心情烦躁，隐隐感到将有一个世纪之久的更年期眼看就要远远地来到了。但是不大一会儿一种微小的动静就响了起来，并渐渐地增大着。陡然间，整个局都像解除了符咒似的，苏醒过来，迅速恢复了往常的景象，空气里也重新透露着欢乐的新春气息，嘈然有声。

国锦玲下班后没见王树回来，还以为他工作忙在局里加班或者去参加什么场合了，就没放在心上。到了晚上也没见着他，就免不了着急起来。打电话给王树的同事，也没得到明确的解释。她在家里忧心如焚，却不知道王树已经远在胡兰村了。那里的人们上溯三代，不是杀人越货的强盗，就是被官府通缉的要犯，然而他们却是20世纪末共和国最为卓越的良民。

几天以后国锦玲在胡兰村见到了满面尘灰的王树。这是她头一次来这里。

“我想过了，姓朱的是要堵住别人的嘴。”国锦玲一针见血地说，“她要以为这样能堵住别人的嘴那就错了！”

“不就是一年半时间嘛，很快就能过去。”刚刚跟胡金千村长从野外回来的王树这样宽慰妻子，又独语似的说，“一年半时间，灌渠就能修好了。”

国锦玲暗暗决定不再从王树那里寻求支持。她当天就离开了村子。

穿过原野的时候国锦玲自始自终都没有看到一棵树。四处白花花的，她要是栽在盐碱地上的一棵树，土壤里浓重的盐碱就会杀得她的脚疼，而她也陡然感到脚疼起来，她差不多就要叫出声了，她就要变成一棵树了，但她仍是她自己。

国锦玲没有叫，她果断地把视线从原野上移开，并想到自己回城做的第一件事应该是告状。既然饶恕是无效的，那就甭信邪了！